# 로열 셰프
# 영애님

fi
ret

# 로열 셰프 영애님 3

**초판 1쇄 인쇄** 2020년 7월 20일
**초판 1쇄 발행** 2020년 8월 20일

**지은이** 리샤
**발행인** 오영배
**편집** 편집부
**표지·내지디자인** 오정인
**제작** 조하늬

**펴낸곳** (주)삼양출판사 · 피오렛
**주소** 서울시 강북구 도봉로 173
**대표 전화** 02-980-2112 / **팩스** 02-983-0660
**편집부 전화** 02-987-9393 / **팩스** 02-980-2115
**블로그** blog.naver.com/dan_gul
**출판등록** 1999년 3월 11일 제9-00046호

ISBN 979-11-283-9963-3 (04810) / 979-11-283-9960-2 (세트)

**fioret** 은 (주)삼양출판사의 로맨스 판타지 문학 브랜드입니다.

# 로열 셰프
# 영애님

*Royal Chef Lady*

III

**리샤**
장편소설

fi
ret

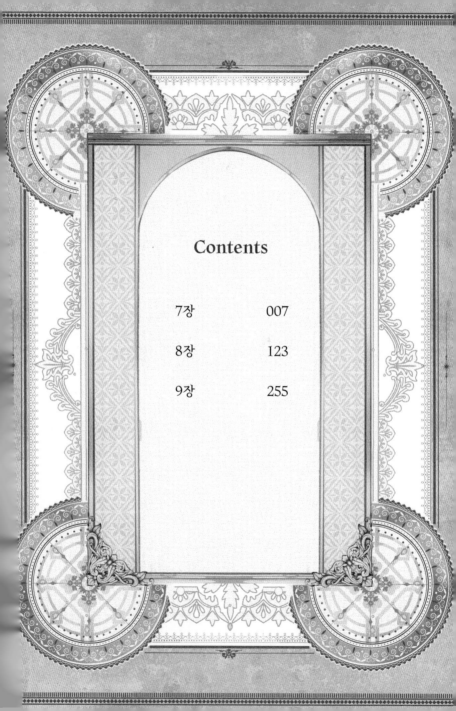

# Contents

# 7장

나는 도미니크와 함께 커스터드 타르트를 먹었을 때를 떠올렸다. 그의 부관과 시종이 동시에 문을 열었지만, 열리지 않았던 그때. 문은 고장 나서 열리지 않은 게 아니었다. 두 사람이 동시에 열고자 하여 움직이지 않았을 뿐. 그리고─

'더 강한 힘을 가하자 열렸어.'

성은 궁정 마법사들이 몇 겹이나 되는 결계를 펼치고 있는 데다, 특별한 도구가 포털을 제한했다. 그래서 원하는 곳으로 이동하진 못했지만, 시녀는 분명히 말했다. 결계가 일부 무너졌노라고.

내가 다시 포털을 열게 된 것이 틀림없다. 순간 두통이 일며 다리가 휘청였다. 깜짝 놀란 로웨나 황비가 내게 달려왔다.

"영애!"

난 테이블을 잡고 가까스로 서 있었다. 금세라도 바닥으로 늘어져 버릴 것 같아서 몸을 바짝 긴장시켰다. 내 힘이 닿는 가장 먼 곳을 향하는 문을 열고, 그 앞을 가로막은 방해물까지 튕겨 내니 몸이 버티지 못하는 것 같았다.

'끄응.'

마라톤이라도 뛴 것 같은 기분이었다. 토할 것 같아 나는 입을 틀어막았고, 로웨나 황비는 그런 날 걱정스러운 얼굴로 보았다.

"괜찮니?"

"……."

황후의 표정은 완전히 굳어졌다. 다른 사람들의 얼굴에도 당황이 역력했다. 사람들이 크리스틴 무리와 황후를 힐끔 쳐다보았다. 크리스틴은 새파랗게 질려 입만 벙긋거리고 있었고, 황후도 곤란한지 침음을 흘렸다.

"괜찮은가."

황후의 말에 로웨나 황비가 날카로운 어투로 말했다.

"괜찮아 보이십니까."

"자네에게 묻지 않았네."

"이제 이 일을 어찌하나요. 결계가 무너졌으니 황제께서 얼마나 진노하실까요!"

"……."

로웨나 황비는 나를 두 팔로 감싸며 은근한 말투로 중얼거렸다.

"이게 다 황후 폐하의 믿음이 부족했기 때문이에요."

황후는 입술을 꽉 깨물더니 몸을 일으켰다. 내게 다가온 그녀가 내 손을 살포시 잡았다.

"영애에게 해가 되는 소문이었잖은가."

"……."

"영애가 곤란해질까 그랬네."

그녀는 내 손등을 부드럽게 쓸며 이어 말했다.

"이해할 수 있겠지?"

"……물론이지요."

나는 그렇게 말했지만, 황후에게서 손을 살짝 빼냈다. 황후의 낯빛이 파리해진 반면에, 로웨나 황비의 입매는 삐뚜름하게 올라갔다.

"혈색이 좋지 않으니 진료라도 받게 해야겠어요."

크리스틴과 눈이 마주쳤다. 그녀의 눈동자가 원망과 분노로 일렁였다. 난 그런 그녀에게 어깨를 한 번 으쓱했다. 로웨나 황비와 나는 함께 복도로 나왔다. 그녀는 복도에 발을 딛자마자 깔깔 웃음을 터뜨렸다.

"함께 있고 싶지만, 황궁보다는 저택의 진료가 마음 편하겠지?"

"감사합니다."

"재미난 구경 했으니 되었단다."

그러면서 낮은 목소리로 이어 말했다.

"매번 깜찍한 일로 날 기쁘게 하는구나."

"과찬이세요."

그녀는 고양이 어르듯 내 턱을 다정히 매만졌다.

"내 품은 영애의 자리라는 걸 기억해 주렴."

후후 웃은 로웨나 황비가 시녀를 향해 팔랑팔랑 손을 흔들었다.

"아발론으로 가자. 황후가 벌인 짓을 일러바쳐야지."

시중인들과 함께 떠나는 그녀를 보고 난 한숨을 흘렸다. 이제 일이 일단락되었다. 긴장이 풀려서 팔다리가 후들후들 떨렸다. 황궁 복도에 잠시 기대 서 있는데 인기척 소리가 들려왔다.

"세니안."

"아빠!"

반가움에 뛰어가려다가 머리가 아찔해져서 흐물흐물 주저앉았다. 아빠의 표정이 굳어졌다.

"결계의 이상은 네가 포털을 열었기 때문인가."

그가 날 안아 들며 말했다. 난 깜짝 놀라 주변을 둘러보았다.

"사, 사람들이 봐요."

"아비가 자식을 안는 게 뭐가 어때서."

그 딸이 이제 곧 성인이니까 말이지요! 난 울상을 지었지만, 아빠는 아랑곳없었다. 끄응, 신음을 흘리자 아빠가 이마를 살짝 마주 댔다.

"열은 없는데."

"괜찮아요……. 참! 그보다 테르반 백작은요?"

아빠의 입꼬리가 비죽 솟았다. 아주 음험하게.

"죽었나요……?"

어쩐지 불안해서 조심스럽게 물었고, 아빠가 대답했다.

"죽고 싶게 만들어 줄 생각이야."

그러곤 짧게 덧붙였다.

"곧."

모르긴 몰라도 엄청난 고통이 그를 기다리고 있을 것 같았다. 난 속으로 묵념했다. 아빠가 천천히 걸으며 다시 입을 열었다.

"포털이 열리지 않았던 이유를 찾은 건가?"

"네. 열리지 않았던 이유를 찾았어요."

"무엇이기에."

난 주변을 살피고 아빠의 귓가에 속삭였다.

"사비에르에서 제 주변에 계속 포털을 열어 놓은 것 같아요."

"사비에르가?"

"네. 이미 문이 열려 있으니 저는 열 수 없었던 거예요."

"테르반과 거래했겠군."

"그쪽에도 수지맞는 장사였을 테니까요."

아빠가 말없이 잠깐 뒤를 돌아보았다. 심장이 덜컥 내려앉을 만큼 서늘한 시선으로.

"……아빠?"

"세니안."

"네……."

"넌 이제 쉬어라. 마무리는 아비가 할 테니."

어쩐지 조마조마했다. 대체 뭘 어쩌려고? 하지만 묻기는 겁이 나서 아빠의 목을 끌어안으며 조용히 "네……." 하고 대답했다.

*　　　*　　　*

쾅! 황후가 불쾌한 얼굴로 방을 빠져나갔다. 망연자실한 코트니 황비가 의자에 주저앉았고, 가브리엘라 황비는 탄식했다.

"그러게 나서지 말라고 말씀드리지 않았습니까."

"그대야 동부에서 왔으니 침묵이 쉬웠겠지!"

코트니 황비가 날카롭게 말했다. 황궁의 황비들은 각각 동, 서, 남, 북 지역에서 차출되었다. 동부의 가브리엘라 황비. 서부의 그라니아 황후. 남부의 코트니 황비. 북부의 로웨나 황비. 후·비들은 각 부(部)의 구심점이자 중앙과의 통로였다. 길라게온에서 가장 득세한 지역은 '황후의 서부'와 '로웨나 황비의 북부'였다.

서부는 강과 바다를 모두 끼고 있었다. 덕분에 거대한 농경지를 갖고도 상업이 발달했다. 북부는 사방 중 가장 열악한 조건의 땅이지만, 그 때문에 자치권을 인정받아 가장 강대한 군권을 확립했다. 더불어 일찌감치 중앙과 단단한 끈을 만들었다.

'그리고 동부엔 프렌시프가 있지!'

나베리우스 프렌시프와 아서 프렌시프는 놀라운 지도자였다. 철기, 광산 사업이라든가, 연금술사와 마법사를 지원하여 기술을 발전시켰다든가. 크고 작은 전투에 꾸준히 군대를 투입해 군권과 황실과의 동맹을 다졌으며, 항만을 사들여 무역의 발판을 마련했다.

'하지만 남부엔 아무것도 없어.'

서부처럼 발달하기 좋은 여건을 가지지도 못했고, 북부처럼 강대한 군권과 자치권으로 인한 견고한 동맹도 없다. 그렇다고 동부처럼 믿을 만한 대귀족이 있는 것도 아니었기에 권력에 붙어 기생하는 것밖엔 살아남을 길이 없었다. 코트니 황비가 손톱을 물어뜯었다.

'이번 일로 황후의 신임과 사비에르의 지지까지 받을 수 있을 줄 알았는데.'

그녀는 제 등 뒤에서 벌벌 떨고 있는 말벗들을 노려보았다.

"멍청한 것들."

"저, 저희는……!"

"상시 출입패를 반납해라."

"예? 화, 황비님!"

"그리고 이번 일은 너희들 가문에 세세히 전하지."

"그건……!"

말벗들은 황비를 차출한 부에 터를 둔 자들이 대부분이었다. 이번 일로 남부는 서부의 지원을 받기 힘들어졌으니, 가문에서 펄펄 뛸 것은 자명했다. 운이 나쁘면 남부에서 고립될지도 모른다.

"황비님, 용서해 주세요!"

"저희가 생각이 짧았습니다!"

코트니 황비가 벌떡 일어났다.

"프렌시프 영애에게 무릎을 꿇고 빌어서라도 이번 일을 수습해야 할 거야."

"무릎이라니……!"

"그녀가 황후 폐하를 다시 찾지 않으면 남부는 중앙에서 배척될 거다!"

"그, 그런……."

"못난 것들!"

코트니 황비는 씩씩대며 방을 나섰고, 그 뒤를 가브리엘라 황비가 따랐다. 망연자실한 말벗들이 바닥에 주저앉았다. 그들을 쳐다보는 다른 말벗들의 눈빛이 싸늘했다. 결국, 표적이 된 건 이번 사건의 원인을 제공한 크리스틴이었다. 로웨나 황비의 말벗들이 크리스틴을 붙들고 소리쳤다.

"어떻게 할 거예요! 영애 때문에 우리는……!"

"이게 왜 저 때문이에요!"

"싫다는 사람 구슬린 게 누군데……! 기가 막혀!"

크리스틴은 당황해서 소리쳤다.

"소, 소문을 낸 사람은 내가 아니라 레제 양이잖아요! 우리 모두 그녀에게 당한 거라고요!"

그 말에 후·비들을 선동했던 영애들이 이를 악물었다.


그날 밤. 그녀들은 레제 가를 찾았다. 레제 가는 엉망이었다. 테르반이 역모에 연관되었기 때문에 황실의 군사들이 한 차례 휩쓸고 떠난 다음이었다. 영애들은 자신들을 만나지 않겠다는 릴리를 억지로 끌어냈다.

"이거 놔요, 이 무례한……!"

짝! 황궁을 나설 때 기어이 상시 출입패를 빼앗긴 영애는 제정신이 아니었다.

"이게 다 너 때문이야! 너 때문이라고! 아버님께서 저택으로 돌아오지 말라 하셨단 말이야!"

릴리는 불이 붙은 것 같은 뺨을 감싸 쥐고 바닥을 내려다보았다. 입술을 꾹 깨문 릴리가 낮은 목소리로 중얼거렸다.

"날 때렸어……?"

"두 대라고 못 때릴까."

"두고 봐, 이번 일 절대로……!"

릴리의 말에 영애들이 입매를 비틀었다.

"곧 작위마저 회수될 집안에서 우리를 어떻게 할지 궁금하네."

릴리가 눈을 크게 떴다.

"뭐?"

"네 어머니가 이번 일에서 빠져나가기 위해 가문의 재산과 작위를 모조리 바치겠다고 황제 폐하께 서약했다는 걸 몰랐나 보네."

궁정 대신의 딸이 소리치자 릴리의 손이 후들후들 떨렸다. 영애들이 릴리를 떠밀어 넘어뜨렸다.

"돈 한 푼 없이 평민이 되겠구나. 어느 댁 하녀로 갈 건지 미리 말해 주렴. 내가 아주 귀하게 대접해 줄 테니까!"

릴리는 악에 받친 눈으로 그들을 노려보았다. 벽에 쓸린 팔과 얻어맞은 뺨이 욱신거렸다. 영애들이 떠나고 릴리는 헐레벌떡 모친의 집무실을 찾았다. 짐을 정리하던 레제 부인이 릴리를 흘깃 쳐다보았다.

"너도 어서 필요한 것들을 챙겨라."

"챙기라니요? 설마 작위까지 반납하실 거예요?!"

"그래."

"어머니!"

레제 부인은 릴리의 눈을 빤히 쳐다보았다. 딸의 눈에 언제부터 저리 욕망이 선연했을까. 남편이 죽고 딸을 키우기 위해, 제게 명운을 맡긴 사람들을 지키기 위해 하루도 편히 쉰 적 없었다. 오로지 그뿐이었는데 어째서 이 아이는 악귀가 되었을까.

레제 부인은 오늘 아침에 세니아나로부터 받은 편지를 떠올렸다.

[……부인께서 겪을 고난에 마음이 쓰입니다. 삶을 되짚어 보게 되
더라도 부인의 잘못은 어디에도 없음을 기억해 주세요.]

편지와 함께 란슬롯 프렌시프가 만남을 청했다. 그는 말했다.

[귀족 위를 내려놓고, 재산을 헌납하십시오. 그리하면 프렌시프에
서 부인의 목숨만큼은 보장해드리겠습니다.]

[어째서 내게 그런 조언을 해 주는 거요.]

[내 동생 마음에 짐이 생기지 않길 바라거든요.]

세니아나 프렌시프는 피해자였다. 그저 릴리와 테르반 백작이
원하는 자리에 있다는 이유로 공격받은. 그런 아이마저 자신이 받
을 고통을 걱정하는데, 딸인 릴리는…….

릴리가 레제 부인의 팔을 잡고 애걸했다.

"황궁으로 가요. 가서 우리는 죄가 없다고 말씀하세요!"

"내가 왜 죄가 없니!"

레제 부인이 버럭 소리쳤다.

"어머니……."

"너를 이리 키웠는데 어떻게 내게 죄가 없어!"

릴리는 굳어져서 제 모친의 얼굴만 빤히 쳐다보았다. 레제 부인
이 눈을 꽉 감았다. 분을 삭이듯 한참을 헐떡이고 나서야 다시 입을
열었다.

"너는 이제 내 딸이 아니다."

"어머니!"

"이 저택에서 나가."

"그런……!"

"당장."

레제 부인은 사용인들에게 릴리를 끌어내라 명했다. 릴리가 비명을 내지르며 반항했지만, 그녀는 다시 레제 가의 문턱을 밟을 수 없었다.


그 시각, 황궁.

황후는 기가 막힌 얼굴로 새파랗게 질린 사비에르 후작을 쳐다봤다.

"그러니까 프렌시프 영애가 포털을 열지 못하도록 한 자가 그대라는 말인가."

"저희는 테르반의 의뢰를 따랐을 뿐……."

"이런 못난 인사를 보았나!"

그녀가 쾅! 테이블을 내리쳤다. 결계가 무너진 일로 황제에게 자신이 어떤 꼴을 당했는데!

*[짐이 아무래도 황후를 잘못 본 모양이야. 쌍월 축제의 마무리는 로웨나에게 맡기도록 하지.]*

쌍월 축제는 하늘에 두 개의 붉은 달이 뜨는 날에 맞추어 진행되는 축제였다. 무려 16년 만에 돌아온 제국에서 가장 화려한 행사. 그날을 위해 만반의 준비를 갖췄는데, 공로가 전부 로웨나에게 돌아가게 생겼다. 사비에르 후작은 진노한 황후를 보고 침음을 흘렸다.

"이미 엎어진 물이 아닙니까. 폐하께서 저희를 도와주시지요."

"내가 또 도와야 할 일이 있나?"

"세니아나 프렌시프가 에이레네의 문을 튕겨 낸 일로 그 아이 몸이 많이 상했습니다."

"허……."

"각혈하고 쓰러진 탓에 귀족들이 의뢰해 온 일을 수행할 수 없—"

황후가 이를 악물고 사비에르 후작을 노려봤다. 후작은 마른침을 삼켰다.

"계약이 어그러지면 저희는 배상을 해야 합니다……."

그렇지 않아도 프렌시프에 지급한 배상금 때문에 금전적으로 여유가 없다. 하지만 4황자와의 결혼을 핑계로 댄다면 어느 정도 일을 미룰 수 있을 터였다.

"어차피 치러야 할 결혼, 조금 일찍 한다고 무슨 대수겠습니까."

"그걸 지금 말이라고……!"

반역을 수사 중이다. 게다가 황후 자신은 황제의 진노를 샀다. 이런 시점에 결혼이라니.

'나를 우습게 봤군.'

"축하받아야 마땅한 결혼이네. 지금은 내가 시킬 수 없어."

"폐, 폐하!"

"그대의 과오는 그대가 처리하게."

그렇게 말한 황후는 안경을 쓰고, 서류에 시선을 고정했다. 더는 대화를 나누지 않겠다는 태도였다. 사비에르 후작은 어쩔 수 없이 걸음을 돌려야 했다. 그가 인사하자 황후가 낮은 목소리로 말했다.

"당분간 볼 일 없었으면 좋겠군."

"……."

"자네 딸도 마찬가지일세."

후작의 얼굴이 거무죽죽해졌다. 후작이 나서고 황후는 책상에 팔꿈치를 얹은 채 깍지를 끼었다.

'오늘까진 포털을 열지 못했다는 말이지.'

대처가 워낙에 의연하여 저 또한 반신반의할 정도였다.

'탐이 나.'

가면 갈수록 더더욱.

4황자의 짝이 굳이 사비에르여야 하는 까닭은 없다. 성녀는 둘이니. 하지만 정보원에 따르면 그녀는 지금 동부 아카데미에 재학 중이고, 개학을 앞두고 있다.

'이대론 안 돼.'

접근하지 못하는 틈에 세니아나의 마음이 로웨나 쪽으로 기운다면 황태자는 날개를 날게 될 거다. 황후는 즉시 궁내부 장관을 호출했다.

＊　　＊　　＊

나는 아카데미로 돌아갈 날을 하루 앞두고 황궁에 들었다. 황후와 로웨나 황비가 떠나기 전 얼굴을 보여 달라고 간곡히 청했기 때문이었다.

"빌어먹을. 황족이란 귀찮게 구는 데엔 도가 튼 놈들이야."

"황궁이다. 입조심 해."

오늘은 오빠들도 함께였다. 아빠는 테르반의 수사로 정신이 없어서 오빠들이 함께 황궁에 와 준 것이다. 그런데 시녀들이 인도하는 장소가 이상했다. 평소엔 정원이나 응접실 등 대화를 나눌 장소로 가는데, 이번엔…….

'경기장?'

콜로세움처럼 경기장을 높은 관중석이 감싸고 있었다. 황후와 로웨나 황비가 먼저 와 있었다. 우리가 예를 표하자 두 사람은 생긋 웃으며 맞아 주었다.

"이리 앉으려무나."

황후가 자리를 가리킨 순간, 로웨나 황비가 혀를 찼다. 평소보다 훨씬 불쾌한 표정이었다. 웬일인가 했는데 난 곧 이유를 알게 되었다.

"꺄악—!"

궁인들의 목소리와 함께 경기장에 미카엘 황자와 도미니크가 모습을 드러냈다. 미카엘은 흰색, 도미니크는 검은색의 단출한 훈련복 차림이었다. 황후가 후후, 웃으며 말했다.

"황자 간의 대련은 처음 보겠구나."

"아, 네……."

"오늘은 연습이지만 쌍월 축제에선 볼 만할 거다."

"두 분이 쌍월 축제에서 대련하세요?"

"삿된 자들을 쫓기 위해 황궁의 무위를 자랑하는 거지."

삿된 자들? 선생님의 기억으로부터 들었다. 일전에 아카데미에서 보았던 그 기괴한 것들…….

"폐하."

"그래."

"삿된 자들이라는 게 빈번히 나타나나요?"

그러자 황후와 황비가 깔깔 웃음을 터뜨렸다.

"프렌시프 영애는 귀엽기도 하지."

"여전히 그런 전설을 믿고 있는 거니?"

로웨나 황비는 픽 웃으며 나를 쳐다보았다.

"하기야 대륙 전쟁에 삿된 자가 나타났다는 소문이 있긴 하니. 하지만 황궁의 무위를 자랑하는 전설 속의 삿된 자와는 다르단다. 그건 적국에서 만든 몬스터에 불과하다는 게 학자들의 의견이니까. 쌍월 축제에서 말하는 삿된 자는 전설 속의 그것이란다. 절망 그 자체 말야."

나는 어쩐지 부끄러워져서 고개를 조금 수그렸다. 삿된 자들이라는 게 여기선 산타 할아버지와 비슷한 건가 봐…….

'하지만 난 정말 봤는데.'

산타 할아버지처럼 선물은 안 줬다. 대신 잡아먹으려 들었지.

어쨌든 황자 대련은 한국의 지신밟기 놀이(잡귀를 쫓고, 풍작을 기원하며 행하는 전통 놀이)와 비슷한 모양이었다. 황후가 후후, 웃으며 말했다.

"미카엘과는 일전에 잠시 마주쳤다지."

그러자 오빠들이 미미하게 미간을 찌푸렸고, 난 조그맣게 고개를 끄덕였다.

"그렇습니다, 폐하."

"칼자루 한 번 쥐어 본 적 없어 보인다고들 하지만, 무예에 소질이 있단다."

그 말에 로웨나 황비가 픽 실소를 흘렸다. 황후가 인상을 쓰며 그녀를 쳐다보았다.

"자네는 뭐가 그리 불만인가."

"불만은 아닙니다만."

"미카엘은 전장에서 살다시피 한 도미니크에게 매번 이겼네."

"대련 때마다 이리 구경을 오시니 도미니크 황자가 실력을 발휘하지 못하지요."

황후는 그녀를 매섭게 노려보았다.

"일부러 지기라도 한다는 말인가."

"글쎄요. 그런 의미로 드린 말씀은 아니었는데."

로웨나 황비가 부채를 나붓나붓 흔들며 생긋 웃자 황후의 입매가 비틀렸다.

"자네 심사가 어지러운 것도 이해는 가네."

"제가 무슨."

"황태자가 응당 참가해야 하는 행사에도 얼굴을 못 비추니 말이야."

"그건 몸이 약하셔서……!"

"그래, 그게 문제지."

짧게 혀 차는 소리가 들렸다. 로웨나 황비는 입술을 꾹 깨물었다. 그사이 나는 도미니크와 시선이 마주쳤다.

'저하!'

반가움에 활짝 웃으니 도미니크는 잠깐 눈을 크게 떴다.

*　　*　　*

'세니아나가 여긴 어떻게.'

도미니크는 그녀에게서 시선을 떼지 못했다. 그를 보좌하고 있던 부관 알베르가 속삭였다.

"황후가 일부러 만든 자립니다. 이번에도 반드시 패배하셔야 합니다."

황제의 세 아들 중 자질만 따진다면 가장 뛰어난 쪽은 도미니크였다. 가능한 한 침묵하고, 황태자와 4황자 양 진영에서 전쟁을 치를 때 뒷면에서 세력을 키워야 한다. 이런 자리에서 눈에 띈다면 좋을 게 하나 없었다. 그때, 미카엘이 관중석으로 다가가 세니아나 쪽을 올려다보았다.

"그대와 나, 얼마 만이지."

세니아나는 잠시 황후를 쳐다보고, 조심스레 입을 열었다.

"보름쯤 되었지요."

"보름 만에 더 아름다워졌다고 하면 난봉꾼의 농이라 생각할 건가?"

그녀의 눈이 커졌다. 잠시 말을 고르고는 정중히 대답했다.

"숙녀를 대하는 신사의 예법이라 생각하겠습니다."

"하하."

미카엘이 낮게 웃음을 터뜨렸다. 미카엘과 세니아나가 서로를 바라봤고, 도미니크의 손엔 힘이 들어갔다. 배 속에서부터 살의가 들끓었다. 전장에서도 느껴본 바 없는 음습한 감정이었다. 그때 가웨인이 세니아나의 어깨를 감싸며 말했다.

"황궁의 훈련은 해가 저물고 나서야 시작하는가 봅니다."

어서 시작이나 하라는 듯한 말에 미카엘이 빙그레 미소지었다.

"아아, 싹수 노랗다던 프렌시프의 둘째인가."

"미카엘!"

황후는 당황해서 그를 다그쳤다. 세니아나도 '오, 오빠…….' 하고 가웨인을 불렀다. 하지만 가웨인은 여상하게 미카엘의 말을 받아쳤다.

"저 또한 저하의 위명은 익히 들었습니다."

"뭐라던가?"

가웨인은 세나아나의 두 귀를 막으며 입꼬리를 비죽 올렸다.

"제 동생이 듣기에는 파렴치한 말이라."

"대부분 맞는 소문일 거다."

황후가 인상을 찌푸렸다.

"미카엘, 그만하지 못하겠느냐."

그는 어깨를 으쓱하고, 다시 자리로 돌아왔다. 미카엘이 자신의 보좌로부터 검을 건네받으며 도미니크를 쳐다봤다. 도미니크의 눈빛이 평소와는 달랐다.

"눈빛 좋은데."

"평소에 내 눈빛이 어땠기에."

"같잖은 개새끼를 상대하는 듯했지."

"제대로 봤어."

미카엘의 표정이 달라졌다. 미소를 띠고 있긴 하지만, 눈엔 냉기가 서렸다.

"갈잖은 개새끼에게 물리면 안 될 텐데, 형님."

형님이란 단어에 유난히 힘이 들어갔다. 그의 말이 끝나자마자 병사가 거대한 깃발을 흔들었다. 시합 시작의 신호였다. 도미니크는 들어오라는 듯이 고개를 까딱 기울였다. 순식간에 미카엘이 도미니크와 거리를 좁혔고, 방어하지 않은 옆구리에 검을 겨누었다.

챙! 도미니크가 몸을 비틀어 미카엘의 검을 막아 냈다. 동시에 공격. 빠른 속도로 치고 들어오는 검을 막아 내느라 미카엘은 몇 보나 밀려야 했다. 평소에 성의 없던 행동과는 전혀 달랐다. 미카엘은 눈썹을 까딱 들어 올렸다. 그리곤, 멍하니 경기장을 보는 세니아나에게 고개를 돌렸다.

"저건가."

"……."

"형님 눈빛이 달라진 이유."

"혀가 토막 나고 싶지 않으면 호칭 정정하지."

"쓸데없는 말에 신경 쓰는 이유도 저거?"

이번엔 도미니크 쪽에서 선공했다. 재빠르게 미카엘의 반경 안으로 들어갔다. 검 끝으로 그의 어깨를 노리며 발을 걸어 균형을 무너뜨렸다. 순간.

"꺄악!"

시녀들 가운데서 비명이 터졌다. 미카엘의 귀 아래로 선혈이 흘러나왔다. 중심을 잃은 바람에 도미니크의 검을 완전히 피하지 못한 까닭이었다. 도미니크는 고저 없는 목소리로 말했다.

"물릴 일은 없겠군."

"아, 이러면 내가 정말 개새끼가 되어 버리는데."

웃으며 중얼거린 미카엘이 다시 검 자루를 말아 쥐었다. 부관 알베르는 관중석을 쳐다봤다. 황후의 얼굴이 새파란 것을 확인한 그가 신음을 흘렸다.

'대체 왜 저러시는 거야!'

그것도 하필이면 오늘! 이건 황후가 세니아나에게 미카엘의 멋진 모습을 보여 주기 위해 마련한 판이다. 도미니크 또한 그를 모를 만큼 순진하지 않다. 상황이 갑갑한 건 황후 또한 마찬가지였다.

'이런 멍청한……!'

그때 로웨나 황비가 훗, 하고 실소를 흘렸다.

"아무래도 이번엔 제 추측이 맞나 봅니다, 폐하."

"뭐야?"

"봐주고 있었던 게 확실하네요. 저러다 4황자의 존체가 상하시면 어쩜담~"

"자네는 미카엘이 다치기라도 바라는 모양이군!"

"그럴 리가요."

로웨나는 생글생글 웃으며 세니아나에게 레모네이드를 챙겨 주었다.

"재미난 구경에 음료가 빠질 수야 없지."

북부에선 황태자의 짝으로 북부 가문의 여식을 점찍어 놓았다. 원로들의 의견을 무시할 수는 없기에 황후의 속내를 알고도 저지할 수 없었는데, 이리 보니 묘안이 생긴다. 최악보다야 차악 쪽이 더

낮지 않겠는가.

'도미니크와 프렌시프라.'

로웨나 황비의 눈빛이 반짝였다.


챙! 챙─! 난 미카엘과 도미니크의 검이 마주칠 때마다 심장이 쪼그라드는 기분이었다.

'아니, 왜 연습 시합에서 진검을 쓰는 거야!'

내 친구, 다치면 안 되는데! 나는 무섭고 당황스러운데 가웨인은 코웃음을 쳤다. 그가 후·비에게 들리지 않을 정도로 작게 중얼거렸다.

"둘 다 죽어 버려라."

"그런 말을……!"

내가 깜짝 놀라서 쳐다보자 그는 대수롭지 않은 투로 말했다.

"그렇지 않으면 내가 저 둘을 죽여 버릴 것 같아서."

저 사람들이 오빠한테 뭔 잘못을 했다고……. 나는 한숨을 푹 내쉬었다. 이런 시합 구경은 전혀 즐겁지 않았다. 평화로운 게임 많잖아. 씨름이나 닭싸움 같은 거!

시녀들이 또 한 번 비명을 내질렀다. 미카엘과 도미니크가 맞붙고 떨어지자마자 그들 손이며 어깨에서 피가 후두둑 떨어졌다. 이번 부상은 꽤 심각했다. 입술을 꼭꼭 짓씹던 황후가 소리쳤다.

"그만!"

병사가 깃발을 흔들었지만, 도미니크와 미카엘은 검을 거두지 않았다.

"그만하라는 말이 들리지 않는가!"

대기해 있던 부관들이 각각 주인을 말렸다. 겨우 그들의 손에서 검을 떼어 냈고, 황후를 비롯한 시녀와 기사들이 미카엘에게 달려갔다.

"세상에, 어디 보자. 의사! 의사를 불러와라!"

황후가 진노해 소리쳤고, 모두 다급히 미카엘을 살폈다. 시합은 그것으로 끝이었다.


돌아가기 위해 황궁 복도를 걸으면서 오빠들은 픽, 실소를 흘렸다. 두 사람 모두 다친 게 퍽 마음에 드는 모양이었다.

"너무해……."

내가 우뚝 멈춰 서서 중얼거리자 오빠들이 날 돌아보았다.

"뭐?"

"사람이 다쳤는데 그렇게 즐거워하시다니요. 가웨인, 나빠요!"

"형도 함께 웃었어!"

가웨인이 고자질하듯 란슬롯을 가리켰다. 그러자 란슬롯이 생긋 미소지었다.

"난 막내 앞에선 늘 웃고 있지."

맞아, 란슬롯은 언제나 그랬다고.

"이 능구렁이가……."

가웨인이 란슬롯을 노려봤다. 그러고 나에게 손을 뻗었으나 난 흥, 고개를 돌렸다.

"먼저 가세요."

"왜?"

"······소피아 부인을 뵙고 갈게요."

가웨인이 눈을 가늘게 뜨고 날 봤다.

"아닌 것 같은데."

"마, 맞아요."

"같이 뵙고 가자."

란슬롯이 내 어깨를 감싸며 말해서 난 후다닥 그에게서 떨어졌다.

"저 혼자서도 할 수 있어요!"

그렇게 말한 나는 도망치듯 재빨리 복도를 걸었다. 내가 간 곳은 훈련장이었다. 혹시라도 누가 볼까 봐 궁을 빙 둘러서 왔더니 이미 사람들이 대부분 사라진 뒤였다. 훈련장엔 오직 도미니크와 그의 부관뿐이었다. 경기장 안으로 내려가자 그와 부관 알베르가 대화를 나누고 있었다.

"저하, 어째서······!"

"그만. 잔소리는 나중에 듣지."

"잔소리 들을 일인 건 아십니까? 황후가 진노했으니 이제 우리는······ 영애."

나를 발견한 부관이 허리를 굽혔다. 나도 살짝 고개를 까딱였다.

"먼저 가 보겠습니다."

부관은 도미니크를 흘깃 쳐다보더니 자리를 떠났다. 도미니크의 손등의 상처가 생각보다 더 깊었다. 난 손수건을 꺼내서 그의 손에 둘러 주었다.

"가서 꼭 치료받으세요."

"······."

"영지에서 절 구해 주셨을 때도 이랬던 것 같은데……."

"그랬죠."

걱정이 되어서 자꾸만 한숨이 나왔다.

"왜 그러셨어요……."

황후 성정에 미카엘 황자에게 창피를 준 도미니크를 그냥 둘 리 없다. 손수건 끝을 단단히 묶는 동안 도미니크는 날 가만히 바라봤다.

"당신 앞에서 지고 싶지 않아서."

"이렇게 다치는 것보다 이기는 게 더 좋으세요?"

탓하듯 묻자 그는 희미하게 웃었다.

"좋네요."

"……."

도미니크는 천천히 손을 들어 손수건에 입 맞추며 작게 중얼거렸다.

"철부지처럼."

"하나도 안 좋아요. 전 걱정했다고요."

"당신 걱정을 받을 수 있는 것도 좋다고 하면 웃을 겁니까."

"웃을 거예요. 마구!"

"그럼 그렇다고 하죠. 좋아요."

좋아요. 그의 목소리가 귓속을 파고들었다. 가슴이 콩닥거릴 정도로 낮게. 나는 큼, 헛기침을 하고 고개를 살짝 돌렸다.

"왜 자꾸 좋대……. 오해하게……."

"제발 좀 해 줘. 그 오해."

"정말!"

놀리지 말라고 인상을 쓰니 그는 가는 실소를 흘렸다. 내 뺨을 향해 뻗은 그의 손이 닿지 못하고, 다시 거두어졌다. 안타까울 만큼 천천히.

"미카엘 황자님만 바람둥인 줄 알았는데……."

"그놈만 바람둥입니다."

"저하께서도 못지않으세요."

도미니크가 인상을 찌푸렸다. 그는 검을 챙기고 내게 고개를 까딱 기울였다. 함께 가자는 의미인 것 같았다. 난 그의 옆을 졸졸 따르면서 종알거렸다.

"여자친구 많으셨어요?"

"너뿐인데."

"친구 말고 연인이요."

"……."

그가 어쩐지 당황한 것 같아서 난 눈을 동그랗게 떴다.

있었구나! 하긴, 나이가 있으니까. 없으면 이상하지.

친구들끼리 연인 이야기로 밤을 새우는 게 늘 부러웠다. 난 히히 웃으며 그에게 이것저것 물었다.

"언제 제일 처음 사귀셨어요?"

"……기억 안 납니다."

"우와, 진짜 바람둥이였구나!"

"아니라니까."

나는 그가 당황한 모습을 보는 게 즐거웠다. 더 가까워진 것 같아서 기분이 좋았다.

"연인과 손을 잡은 건요?"

"……."

"포옹은?"

"……."

"그럼, 그럼 입맞춤은 언제…… 꺅!"

도미니크가 날 벽에 가두고 빤히 쳐다보았다.

"지금인 걸로 해 둘까."

심장이 입 밖으로 튀어나올 것 같았다. 나는 고개를 수그린 채 웅얼거렸다.

"그, 제가, 잘못…… 미안합니다…….'

도미니크의 숨결이, 향기가, 어깨에 닿은 손목에서 느껴지는 온기마저 평소와는 너무나 달랐다.

"죄송…… 진짜로요."

도미니크의 가는 실소가 이마에 봄바람처럼 내려앉았다. 실눈을 뜨고 그를 올려다보았다. 도미니크의 얼굴에 미소가 떠올랐다.

"말로만?"

"네?"

"미안하면 성의를 보여야죠."

"지금은 돈이 없는데…….'

내가 시무룩하게 중얼거리니, 그가 고개를 삐딱하게 젖혔다.

"됐습니다, 돈은."

"그럼 뭘…….'

"영애의 시간을 받죠."

그렇게 말한 도미니크가 드디어 비켜섰다. 난 후다닥 그에게서 떨어졌다.

"시간이요?"

"내일 데리러 가겠습니다. 상점 지구 사자상에서 봅시다."

"내일? 사자상?"

어리둥절해서 바라봤지만, 그는 말없이 고개만 살짝 숙이고 경기장을 떠났다.

'아니, 저는 곧 아카데미로 떠나는데요!'

*     *     *

시종이 아서와 황제 앞에 각각 찻잔을 내려놓았다. 황제가 연초를 물기 무섭게 아서는 다리를 꼬았다. 황제의 미간에 미미한 주름이 잡혔다.

"고약한 예의로군."

"이 자리를 사석으로 착각하시는 듯하여 분위기를 맞추었습니다만."

황제는 혀를 차고는 연초를 재떨이에 내던졌다.

"되었나."

그제야 아서가 다리를 풀었다.

'하여간에 프렌시프 놈들은.'

부자가 하나같이 황가의 문장을 하찮은 그림으로 여긴다. 황제는 눈살을 찌푸리며 물었다.

"테르반은?"

"토설하였습니다."

"이후 조치는 공에게 맡기지."

"예."

짧게 대답한 아서는 말없이 황제를 바라보았다. 그러자 황제는 낮은 한숨을 흘렸다. 아서 프렌시프의 황궁 행차가 테르반의 고신 때문만은 아니라는 건 이미 예상한 바였다.

세니아나 프렌시프가 테르반의 뒷면을 알아낸 것, 그리고 황후의 요구로 황궁에서 포털을 펼치는 바람에 받은 피해. 그 점의 보상을 요구하는 것이다.

"보그는 포기하지."

"유통권 감찰까지 포기하시죠."

"이 사람이……!"

전력석 마원은 쉽게 판매가 불가한 상품이었다. 황궁의 세세한 관리 감독을 받기 때문에 광산을 소유했다 하더라도 개인의 것이라 부를 수 없다. 아서의 눈빛은 단호했다. 절대로 뜻을 물리지 않겠다는 태도에 황제는 침음을 흘렸다.

"좋네. 그리하지."

"제 딸의 의사에 반하는 그 어떤 강요도 하지 않겠노라 약조해 주십시오."

"불가!"

황제가 일갈했다. 황궁은 십만 군사 이상이 동원되는 전투에 성녀를 징집할 수 있었다. 아서는 그 징집령의 면제를 요구하는 것이다. 황제와 아서의 시선이 허공에서 날카롭게 부딪쳤다. 아서가 고 저 없는 목소리로 말했다.

"로젠카로튼 황가와 프렌시프의 결별이 기꺼운 일은 아닐 텐데 요."

"협박인가."

"간언입니다."

황제가 의자의 팔걸이를 내리쳤다. 쾅! 둔탁한 마찰음에도 아서 의 표정은 조금도 변함없었다.

"선례를 만들 수 없네."

황제가 짓씹듯 말을 이었다.

"후대의 성녀들이 프렌시프의 성녀를 선례 삼아 황궁에 반하게 될 거란 말일세."

"폐하께서 현명한 결단을 내리실 거라 믿습니다."

"……백만 군사 이하로는 징집할 수 없는 것으로 하지."

"오백만."

"대륙 전쟁에서나 그만한 병력이 동원되지 않는가!"

"그 이하로는 생각하고 있지 않습니다."

아서가 오만하게 웃었다.

*　　*　　*

황궁에서 돌아온 내내 난 머리가 복잡했다. 도미니크는 왜 상점 지구에서 만나자고 하는 거지. 교장인 이상 그도 아카데미에 내려가야 하지 않나. 다친 건 괜찮을까. 난 끄응, 신음하며 소파 쿠션에 얼굴을 묻었다. 도미니크는 여러모로 어려운 친구다, 정말.

'일단 자러 갈까.'

밤이 늦었다. 내일 오전엔 도미니크를 만나고, 오후쯤 아카데미에 가야 하니 정신없는 일정이 될 거다. 방으로 돌아가기 위해 전실을 가로질러 걷다가 인기척 소리를 들었다.

"아빠!"

황궁에 갔던 아빠가 이제야 귀가한 모양이었다. 그에게 인사하기 위해 종종걸음으로 다가갔다.

"다녀 오셨어…… 술 드셨어요?"

취기가 돈 얼굴은 아니었으나, 근처에 다가가니 짙은 술 냄새가 났다. 아빠는 인상을 쓰며 중얼거렸다.

"황제의 분풀이 상대를 해 주느라."

"분풀이요?"

깜짝 놀라서 묻자 아빠가 내 머리를 쓰다듬으며 부드럽게 웃었다.

"내가 이겼거든."

표정이나 목소리에선 변화가 없는데 어쩐지 으스대는 것처럼 느껴졌다. 정말 취하셨나 보네. 윤세나의 아빠가 취했을 때는 언제나 무서웠는데, 지금의 아빠는 전혀 그렇지 않았다. 절대로 나를 때리지 않을 사람이라는 걸 아니까.

"어디서 이기셨는데요?"

"게임 같은 거랄까."

"우리 아빠 최고."

나는 아하하, 웃으며 말했다. 방으로 모시고 들어가려는데 마침 란슬롯과 마주쳤다.

"내가 할게."

그는 잠깐 눈살을 찌푸렸다가 아빠의 팔을 잡았다. 우리는 아빠를 방안 개인실 소파에 앉혀 주었다. 얼마 지나지 않아 마일로가 찬물과 얼음, 숙취에 좋은 토마토를 가지고 왔다. 아빠가 토마토를 찍은 포크를 내게 건넸다.

"감사합니다."

그러자 그가 낮게 웃었다.

"여전히 인사를 잘하는군."

"제가요?"

아빠가 고개를 끄덕였다.

"조막만 한 게 늘 인사하며 다녔지."

어릴 적의 이야기인가 보다. 내가 납치에서 돌아온 뒤로 아빠는 영지를 거의 찾지 않았으니, 아마도 진짜 내 어릴 적의 이야기인 것 같았다. 란슬롯이 소파에 앉으며 픽 실소를 흘렸다.

"할 줄 아는 말이라곤 '고맙습니다' 한 마디뿐이었으니까요."

"그랬나요?"

"가웨인에게 얻어맞고 엉엉 울면서 고맙습니다, 인사할 때는 기가 막혔어."

아기 때 일인데도 창피해져서 머리끝을 꼼질꼼질 매만졌다. 란슬롯이 내 앞에 물잔을 내려놓고는 다시 입을 열었다.

"그다음으로 한 말이 뭔지 알아?"

"알아요, 아빠한테 들었거든요."

"뭔데?"

"할아버지요."

란슬롯이 웃음을 터뜨렸다. 그때를 회상하는지 눈빛이 다정해졌다.

"그때 넌 특이했지."

"특이했다고요?"

"매일 같이 회의장에 쳐들어가서 조부님을 찾으며 울었잖아."

헉! 난 숨을 크게 들이켰다. 그런 짓을 했단 말이야? 당황한 표정으로 란슬롯을 보니 그가 고개를 끄덕였다.

"겁은 많은 주제에 가웨인도 무서워하는 조부님을 잘 따랐어."

"할아버지가 제게 잘해 주셨나요?"

"글쎄."

란슬롯이 의뭉스럽게 말을 늘이자 아빠는 물을 마시며 코웃음 쳤다.

"노인네는 당황했다."

"아하."

"착공식에서 노인네 예복에 소변을 눴을 땐 볼 만했지."

난 또 한 번 숨을 들이켰다.

왜 그랬어, 어린 나! 아니, 아기니까 어쩔 수 없지만, 그래도……!

내가 어쩔 줄을 몰라 하니까 아빠가 무릎을 두드렸다. 누우라는 뜻인 것 같았다. 란슬롯을 힐끔 쳐다보니 그가 괜찮다는 듯 고개를 끄덕였다.

예전에 영화에서 아버지가 지적 장애를 가진 딸을 무릎에 누이고 머리를 쓰다듬어 주던 장면을 본 적 있었다. 선생님에겐 말하지 못했지만, 정말로 부러웠었다.

'이런 어리광은 취하셨을 때만 할 수 있는 일이니까……'

"실례할게요."

나는 우물쭈물하다가 조심스럽게 그의 무릎을 벴다. 아빠가 내 머리칼을 다정히 쓰다듬었다.

"아빠."

"그래."

"또 해 주세요."

"무얼?"

"옛날얘기요."

"흠……"

"엄…… 마와 저는―"

선생님을 엄마라고 부르는 건 아직 어색하고 부끄러웠다.

"전 오두막에서 산 게 아니었나요? 언제 프렌시프 성으로 간 거예요?"

"미아는 몸이 약해서 잔병치레가 잦았어. 어린 네가 옮지 않도록 그때마다 성에 데려갔지."

"그렇군요."

"가웨인과 자주 싸웠던 기억이 나는군."

"왜요?"

이번엔 란슬롯이 말했다.

"어머니와 함께 지내는 너를 부러워했던 거지."

하긴, 가웨인과 나는 몇 살 차이 나지 않는다. 그때는 그도 일곱 살쯤이었을 테니 그럴 만도 하다.

"그래서 가웨인이 저를 때렸군요!"

그러자 문밖에서 가웨인의 목소리가 들려왔다.

"내가?"

그는 황당한 표정으로 날 쳐다봤다.

"뭔데, 나 지금 누명 쓰고 있는 건가."

"범행이 밝혀진 거지."

란슬롯이 아무렇지 않게 말했고, 가웨인은 인상을 쓰며 그의 옆에 앉았다.

"말도 안 되는 소리."

"세니아나의 머리를 쥐어뜯어 놓은 적도 있잖아."

내가 정말 그랬냐는 눈빛으로 가웨인을 보자 그는 미간을 좁혔다.

"그건……!"

가웨인은 할 말이 없는지 입을 다물었다. 난 궁금해져서 "왜요? 네?" 하고 몇 번이나 물어봤다.

"하녀들이 네 머리를 새싹 같다고 해서……."

나는 눈을 동그랗게 뜨고 가웨인을 쳐다봤다. 그러자 그가 슥, 눈을 피했다.

"진짜 이파리 같은지 염소에게 먹여 봤지."

아빠가 내 이마를 살짝 두드리며 말했다.

"발견했을 땐 이미 반쯤 먹힌 후였고."

"너무해……."

나는 울상을 지은 채 중얼거렸다. 가웨인은 당황했고, 란슬롯이 고소를 머금었다. 아빠의 표정은 보이지 않았지만, 손길이 다정하다는 것은 느낄 수 있었다.

"염소가 배탈 나지 않았을까요……."

가웨인이 눈을 동그랗게 떴다.

"그게 너무하다는 거야?"

"그럼요."

내가 당연한 말을 묻는다며 고개를 끄덕이니 가족들은 웃음을 터뜨렸다.

"그렇네. 가웨인이 너무했지."

란슬롯의 말에 가웨인이 어깨를 으쓱하고 대꾸했다.

"염소가 병났단 얘기는 없었잖아."

"다행이에요!"

그리고 난 아빠의 무릎에 얼굴을 비볐다. 아빠는 그런 날 귀엽다는 듯 바라봤다. 집 안의 온도는 적당히 서늘했고, 가족들과의 대화는 즐거웠으며 란슬롯이 종종 집어 주는 토마토는 달콤했다. 행복한 하루의 마무리였다.


'어제 마무리는 좋았는데, 오늘 시작은 왜 이럴까요.'

도미니크를 만난다고 하면 가족들이 절대로 못 나가게 할 것 같았다. 그래서 몰래 상점 지구로 나왔는데…….

"처음 보는 사이에 이런 말씀 어떻게 들리실지 모르겠습니다. 정말 아름다우십니다."

웬 껄렁한 남자가 자꾸 주변을 맴돌았다. 난 한숨을 내쉬고 똑같은 말을 세 번째로 반복했다.

"그만 가 달라고 말씀드렸습니다."

"저 이래 봬도 괜찮은 놈이에요."

"궁금하지 않다고도 이미 말씀드렸는데요."

"제가 원래 이런 놈이 아닌데, 정말 놓치기 싫은 분이셔서. 이름만이라도 알려 주십시오."

전형적인 작업 멘트에 난 인상을 쓰고 그를 쏘아보았다.

"기다리는 사람이 있다니까요."

"연인? 남편?"

"……."

"둘 다 없으면 제게 기회를 주시는 걸로."

남자가 내 손목을 잡았을 때였다.

"컥!"

"영겁을 기다려도 네 차례는 없어."

도미니크가 남자를 순식간에 제압해 벽으로 밀어붙였다.

"곱게 꺼져."

"크흑……."

"죽고 싶지 않으면."

서늘하게 덧붙인 말에 남자가 몇 번이나 고개를 끄덕였다.

"가, 갈 테니까……!"

도미니크가 그의 머리를 벽에 짓이기듯 누르곤 떨어졌다. 그의 손에서 풀려난 남자는 헐레벌떡 자리를 피했다. 나에게 하는 행동과는 다른 모습에 조금 놀랐다. 하지만 다치게 한 것도 아니고 계속 귀찮게 굴던 사람을 처리해 주어 솔직히 조금 고마웠다. 도미니크가 날 쳐다봤다.

"가시죠."

"아, 네!"

얼른 그를 따라갔다. 평일 오전인데도 사람들이 정말로 많았다. 난 인파에 휩쓸리지 않기 위해 그의 옆에 바짝 붙어 걸었다. 상점 지구 안에 들어가려나 했는데, 외려 그는 외곽으로 나가고 있었다.

'어디 가려는 거지?'

그렇게 생각하며 걷다가 돌부리에 걸려 넘어질 뻔했다. 도미니크가 재빨리 잡아 주지 않았더라면 코가 깨졌을 거다.

"아, 감사합니다."

도미니크가 내 손을 쳐다보았다.

"왜요?"

"……아닙니다."

그렇다기엔 너무 유심히 보시는데요.

난 내 손바닥을 매만지다가 도미니크에게 물었다.

"우리 어디 가요?"

"가고 싶은 곳이 있습니까?"

"으음, 생각해 본 적 없는데……."

잠깐 고민했지만 황도는 통 모르겠다.

"저하는 어디 가고 싶으신데요?"

"선택권을 내게 주면 안 될 텐데."

그는 짓궂은 눈빛으로 날 보았다.

"어디기에?"

"단둘이서 있을 수 있는 곳."

"네?"

"좁고 어두우면 더 좋겠죠."

도미니크의 말을 종합해 보던 난 눈을 깜빡였다.

"아! 저 알아요, 그런 곳!"

그러자 도미니크의 눈이 살짝 커졌다. 난 의기양양하게 웃었다.

"가요."

그러고 도미니크를 눈앞에 있는 골목으로 끌고 갔다. 사람 눈을 피해 포털을 열었다. 다시 눈을 떴을 땐 주변이 바뀌어 있었다. 단 둘이 있을 수 있는 어둡고 좁은 곳으로. 주변을 둘러본 도미니크가 미간을 좁혔다. 난 두 팔을 활짝 벌리고 말했다.

"여기예요, 저하가 말씀하신 곳!"

"……여기가 어딘데요."

"저희 집 창고요."

"……."

"은밀히 하실 말씀이 있는 거지요?"

그러니까 날 오늘 불러낸 게 아닌가. 그는 아무래도 황궁에선 못 할 말을 내게 하려는 것 같았다.

"여긴 본저와 멀어서 우리 얘기를 아무도 듣지 못할 거예요."

시트론과 저택을 탐험할 때 찾아냈지. 나는 반짝이는 눈으로 그를 올려다보았다.

"편히 말씀하셔도 돼요."

"……"

"……?"

"일단 나갑시다."

말은 않고? 여기가 마음에 안 드나? 나는 기가 죽어서 웅얼거렸다.

"하지만 여기만큼 저하가 말씀하신 조건에 맞는 곳은……."

"정정하겠습니다."

그는 가늘게 한숨을 내쉬고 이어 말했다.

"차와 음료를 팔고, 꽃과 조명이 함께 있는 곳."

"……"

"프렌시프 저와는 멀리 떨어진."

그런 곳이라면……. 나는 눈을 도르륵 굴리다가 조심스럽게 말했다.

"카페?"

"그쪽이 낫겠습니다. 황도 외곽으로 가죠."

그의 말에 나는 몇 번이나 속으로 목적지를 생각했다.

황도 외곽. 황도 외곽.

눈을 떴을 땐 커다란 물푸레나무가 곳곳에 보이고, 소담한 들꽃으로 가득한 숲이었다.

여기가 맞나?

도미니크를 힐끔 쳐다보자 그가 고개를 끄덕였다. 그는 제법 능숙하게 길을 찾았다. 그가 걸음을 멈추었을 때 나는 조그만 탄성을 흘렸다. 번화가에 세워진 커다란 카페는 아니었지만, 여행지에서나 볼 법한 아름다운 곳이었다.

'역시 관광 대국!'

다른 나라처럼 살롱이 카페 역할을 대신하는 게 아니라 정말로 번듯한 카페가 있었다. 아몬드 색 밝은 나무로 지어진 건물. 창이 모두 열린 테라스에 놓인 새하얀 테이블과 테이블을 감싼 따뜻한 색의 격자무늬 차양. 가게 내부에선 기분 좋은 오르골 소리가 새어 나오고 있었다.

'멋져…….'

난 고즈넉한 분위기의 카페가 마음에 쏙 들었다. 도미니크와 함께 테라스에 앉아 있자니 가벼운 차림의 사내가 다가왔다. 도미니크처럼 화려한 인상은 아니지만, 다정하고 부드럽게 생긴 호감형의 남자였다.

'딱 이런 카페를 운영할 것 같은 사장님이네.'

도미니크는 늘 그렇듯 무표정하게 말했다.

"나는 대충."

그러자 남자가 빙그레 미소지었다.

"대충이 가장 어려운 겁니다, 저하."

나는 눈을 깜빡이며 도미니크를 보았다.

"아는 사이세요?"

"악연이죠."

남자는 섭섭하다고 말했지만, 전혀 섭섭하지 않은 얼굴이었다.
도미니크는 그의 말에 대꾸하지 않고 나를 보았다.

"저쪽도 칼잡이입니다."

"칼잡이면…… 기사?"

남자가 한 손을 가슴에 얹고 허리를 깊게 숙였다.

"과거에 잠시 저하의 부대에 몸담았었지요. 다비드라고 합니다."

"세니아나 프렌시프예요."

"뵙게 되어 영광입니다, 레이디."

그가 내 손등에 입 맞추려 하자 도미니크가 내 손을 빼냈다.

"차나 가져오지."

다비드는 쿡쿡 웃으며 내게 원하는 차종을 물었다.

"시원하고 달콤한 게 마시고 싶어요."

"아이스티와 레모네이드가 있습니다."

"그럼 아이스티로 할게요. 홍차가 마시고 싶어요."

"예."

다비드가 떠나고 나는 신이 나서 도미니크에게 말했다.

"정말로 기사였나요?"

"저는 기사이자 황자죠."

"아니요, 저분이요."

우리 집 기사들과는 엄청 다르다. 소설 속에 나올 것처럼 달콤하고 낭만적인 사람이었다.

'고레일이 좀 비슷하긴 한데.'

하지만 고레일도 저 사람과 비교하면 딱딱한 편이었다. 상상만

하던 기사를 직접 보니 마치 연예인을 본 것 같은 기분이다. 내가 헤헤 웃으니 도미니크는 인상을 찡그렸다.

"느물거리는 놈이 취향이십니까?"

"으음⋯⋯. 굳이 따지면 다정한 쪽이 좋기는 하지요."

나는 고개를 끄덕이며 말했다.

"잘 웃고, 잘 먹는 사람이면 더 좋고요."

어느새 다비드가 차를 내와서 난 이슬이 어린 컵에 손을 뻗었다. 그런데 도미니크가 나보다 먼저 컵을 잡았다. 그리곤 내 앞에 정중히 내려놓았다.

"드시죠, 레이디."

입꼬리를 끌어당기는 그를 보고 나는 눈을 깜빡였다.

으응? 아까 다비드가 했던 말과 비슷하지 않나? 도미니크는 내게 늘 정중했지만, 저토록 달콤하게 웃지는 않았다.

'때때로 그런 적이 있기는 하지만 날 놀릴 때나 그랬는걸.'

당황한 건 나뿐만이 아닌지 다비드가 고개를 돌리고 콜록, 헛기침을 했다.

"저는 이만 돌아가는 게 좋겠군요."

둘이 전우 아니었어? 할 얘기가 많을 테니까 내가 피해 줘도 되는데⋯⋯. 그런 눈으로 보니 다비드는 생긋 미소지었다.

"목숨이 하나라서요."

"⋯⋯?"

"그럼."

다비드가 떠나고 난 도미니크를 쳐다봤다.

"제가 있어서 불편한 걸까요?"

"눈치가 빠른 거죠."

"네?"

"드세요."

도미니크가 티 푸드로 나온 밀푀유를 접시째 내 앞에 놔 주었다.

"저하는요?"

"드시는 것을 보는 게 제 기쁨입니다."

"……."

갑자기 다정해지니까 어색하다. 나는 밀푀유를 포크로 자르며 그를 힐끔힐끔 보았다.

"……저는 왜 부르신 거예요?"

"그냥."

"네? 중요한 말씀을 하시려는 게 아니라요?"

무슨 일일까 싶어서 엄청 긴장했는데!

난 억울한 표정으로 그를 쳐다봤다. 도미니크는 찻잔을 잡으며 태연히 말했다.

"할 말이 있기는 합니다."

"뭔데요?"

"아카데미로 돌아가지 않으셔도 됩니다."

조그맣게 자른 밀푀유를 입안에 넣으려던 난 그대로 굳어 버렸다.

돌아가지 않아도 된다고? 이제 개학인데?

'설마 나 이번에야말로 제적당한 건가?'

황당하고 당황스럽고, 나도 모르는 새에 무엇을 또 잘못한 건가 싶어 머리가 새하얘졌다.

'어, 어떡하지.'

나는 떨리는 손으로 포크를 내려놓으려다가 잘못해서 밀푀유를 치마에 흘렸다.

"아!"

밀푀유에 든 오렌지 필링이 흰 치마에 떨어졌다. 도미니크가 일어나 내 앞으로 다가왔다. 나는 놀라서 어깨를 흠칫, 좁히고 그가 하는 양을 가만히 지켜보았다. 도미니크가 손수건을 꺼내 치마에 떨어진 필링과 밀푀유 부스러기를 닦아 냈다.

"오해를 하신 듯한데."

"네?"

"제적이 아니라 방학의 연장입니다."

"네에 ─?!"

눈을 깜빡이던 나는 또 되물었다. 심장이 떨어질 뻔했다. 할아버지까지 와서 제적당할 뻔한 걸 무마시켰는데, 이렇게 제적당하면 면목이 없다.

"깜짝 놀랐잖아요!"

순간 억울함에 나도 모르게 그의 가슴을 때렸다. 그러다 정신이 돌아와서 헉, 숨을 삼켰다.

"죄송합……."

너무 편하게 대해 줘서 정말로 편한 사람으로 착각할 뻔했다. 당황해서 어쩔 줄 모르던 나는 그의 표정을 보고 손가락을 꼼질꼼질

읽었다.

"왜 그렇게 웃으세요?"

"귀여워서."

저런 얼굴로 저렇게 웃으니까 가슴이 콩닥거린다.

'어쨌든 탓하지는 않으려나 보다.'

나는 한숨을 흘리고, 그에게서 손수건을 받아 마저 치마를 닦았다. 그 사이 도미니크가 자리로 되돌아갔다.

"왜 방학이 연장된 거예요?"

"황후 폐하의 명으로 요리 아카데미를 비롯한 전 학술원에 모두 공문이 내려갔습니다."

"폐하께서 왜……."

"16년 만에 뜨는 쌍월을 가족과 함께 감상하라는 국모의 배려, 라는 게 표면적 이유죠."

그럼 배려는 핑계고 다른 이유가 있다는 걸까.

'아, 참.'

황후 하니까 떠오르는 일이 있었다.

"다친 건 어떠세요?"

"괜찮습니다."

"황후 폐하와는……."

미카엘이 다쳤을 때 황후는 도미니크를 찢어 죽일 듯 노려보았다. 사실 상처보다도 그 부분이 더 걱정된다. 도미니크는 대수롭지 않은 표정으로 고개를 들었다.

"처음부터 저를 혐오하셨으니 이제 와 견제하신대도 마음에 두지 않습니다."

"혐오요?"

"눈 때문에."

"눈이 어째서요?"

그의 청회색 눈동자에 햇살이 스며들었다. 선생님의 눈동자도 비슷한 색이었다. 맑고도 오묘한 회색. 난 빨대로 얼음을 저으며 중얼거렸다.

"예쁜데……."

"그런 말을 할 수 있는 건 영애뿐일 겁니다."

나는 의아한 표정으로 그를 쳐다봤다.

왜? 저렇게 신비롭고 오묘한 눈을 예쁘다고 생각하지 않을 사람이 있을까?

도미니크는 찻잔을 내려놓으며 말했다.

"부정한 색이거든요."

"부정한 색?"

"대륙 전쟁에서 길라게온에 검을 겨눈 자들이 대부분 저와 같은 색의 눈을 가지고 있었죠."

'대륙 전쟁이라면…….'

왕국 연합(성국)과 길라게온이 십 년이나 벌인 전쟁. 성국은 대륙에서 가장 번성한, 아니, 번성했던 종교인 아탈란 교의 중심이었다. 아탈란 교는 마력을 부정한 힘이라고 규정했다. 마력은 악신이 내린 권능으로, 아탈란의 품에서 정화해야만 신성력이 된다고 믿은 것이다.

'그러니 마력을 가지고 태어난 사람들은 대부분 성국으로 향했겠지.'

힘을 가진 자들을 모두 모았으니, 그들의 세가 제국에 이를 정도로 거대해졌다. 제국이 그 타개책으로 생각한 것이 마법사의 육성이었다. 성국이 반발한 건 당연한 일. 그 때문에 벌어진 전쟁이 바로 대륙 전쟁이었다.

'선생님이 전선에 나섰던 전쟁도 그거였고.'

나는 도미니크의 눈을 빤히 쳐다보았다.

"모후께서 성국에서 넘어온 신관이셨나요?"

"그렇습니다. 제 모친을 후(后)라 부를 순 없지만."

'성국의 가호를 받으면 자식의 눈동자마저 회색이 되나 봐.'

선생님의 피를 이은 내 눈이 붉은색인 걸 보면 모두 그런 건 아닌 모양인데.

황자에게는 불행한 일일 수도 있겠다. 대륙 전쟁은 제국의 승리로 끝났지만, 뼈아픈 피해를 입었다. 전쟁에 동원된 군사 중 절반이 죽거나 불구가 되었다.

게다가 길라게온에도 아탈란을 믿는 사람들의 수가 꽤 되었다. 아탈란 교의 재건 운동을 지원한 귀족들도 제법 있었다. 그래서 중앙은 삼십 년 가까이 지난 지금까지도 끊임없이 아탈란의 신자들을 솎아 내야 했다.

'올리비에 공작도 아탈란을 믿었다고 하고……'

"저하께선 아주 특별한 색을 가졌군요."

"……"

"어떤 세상에는 이런 전설이 있거든요."

도미니크는 가만히 내 이야기를 경청해 주었다.

"불사조라는 영물은 자신의 몸을 태워 재가 되는데, 그 재 속에서 다시 태어난대요. 그렇게 영원을 사는 거예요."

"……."

"저는 그 재가 항상 궁금했어요. 어떤 색일까, 하고."

난 그의 눈동자를 빤히 쳐다보았다.

"이런 색이 아닐까요?"

"……."

"맑고, 투명해서 안타까운 잿빛. 계속 보고 싶은 그런 색."

그는 잠시 말이 없었다. 어쩐지 조금 떨리는 것 같던 그의 눈동자가 움직임을 멈췄을 땐 눈매가 나붓이 휜 뒤였다.

"내가 지금 당신을 끌어안는다면 말입니다."

"네?"

도미니크의 손이 내 뺨에 닿았다. 나는 흠칫, 놀라 어깨를 좁히던 때에 그가 아주 다정한 목소리로 읊조렸다.

"모두 네 탓이야."

"……?"

아니, 그게 왜 내 탓이란 말인가.

나는 기가 막혀서 그를 쳐다보았다. 그때, 통신석이 깜빡깜빡 점멸했다.

"아, 오빠다!"

기사도 없이 몰래 나온 걸 들켰나 봐!

내가 당황하자 도미니크가 몸을 일으켰다.

"가죠. 데려다드리겠습니다."

빨리 돌아가야 덜 혼날 것 같아서 나는 냉큼 그의 손을 잡았다.

*    *    *

도미니크의 행적을 조사한 보고서가 황후에게 올라왔다. 한 손으로 양피지를 들추던 그녀의 입매가 비틀렸다. 도미니크와 세니아나가 황궁에서 따로 시간을 가진 건 두 번. 소피아 부인을 간병할 적엔 도미니크가 그녀와 함께 프렌시프 저를 방문한 적도 있었다.

"공은 피에로가 돌리고, 돈은 다른 놈이 챙기는 꼴인가."

황후의 앞에 찻잔을 내려놓던 시녀장 올슨이 물었다.

"어찌 심기가 불편하십니까, 폐하."

"미카엘과 자리를 마련하기 위해 전 학술원의 방학을 연장하라 명했는데, 그 덕을 다른 놈이 누리고 있구나."

황후가 쯧, 혀를 차며 찻잔을 들었다. 올슨은 황후의 뒤에서 그녀의 팔을 주물렀다.

"진정 사비에르와의 혼약을 깨실 겁니까?"

"탐이 나."

"프렌시프 영애가 말이지요."

톡, 톡. 검지 끝으로 테이블을 두드리던 그녀가 낮게 읊조렸다.

"이대로 두어선 안 되겠다."

도미니크는 지지 기반이 부실하긴 하지만, 황제가 가장 귀애하는 아들이었다. 그가 세니아나와 결혼해서 프렌시프를 등에 업는다면 황태자보다 귀찮은 적이 될 것이다.

'아카데미로 가면 그놈이 영애에게 어떤 수작을 부릴지 모르지.'

그전에 미카엘과 붙여 두어야 한다. 황후가 시녀장 올슨을 쳐다보았다.

"프렌시프 저에 서신을 보내라. 내가 내일 영애를 만나야겠다고 아주 정중하게 전해."

"예."

올슨이 고개를 수그렸다.

*　　*　　*

나는 곤란한 표정으로 손가락을 꼬물꼬물 얽었다. 가웨인이 검을 검집에서 꺼냈다 도로 넣길 반복했다. 날이 빠져나올 때마다 스르렁, 서늘한 마찰음이 생겼다. 늘 다정하게 웃고 있던 란슬롯의 얼굴에선 표정이 사라졌다.

"잘못…… 잘못했……."

딸꾹! 갑자기 더운 데서 찬 데로 이동한 데다, 긴장까지 잔뜩 하고 있었더니 딸꾹질이 나왔다. 그러자 창밖을 보고 있던 오빠들이 눈을 크게 뜨고 날 돌아보았다. 가웨인이 내게 다가왔고, 란슬롯은 하녀에게 물을 가져오라고 했다. 하녀가 얼른 물을 가져오자 란슬롯이 내 손에 컵을 쥐여 주었다.

"자, 세니아나."

"……."

난 힐끔힐끔 눈치를 보며 물을 마셨다. 그러자 가웨인이 옅은 한숨을 내쉬었다.

"뭘 잘못했다는 거야."

"호위 없이 나가서……."

란슬롯은 고개를 끄덕였다.

"그건 잘못했지."

나는 기가 죽어서 어물어물 말했다.

"그리고 황족과 사사롭게 만나는 건데 말을 안 했으니까…… 잘못했어요……."

가웨인이 팔짱을 끼며 말했다.

"그런 거 아니야."

"화…… 안 나셨어요?"

"너한테는."

그럼 왜 그렇게 살벌한 표정을 짓고 있었지?

'그러고 보니 도미니크와 만났다는 얘기를 하기 전부터 기분이 안 좋았지.'

만났다고 자백한 뒤로는 더더욱. 가웨인이 도미니크의 멱을 따 버리겠다고 분통을 터뜨릴 땐 진짜로 무서웠다. 난 오빠들이 보고 있던 창밖으로 시선을 돌렸다.

'으응?'

여름인데 뭘 저렇게 열심히 태우고 있을까? 편지 같아 보이는데.

하인들이 지푸라기를 모아서 편지를 잔뜩 태우고 있었다. 가웨인이 편지를 태우는 것을 지켜보며 중얼거렸다.

"죽여 버릴까."

나를? 나는 울상을 짓고 치맛자락을 꽉 잡았다.

"역시 제가 뭘 잘못한 거지요……."

"아니라니까."

"하지만 계속 화가 나 있고……."

"아, 정말."

가웨인은 울컥 인상을 썼다. 난 겁을 먹고 눈을 꽉 감았는데—

"왜 이렇게 귀여운 거야."

생각지도 못한 말이 튀어나왔다.

뭐라고?

란슬롯이 내게 컵을 받으며 중얼거렸다.

"귀여운 건 잘못이 아니지."

"누가 잘못이래? 난 들러붙는 하이에나들을 죽이고 싶은 거라고."

"동감이지만 처리하려면 티끌조차 남기지 마라."

"당연하지."

저게 무슨 말이지, 고민하던 난 점차 얼굴이 붉어졌다. 사용인들 보기 민망하다.

'이 사람들은 판단력을 잃었어!'

제 눈의 안경이라는 말이 이런 걸까. 내가 핏줄이니까 오빠들 눈에는 아주 쬐—끔 귀여워 보일 순 있겠지만 이건 심하다.

'어쨌든 나한테 화가 난 것 같진 않으니까…… 도망치자.'

부끄러워서 여기엔 더 못 있겠다. 마침 황궁에서 초대장이 도착했다길래 나는 그 핑계로 재빨리 방으로 갔다.


방문을 닫자마자 절로 한숨이 흘러나왔다. 함께 서재에 있다가 돌아온 마릴린과 시트론이 킥킥 웃었다.

"정말……."

내가 울상을 지으니 시트론은 빙그레 웃었다.

"도련님들께서 아가씨를 아끼시는 모습이 보기 좋아요."

부끄러워하지 말라는 뜻인 것 같아서 난 어깨를 축 늘어뜨렸다.

"과해. 누가 날 귀엽게 본다고."

그러자 마릴린이 펄쩍 뛰며 말했다.

"아니에요! 쌍월 축제 무도회에서 에스코트를 하고 싶다고 편지가 잔뜩 왔…… 헉."

말하다 말고 마릴린이 움찔, 굳어졌다. 난 의아함에 물었다.

"잔뜩?"

마릴린은 마른침을 삼키고, 어색하게 웃었다.

"─ 왔, 왔으면 좋겠네요~"

참, 에스코트……. 아무도 신청 안 하면 어떡하지. 쌍월 축제 무도회는 이성과 동반 입장해야 한다던데. 걱정스러운 얼굴로 황후의 서신을 펼치는데, 마릴린이 조그맣게 중얼거렸다.

"큰일 날 뻔했네……."

"조심하세요."

시트론이 고개를 끄덕이며 말해서 나는 고개를 갸웃 기울였다.

황후의 편지엔 긴한 청이 있으니 내일 꼭 황궁에 들러 달라고 적혀 있었다. 황후가 내게 할 청이라.

'어쨌든 황궁에 가 보긴 해야겠네.'

황후의 편지는 아주 간곡했다. 이렇게나 저자세로 나오는데 거절할 순 없었다.


이튿날, 나는 준비를 마치고 황후궁에 들어갔다. 황후궁의 시녀장은 나를 평소에 가는 정원이 아닌 귀빈 응접실로 이끌었다. 타국의 사신이나 금좌 11석, 그리고 사비에르. 오직 그들만이 들어갈 수 있는 곳이었다. 문 안에 들어가자마자 나는 눈이 휘둥그레졌다.

'과연 귀빈들을 응접하는 곳.'

가구부터 액자 하나에 이르기까지 호화롭지 않은 구석이 없었다. 재질이 뭘까 궁금할 정도로 반질반질 고급스러운 테이블 위에 올라가 있는 향초에선 짙은 백단향이 풍겼다. 안경을 낀 채 책을 읽던 황후가 고개를 들었다.

"왔구나."

"폐하를 뵙습니다."

"초대에 응해 주어 고맙네. 앉게."

나는 그녀의 맞은편에 앉으며 테이블에 놓인 책을 흘끔 쳐다보았다.

"영애를 기다리는 동안 무료해서 말이지."

황후쯤 되는 사람이 미리 와서 나를 기다렸다는 건 엄청난 환대였다.

"서둘러 입궁할 것을 그랬습니다."

"무얼. 제법 흥미로운 이야기라 즐거운 시간이었어."

"어떤 책인가요?"

"삿된 자들의 기록이지."

삿된 자. 문득 선생님이 삿된 자들에게서 나를 지키며 소리쳤던 말이 기억났다.

*[사라져! 이 아이는 더 이상 제물이 아니야!]*

'맞아, 그건 내가 제물이었다는 말이야.'

프렌시프의 핏줄을 제물로 삼아 간 큰 사람은…….

'납치범.'

나와 선생님을 납치했던 그들. 그리고 그들과 함께 내 운명을 빼앗았다는 약탈자 세니아나. 나는 미간을 좁히고 책을 빤히 쳐다보았다. 저 책이 있으면 납치범들과 약탈자 세니아나의 정체에 관한 힌트를 얻을 수 있을지도 모른다.

"폐하."

"그래."

"저도 그 책을 읽어 보고 싶은데. 어디서 구할 수 있나요?"

황후가 곤란한 표정을 지었다.

"이건 황족만 열람할 수 있는 기록이라네."

내가 아쉬운 표정을 짓자 황후는 낮은 침음을 흘렸다. 그녀가 손을 내저어 시녀들을 물렸다.

"영애에게 청할 일이 있어."

그리고 책의 커버를 매만졌다.

"이건 그 보답으로 하지."

"하지만 그건 황족만이……."

"영애와 나 사이에 비밀이 하나쯤 생겨도 좋지 않겠나."

내 손등을 쓰다듬으며 그녀가 빙그레 미소지었다.

"내용부터 듣지요."

"미카엘이 근래 몸살이 잦네."

"황자님께서요?"

"어릴 때부터 유난히 몸이 약한 아이였지. 지금은 많이 건강해졌지만, 어미로서 마음이 편치 않아."

"……."

"영애도 알 걸세. 황족이 병약하다는 게 어떤 뜻인지."

그건 황족을 자리에서 밀어낼 명분이었다. 지금까지도 자주 앓는 황태자가 그렇게 미카엘에게 밀리지 않았던가. 황후는 황태자의 건강을 핑계로 그의 일을 제 아들에게 대신하게 하였다.

"궁인이나 의사가 드나들면 내 아들의 몸 상태를 의심하는 자들이 생기겠지."

"제가 대신 황자님을 살피길 바라시는 건가요?"

"영민하구나."

황후는 상냥한 어조로 말을 이었다.

"쌍월 축제에서 대련하기 전까지만 내 아들을 보신시켜 주게."

"좋지 않은 소문이 날 겁니다."

"쌍월 축제 때문에 포털이 필요할 일이 많다네. 영애가 그 아이를 돕는 것이라 한다면 그리 어색한 변명은 아니지 않겠나."

"저보다는 사비에르 영애가 적임자일 텐데요."

황후는 소파에 몸을 깊게 기대고, 치맛자락을 매만졌다.

"그 아이는 요양 중이라더군."

'포털을 튕겨 냈던 일 때문일까.'

튕겨 낸 나도 며칠 몸이 좋지 않았으니, 튕겨 나간 사비에르 쪽은 피해가 막심했을 수도 있겠다. 난 잠시 고민했다. 황족만 열람 가능한 문서를 내게 빌려주는 건 황후에게도 위험한 일이었다. 설혹 나와 사이가 틀어진다더라도 쉽게 말하진 못할 거다.

무엇보다 납치범과 약탈자의 정보가 필요했다. 이미 한 번 프렌시프의 핏줄을 납치한 사람들이다. 그렇게 간 큰 자들이 두 번은 못할 거라 장담할 수 없었다.

'무슨 일인지 알아야 일이 생겨도 타개책이 생길 거야.'

고개를 조그맣게 끄덕이자 황후의 얼굴이 환해졌다. 나는 그날 바로 미카엘 황자의 보좌 자격을 받았다.


똑똑. 미카엘의 방문을 몇 번이나 노크했는데도 응답이 없다.

'안 계시나.'

약과 음식을 놓고 가야 하는데.

'궁인들 눈에 띄기 전에 그냥 돌아가야겠다.'

그렇게 몸을 돌리려는데……. 벌컥, 문이 열렸다. 미카엘은 가벼운 하의와 로브만 걸치고 있었다. 로브 사이로 얼핏 맨가슴이 보여서 나는 움찔, 하고 물러났다.

"폐, 폐하께서 약을 전하라셔서……."

민망해!

"안녕."

"아, 네! 황자님을 뵙…… 습니다."

놀라서 인사하는 것도 잊고 있었네.

그는 나른한 눈빛으로 쟁반을 잠시 보고, 중얼거렸다.

"시녀가 할 일을 귀한 영애님께서 대신하시는군."

"폐하께서 저하의 장래에 염려가 크십니다."

너희 어머니가 몰래 간호하라고 하셨어, 라는 뜻이었다. 그는 한 손으로 목을 주무르며 중얼거렸다.

"모후께서 재밌는 일을 하시는군."

"……네?"

"들어와라."

거절할 새도 없이 그에게 끌려 들어갔다. 그의 방은 어두웠다. 심홍색의 두꺼운 커튼이 창을 가리고 있어서 빛은 커튼 틈으로 조금 새어 들어올 뿐이었다.

다인용 소파에 길게 누운 미카엘이 눈을 감았다. 난 살그머니 소파 테이블에 쟁반을 올려 두었다. 그러다 그의 얼굴을 보았다. 아까는 당황했고, 방에 들어와선 잘 보이지 않아 몰랐는데 낯빛이 창백했다.

"저하."

"……."

"저하."

난 그의 어깨를 살짝 흔들었다.

"일어나 보세요. 약을…… 앗!"

죽은 듯 조용하던 미카엘이 내 손목을 끌어당겼다. 나는 깜짝 놀라서 굳어졌고, 그는 천천히 눈꺼풀을 들어 올렸다.

"그만 종알거려."

열이 올라 뜨거워진 그의 숨결이 느껴졌다. 등줄기로 오싹, 소름이 밀려왔다.

"……."

그런데.

"가만히, 좀……."

눈매가 천천히 일그러지더니 말을 잇지 못했다.

"저하."

"……."

그는 대답조차 하지 못했다. 큰일 났다. 상태가 심각하다.

'간호하는 정도로 끝날 일이 아니야.'

난 그의 손을 뿌리치고 얼른 통신석을 잡았다. 황후가 사전에 알려 준 코드를 연결하자 이내 시녀장의 목소리가 들려왔다.

[말씀하십시오.]

"상태가 심각하세요! 당장 의사를 불러야 해요!"

[약은 드셨습니까?]

"그건 아직……."

[약을 드신 후 상황을 보지요.]

"네?"

[폐하께서 절대 의사를 보내지 말라 명하셨습니다.]

그러고 통신이 끊겼다. 아니, 무슨 이런 사람이 다 있어! 미카엘은 한 눈에도 위중했다. 약으로 치료할 수 있는 수준이 아니란 말이다. 어미로서 걱정된다더니 다 허풍이었나. 나는 입술을 꾹 깨물고다시 통신석을 들었다. 동시에 그가 내 손을 잡았다.

"소용없다."

"저하."

"자식보다 정쟁이 우선인 분이시니까."

그는 갈라진 목소리로 낮게 웃었다. 이마에 맺혀 있던 식은땀이관자놀이를 지나 턱 끝에 맺혔다. 미카엘이 다시 천천히 눈을 감았다. 숨소리가 점점 더 거칠어졌다.

'안 되겠어. 일단 뭐라도 해야 해.'

난 얼른 몸을 일으켰다.


몇 시간 후. 나는 미카엘의 이마를 짚어 보았다.

'다행이다. 열이 많이 내렸어.'

몇 시간이나 고생한 탓에 나는 기가 쭉 빠졌다.

'그래도 약 효과는 좋네.'

황후가 준 약을 먹이고 내내 간호를 했더니 이제 슬슬 혈색이 돌아오고 있었다. 난 물수건을 다시 그의 이마에 올려 두고 몸을 일으켰다.

주변을 둘러보니 온통 엉망이었다. 미카엘을 침대로 질질 끌고오느라 떨어진 로브와 실내화. 열을 내리겠다고 가져온 수건, 대야. 떨어진 약 봉투. 허둥지둥 뛰어다니다가 부딪쳐서 깨진 화병. 한숨을 내쉬고 떨어진 물건을 줍기 시작했다. 이렇게 엉망인 방을 보면 시종들이 의심할 거다.

'미카엘이 아픈 건 비밀이니까.'

그래서 간호 용품도 모두 미카엘의 부관에게 부탁해서 가져왔다. 약 봉투를 줍던 나는 아! 하고 작게 소리쳤다. 발등이 엄청 쓰라리다.

"화병이 떨어질 때 베였나 봐⋯⋯."

정신이 없어서 아픈 줄도 몰랐어. 울상을 짓고, 손수건으로 엉겨 붙은 피를 살살 닦았다.

"협탁 안에 약이 있다."

"저하! 정신이 드세요?"

그가 몸을 일으키려고 해서 난 후다닥 침대로 달려갔다.

"누워 계세요."

미카엘이 날 빤히 쳐다보았다.

"이상하군."

"제가요?"

"영애의 상처가 우선 아닌가."

"죽다 살아난 사람이 우선이죠."

내가 다행이라며 웃으니 그는 픽, 실소를 흘렸다.

'진짜 야하게 생겼어.'

도미니크가 단정하고 날카로운 인상의 늑대 같다면, 이 남자는 농염한 비늘을 가진 독사 같았다. 보고 있으면 자꾸만 란슬롯이 떠오른다. 그래서 쓰러졌을 때 더 허둥지둥한 걸지도.

"그건."

미카엘이 내 손에 들린 약 봉투를 지그시 응시했다.

"아, 약 먹여 드렸……!"

그가 엄지 끝으로 내 입술을 매만졌다.

"직접?"

난 얼굴을 홱 돌리고 뒤로 물러났다.

"물에 타서 드렸거든요!"

"흐응……."

그가 눈매를 접었다.

"아쉬운데."

"그냥 둘 걸 그랬네요."

"하하."

한 번 그를 쏘아보고서 벌떡 일어나 테이블로 향했다. 등 뒤로 미
카엘의 시선이 달라붙었다. 난 조금 식은 치료식과 남은 약을 가지
고 돌아왔다.

"드세요."

\*     \*     \*


"죽이에요."

세니아나의 말에 미카엘은 오트밀 같은 것이 든 그릇을 가만히
내려다보았다.

"직접 만들었나?"

"네."

큰 그릇 옆에 작은 종지가 있었다. 그의 시선을 눈치챈 세니아나가 말했다.

"그건 장조림이라는 건데. 음, 일종의 가니쉬예요."

"요리를 한다더니 정말이었군."

미카엘이 오트밀 같은 것을 스푼으로 뒤적였다. 구미가 당기는 모양새이긴 했다. 하얀 바탕에 색색의 고운 채소가 반짝였다. 설원 위에 떨어진 루비나 사파이어처럼. 쌀이 흠뻑 젖어 무른 액체 사이로 또 다른 재료가 보였다.

'전복.'

그 또한 도미니크와 마찬가지로 해산물을 좋아하지 않았다. 그래서 제 음식에서는 자주 볼 수 없는 재료였다. 전복과 쌀이 든 오트밀이라니. 낯선 조합이었지만, 냄새는 꽤 괜찮다. 이 고소한 향은 맡아본 바 없었다.

"냄새가 묘한걸."

"참기름이에요. 황궁이라 없는 재료가 없더라고요."

"황궁 조리실에서 만든 건가."

"네, 그래도 안 들키고 잘했어요. 저하의 부관이 도와줬거든요."

세니아나는 눈을 반짝였다. 맛이 어떤지 묻고 싶어서 근질근질해 보인다.

'손이 많이 가는 음식 같은데.'

정말로 그를 위해서 이런 수고스러운 일을 했단 말인가. 대련장에서 세니아나는 오직 도미니크만을 시야에 담았다. 사람들이 모두 자신에게 달려올 적에도 세니아나는 한결같이 도미니크를 염려하고 있었다.

'재밌군.'

미카엘은 세니아나를 흘긋 쳐다보고 스푼을 들었다. 죽을 떠서
입으로 집어넣자…….

'제법인데.'

쌀이 부드러워서 부은 목에도 술술 감겨 내려간다. 혀에 걸리는
전복은 야들하고 쫄깃해서 씹을수록 고소한 맛이 배어 나왔다. 둘
을 이어 주는 건 참기름이다. 장조림이라는 것도 제법 먹을 만했다.
짭조름해서 간이 삼삼한 죽과 아주 잘 어울렸다.

"어, 어때요?"

"……."

"맛없나요?"

"괜찮아."

"정말요?!"

세니아나는 뛸 듯이 기뻐했다. 양 볼이 복숭아처럼 발그레해져
선 눈을 반달꼴로 휘었다. 그가 그녀를 지그시 응시하자 그녀는 눈
을 동그랗게 뜨며 물었다.

"왜요?"

"디저트로 영애 입술을 물면 어떨까 싶어서."

"……약 드세요."

세니아나가 인상을 찌푸리며 약 봉투를 퍼 주었다.

"하하."

"왜 자꾸 웃으세요."

"내게 매정한 여자는 처음이라 신기해서."

"그런 얘기 많이 들었어요."

"어떤 찢어 죽일 놈일까."

"재벌들이 그렇게 얘기하곤 하지요."

그러고는 "티브이에서."라고 조그맣게 종알거렸다. 미카엘은 빙그레 웃으며 약을 삼켰다. 세니아나는 그 뒤로도 미카엘을 살펴 주었다. 한 시간쯤 의자에 앉아 있던 그녀가 꾸벅꾸벅 졸기 시작했다. 그런 그녀를 보고 있자니 잠결에 들었던 목소리가 떠올랐다.

*[아들을 이렇게 방치하는 게 어디 있어…….]*

가늘게 떨리던 목소리를 기억한다.

*[저하.]*

상냥하게 자신을 부르던 목소리 또한.

세니아나의 고개가 떨어졌다. 색색, 고른 숨소리를 듣던 그는 천천히 몸을 일으켰다. 잠든 세니아나를 안아 들었을 때, 그의 부관이 방에 들어왔다.

"기침하셨습니까."

미카엘은 세니아나를 제 침대에 눕히며 말했다.

"황태자에게 붙인 세작은?"

"황태자비 후보 명단을 전달했습니다. 한데……."

세니아나에게 이불을 덮어 준 그가 부관을 힐끗 돌아보았다.

"정체를 의심받기 시작했다고 합니다. 어찌 처리할까요."

침대 맡 의자에 앉아 다리를 꼰 그가 세니아나의 머리칼을 쓸어 넘겼다. "으응." 하는 잠투정에 그는 부드럽게 미소지었다.

"없애."

"……."

"쓸쓸하지 않도록 부모 자식까지 함께 보내 줘라."

꼬리가 잡히는 건 용납할 수 없다는 말이었다. 자신 또한 세작과 같은 꼴을 당할 수 있다는 생각에 부관의 얼굴이 희게 질렸다.

"글렌."

"하명하십시오."

"한 놈 찾아야겠다."

"누구를 이르십니까."

미카엘이 세니아나의 눈꼬리를 부드럽게 문질렀다.

"재벌, 이라고 하더군."

그가 섬뜩하게 낮은 목소리로 읊조렸다.

"사지를 찢어서 바다에 처박아 둬라."

흥미가 생겼다. 거슬리는 건 치우고 집중하고 싶을 정도로.

부관이 허리를 깊게 굽힌 후 방을 빠져나갔다.

"수면 향을 너무 강하게 피웠나."

"응, 저하……."

네가 꿈에서 보는 남자는 어떤 저하이려나.

"부디 도미니크는 아니길 빌어."

"……."

"형님은 아직 살려 두고 싶거든."

미카엘은 잠든 세니아나의 이마에 가볍게 입 맞췄다.

황후는 사비에르 후작이 보내온 그림을 가만히 내려다보았다. 앙투완의 새벽. 첫손에 꼽히는 화가 앙투완이 감옥에 갇혀 두 팔을 잃고도, 입으로 붓을 물고 마무리를 했다는 전설적인 작품이었다.

"과연 명작 중의 명작이로군."

황후가 중얼거리듯 말하자 사비에르 후작은 입꼬리를 끌어당겼다.

"폐하께 드리는 선물입니다."

"내게?"

황후가 그림에 가까이 다가갔다. 앙투완의 새벽이 어째서 '광명'으로 불리는지 알 것 같았다. 어둠의 장막을 걷으며 위엄을 떨치는 빛이 그 안에 있었다. 사비에르 후작이 황후를 보며 입을 열었다.

"딸아이가 기운을 차렸습니다."

"잘됐군."

"쌍월 축제엔 참석할 수 있을 테니 부디 노여움 푸시지요."

"흐음……."

그녀는 낮게 침음하고 그림을 감상했다. 눈에 새기듯 지그시 응시하던 그녀가 가볍게 입을 열었다.

"그림은 가져가게."

"그림은 그저 작은 성의일 뿐입니다."

"사비에르 영애는 몸이 완전히 나을 때까지 확실히 휴식을 취하는 게 좋겠어."

후작의 표정이 굳어졌다. 좋게 돌려 말했지만, 내용은 쌍월 축제에 참석하지 말라는 것이었다. 그가 억지로 표정을 풀며 하하, 웃었다.

"4황자께는 무도회를 함께할 파트너가 필요하시지 않습니까."

"프렌시프 영애에게 맡길 걸세."

"……!"

황후는 더는 불쾌한 심사를 감추지 못하는 후작을 흘깃 쳐다보았다.

"같은 성녀이니 시사하는 바가 있지 않겠나."

"약혼자를 교체하겠다는 의미로 보이겠지요!"

"내 아들의 권위가 오롯이 빛날 거란 뜻일세."

사비에르 후작의 손에 들려 있던 모자가 우그러졌다.

"제 딸의 입장이 난처해질 겁니다!"

"어째서. 내가 이리 에이레네를 아끼는데."

황후는 시종이 가져온 쟁반에서 찻잔을 들었다. 전혀 거리낄 게 없다는 듯하지만, 눈빛에 스민 조소는 숨겨지지 않았다.

"그렇지 않아도 폐하께서 영애를 각별하게 여긴다고들 생각합니다."

"사비에르는 고작 호사가의 몇 마디가 두려운가."

"소문이 힘을 갖는 경우를 지척에서 보았지요."

황후가 소문에 휘둘려 세니아나 프렌시프를 억지로 증명시킨 일.

황후의 시선이 날카로워졌다. 그녀는 굳은 얼굴로 후작을 쏘아보고, 소리 나게 찻잔을 내려놓았다.

"할 말이 그것뿐이면 가 보게. 내 분명 말했을 텐데. 당분간 황궁을 찾지 말라고."

"폐하께서 이리 나오신다면 어쩔 수 없겠군요."

"무슨 뜻인가."

황후가 인상을 찡그리자 후작이 입가에 은근한 미소를 드리웠다.

"제 입이 가벼워질 수밖에요."

"……공!"

"한 가족이 되리라 믿고 그간 함구했던 일이 어쩌면 아발론(황제의 궁)의 귀에 들어갈지도 모르겠습니다."

"감히 나를 협박해!"

사비에르 후작의 눈빛이 검게 일렁였다.

"딸의 체면을 지키고자 하는 부정으로 여겨 주십시오."

"……."

"무도회 전에 황궁의 마차를 보내 주실 것이라 믿고 있겠습니다."

그러곤 허리를 숙이고 황후의 방을 나섰다. 사비에르의 마차에 오른 후작은 대호(大虎)를 쏜 장수 같았다. 살의와 욕망으로 눈이 온통 번들거렸다.

"빌어먹을, 빌어먹을!"

그가 마차 안의 서류를 바닥에 집어 던지며 소리쳤다.

"쳐 죽일 년!"

에이레네가 황후가 되자마자 현 황후 그라니아를 뒷방에 처박아 줄 것이다. 그리 귀히 여기는 세니아나 프렌시프의 수급을 들려서!

＊　　　＊　　　＊

나는 인상을 쓰며 미카엘의 방을 둘러보았다.

'이상해.'

왜 갑자기 잠이 들었을까. 미카엘 황자를 간호하느라 정신이 없었다지만, 잠에 끌려 들어갈 정도로 피곤했던 건 아니다.

'피로를 푸는 향이라고 했지.'

깨어 있을 적에 미카엘이 향로에 넣으라 했던 가루가 떠올랐다. 향이 공기 중에 퍼진 뒤로 정신을 차릴 수가 없었다.

'약, 일지도.'

미카엘의 보좌 자격을 얻으면서 포털 이용의 허가를 받았다. 그래서 무슨 일이 생기면 바로 도망칠 수 있으리라 생각했다. 하지만……

'이런 방식이라면 포털을 열 수조차 없을 거야.'

미카엘이 아니라 그 누구에게서라도.

때마침 미카엘이 환복하고 방으로 들어왔다. 나는 그에게서 조금 물러났다.

"이만 가 보겠습니다."

"함께 식사하지."

"몸을 회복하신 듯하니 더 머무를 이유가 없어요."

미카엘은 소파에 앉아 다리를 꼬았다.

"더 아플 것을 그랬나."

"……."

"아플 적엔 그리도 상냥하던 사람이었는데."

그는 몹시 아쉽다는 듯 중얼거렸다.

"저하께 상냥한 사람은 저 말고도 많을 테지요."

사비에르 영애라든가, 정원에서 격정적으로 입 맞추던 하녀라든가.

미카엘은 빙그레 웃었다.

"질투?"

"아직 병증이 남은 모양이네요."

헛소리를 하는 걸 보면.

"하하."

그가 고개를 숙인 채 어깨를 잘게 떨었다.

대체 저 남자는 뭐가 그렇게 웃겨서 웃는 거야. 도와주려던 사람에게 약향을 풀었으면서!

나는 울컥 화가 나서 그를 흘겨보았다. 그러자 미카엘은 고개를 비스듬히 기울였다.

"어떻게 하면 영애의 질투를 받을 수 있을까."

"제게 무해해지신다면요."

"형님은 영애에게 무해한 사람인가."

어쩐지 그의 눈빛이 이전과는 달랐다. 마치 먹잇감을 탐색하는 포식자와 같은 느낌.

'도미니크는 엄청 바른 친구라고!'

하지만 도미니크에게 피해가 갈까 봐 말을 삼켰다. 미카엘은 무언가를 생각하듯 눈썹을 느리게 들었다가 내렸다. 그러곤 나를 붙잡았다.

"식사하고 가."

"괜찮습니다."

"나 아직 환자라고?"

"……."

"다시 쓰러질지도 모르잖아. 살펴 줘."

눈빛이 애처로워졌다. 과연 바람둥이. 사람을 움찔하게 만드는 뭔가가 저 밑에 깔려 있었다. 솔직히 가엽기는 했다. 아플 때 아무도 찾지 못하는 설움을 난 잘 알고 있었으니까. 아플 때의 그는 내 어릴 적과 란슬롯, 그리고 선생님을 간호했던 시절을 떠올리게 만든다.

'안 돼.'

섣부른 동정은 위험하다. 난 고개를 절레절레 저었다.

"그대가 처음이야. 나를 애원하게 만든 여자는."

"그거참, 안타까운 일이군요."

가볍게 대답하자 그가 또 한 번 눈매를 휘었다.

"본격적으로 애원해 볼까."

"저하."

"어떻게 하면 함께 식사해 줄 거지? 데려온 기사들을 모조리 도륙하면 영애의 마음이 바뀌려나."

나는 자리에 못 박힌 듯 굳어졌다. 미카엘은 팔걸이를 잡은 채 소파에 느른히 몸을 기댔다.

"아, 이건 영애의 입장에선 애원이 아닌가."

"……."

"내가 애원을 해 본 적이 없어서 말이야."

"협박, 내지는 강요라고 해요, 그런 건."

"흐응."

"그리고 전 그런 분과 식사할 생각이 조금도 없습니다."

미카엘이 미간을 좁히며 관자놀이를 눌렀다.

"아쉬운데."

"가 보지요."

"내일도 와 줘."

나는 문고리를 잡으며 그를 힐끔 돌아보았다.

"싫어요."

그 말을 끝으로 그의 방을 휙 나섰다. 정말로 이상한 사람이야. 웅크린 채 벌벌 떠는 날 보고 미소 짓던 사채업자가 떠올라서 오스스 소름이 돋는다.

'아무래도 책은 다른 방향으로 얻는 게 좋겠어.'

하지만 어떻게? 그런 생각을 하는데, 뒤에서 "영애." 하는 목소리가 들렸다. 난 활짝 웃으며 뒤돌았다.

"저하!"

이상한 사람과 함께 있었더니 도미니크가 유난히 반가웠다. 도미니크는 픽 웃으며 내게 다가왔다.

"황궁엔 어쩐 일이십니까."

"황후 폐하께 부탁을 받아서요."

"부탁?"

나는 잠깐 고민하며 우물쭈물했다. 말해도 될까?

'퍼져선 안 되는 일이지만 도미니크는 입이 무거운 사람이고.'

내가 포털을 가지고 있다는 것도 비밀로 해 줬으니까. 그리고 친구 사이엔 비밀이 없어야 하는 거 아닐까. 소피아 부인과 할머니도 비밀이 생겨서 다퉜다고 했는걸.

나는 절대로 그와 다투고 싶지 않았다. 주변을 둘러보고 보는 눈이 없다는 걸 확인한 뒤 까치발을 들었다. 손을 모으고 귓가에 다가가자 움찔, 도미니크의 어깨가 살짝 떨렸다.

"폐하께서 은밀히 미카엘 저하를 간병하라고 하셨어요."

그의 표정이 삽시간에 달라졌다.

"어째서 그런 위험한 부탁을······!"

그가 내 손을 끌어당겼다. 난 당황하여 눈을 데굴데굴 굴렸다.

"그게······ 책이 필요해서······."

"책?"

"황족만 열람할 수 있는 책이래요. 간호해 주면 몰래 책을 빌려준다고······."

도미니크의 잇새로 아득, 이가는 소리가 흘러나왔다.

"무슨 책입니까."

"삿된 자들의 기록이에요."

"찾아보죠."

"저하께서 빌려주시겠다고요?"

그가 고개를 끄덕였다.

정말로? 하지만 황후는 내 손에 책을 넘겼다는 걸 들켜도 방어할 힘이 있지만, 도미니크는 그렇지 않다. 그래서 아예 도미니크에게 빌릴 생각을 못 했는데.

"그렇지만······ 그렇지만······."

내가 걱정스러운 얼굴로 보자 도미니크는 단호히 말했다.

"미카엘을 베어 버리는 것보다는 덜 위험하겠죠."

"네?!"

그런 무서운 소리를! 나는 누가 들었을까 봐 얼른 주변을 살폈다.

"황궁 장서실을 찾아보고 말씀드리겠습니다."

"정말 괜찮으세요?"

도미니크가 내 머리를 가볍게 흩뜨렸다.

"걱정하지 마."

갑작스러운 반말에 대답하지 못했다. 놀랐는지 가슴이 뛰었다.

"밤이 깊으면 마차가 다니기 위험합니다. 돌아가세요."

"……네."

그러더니 그가 앞장서듯 내가 돌아온 길로 걸었다.

"저하는 어디 가세요?"

이쪽은 도미니크 궁 방향이 아닌데?

내 말에 그는 가볍게 대답했다.

"어두우니까."

"마차까지 데려다주시려고요?"

"……."

그가 졸졸 쫓아가는 나를 힐끔 내려다보았다.

"감사합니다."

나는 헤헤 웃으며 고개를 숙였다.

"좋아합니다."

뭐? 갑자기 심장이 발끝으로 떨어지는 기분이었다.

"저도 영애의 눈이 좋습니다. 웃을 땐 더더욱."

*[저는 좋아해요, 저하의 눈.]*

카페에서 그에게 했던 말이 떠올랐다. 대답해 주고 싶어서 내내 기억하고 있었나…….

"그래도 주어부터 말씀해 주시지……."

놀랐다고요.

내가 조그맣게 중얼거리자 도미니크는 빙그레 웃었다. 난 도미니크의 배웅을 받으며 황궁을 떠났다.


도미니크는 그날 밤 바로 내게 연락을 해 왔다. 황실 장서실에 있는 샷된 자들과 관련된 책은 황후에 손에 있는 그 한 권뿐이라는 말이었다.

[열람 기간이 있으니 곧 반납할 겁니다. 그때 제가 빌려 오는 것으로 하죠.]

"감사해요."

도미니크는 잠깐 침묵하다가 낮은 목소리로 말했다.

[그러니까 미카엘에겐 가지 마세요.]

매우 동감입니다.

"저도 만나고 싶지 않아요……."

내가 조그맣게 대답하니 통신석에서 그의 달콤한 웃음소리가 낮게 퍼졌다.

그렇게 말한 다음 날 바로 황후를 만나게 되는 건 무슨 일일까. 나는 한숨을 삼키고 황후를 바라보았다. 그녀는 가브리엘라 황비와 함께 직접 프렌시프 저에 찾아왔다. 아빠와 오빠들은 집을 비운 상태라 그들을 맞이할 수 있는 건 나뿐이었다. 시트론과 마릴린이 황후와 가브리엘라 황비에게 각각 차를 내려놓았다.

"아버님께선 황궁에 계십니다."

"들었네. 경들도 함께 갔다지."

기회를 노리고 온 것 같은 어투였다. 가브리엘라 황비도 느꼈는지 가느스름하게 뜬 묘한 눈으로 황후를 힐끗 쳐다보았다.

'저 사람이 가브리엘라 황비지. 동부에서 황궁에 보냈다는.'

온건한 성품이라 황후와 로웨나 황비도 그녀에겐 가시를 세우지 않는다고 들었다. 황후는 찻잔의 손잡이를 매만지며 말했다.

"가브리엘라가 워낙에 알뜰한 탓에 쌍월 축제에서 입을 드레스가 마땅치 않더군."

"그러셨군요."

"이 사람 드레스를 가봉하는 겸 영애에게도 한 벌 선물하고 싶네."

축제가 며칠 안 남았는데 이제야 가봉한다고?

'핑계 같은걸.'

가브리엘라 황비 또한 자신이 핑계로 이용당한다는 걸 아는 듯 침착했다.

"저는 괜찮습니다."

"청을 들어준 데 대한 감사의 뜻이기도 해. 부디 받아 주게."

"……."

가브리엘라 황비 앞에서 거절하면, 황후의 얼굴에 먹칠을 하는 꼴이었다. 무엇보다 가브리엘라는 프렌시프가 주축인 동부의 황비. 동부 사람인 내가 거절하면 그녀에게까지 피해가 미칠 수 있었다.

'이러려고 굳이 황비를 데려왔구나.'

나는 앓는 소리를 삼키기 위해 애써야 했다.

"포털을 열겠습니다."

"신의 축복을 그리 사사롭게 쓸 수야 없지. 이 근방이니 마차로 이동하세."

꺼림칙했지만 거절할 말이 따로 없었다. 결국 난 황후에게 이끌려 함께 저택을 나서는 수밖에 없었다. 마차는 두 대였다. 하나는 황후와 가브리엘라 황비가 타고, 또 하나는 나를 위해 준비한 것이라고 했다. 마차의 문이 열리자마자 나는 굳어지고 말았다.

"저하."

미카엘이 삐딱하게 앉아 있었다.

"그리 놀라지 마. 이번엔 끌려온 거니까."

그러자 황후가 후후 웃으며 말했다.

"오랜만의 바깥 구경이라 데려왔지."

정말 하루 종일 말을 잃게 하는 일의 연속이었다.

"팔불출이라 생각하지 말아 주게. 나와 미카엘은 이런 기회가 흔하지 않은 신분이잖은가."

미카엘과 끊임없이 만나게 하려는 이유를 이젠 알겠다.

'나까지 그의 비로 만들려는 거야.'

사비에르 영애와 더불어.

"젊은 사람들끼리 잘 통하겠지. 함께 타게나."

황후는 거절할 새도 없이 가브리엘라 황비와 함께 마차에 올라 먼저 출발했다. 미카엘이 있는 마차에 오른 난 짙은 한숨을 내쉬었다. 그런 나를 그는 예의 재밌다는 눈으로 쳐다봤다. 움직이는 마차 안에서 난 창밖만 보고 있었다.

"밖에 볼 만한 게 있나."

"안엔 보기 싫은 분이 계셔서요."

약향, 그리고 기사들을 도륙하겠다고 협박한 일로 그는 내 안에서 불한당이 되었다. 미카엘은 픽 실소를 흘렸다.

"도미니크는 다르고?"

"네."

미카엘이 내게 손을 뻗어 왔다. 고개를 돌렸지만, 턱을 단단히 붙들고 있어서 피할 수 없었다. 그가 내 눈을 빤히 쳐다보았다.

"놔주세요!"

"내가 그자와 뭐가 다르지?"

"도미니크 저하께선 이런 짓 안 하시니까요!"

"그것뿐?"

"그분은 다정하세요."

눈을 가늘게 뜬 미카엘이 낮은 웃음을 터뜨렸다.

"이런, 나도 제법 다정한 편인데."

"……"

"몰라 주니 아쉬워."

그때였다. 히이잉—! 말이 날카롭게 울더니 이내 픽, 쓰러지는 소리가 들렸다. 마차가 덜컹 움직이기 무섭게 날붙이가 부딪치는 소리가 들렸다. 미카엘의 얼굴에서 표정이 사라졌다.

"영애는 여기 있어."

"무슨 일⋯⋯!"

"있어, 여기."

그렇게 말한 그가 마차 한구석에 놓여 있던 검을 들고 문을 열었다.

"나오지 마."

뒤를 돌아 나를 보며 한 그 말을 끝으로 미카엘이 마차를 뛰쳐나갔다. 도무지 무슨 일인지 알 수 없었다. 난 창문에 바짝 붙어 마차 주변을 살폈다. 황실의 문양이 새겨진 흰 제복을 입은 기사의 등이 보인다. 검에 복부를 찔린 기사가 휘청, 쓰러진 뒤 보인 건―

'농민?'

밀짚모자를 쓴 추레한 차림의 남자. 아냐, 평범한 농부가 황실 기사를 저렇게 능숙하게 죽일 순 없어. 저건 암살자다.

'황실의 마차를 습격했다고?'

반역인가. 순간 암살자와 시선이 마주쳤다. 그가 중얼거리는 입 모양이 보인다.

찾았, 다.

'나를 노리는 거야.'

어째서?

마차 밖에서 황궁의 기사들이 소리쳤다.

"어서 지원을⋯⋯!"

"통신석이 연결되지 않습니…… 컥!"

저택을 함께 떠나온 황실의 기사 수는 열. 암살자의 수는 작은 창을 통해 보이는 것만 해도 그 배였다. 게다가 움직임이 몹시 노련했고, 황실의 기사와 견주어도 부족하지 않았다.

아니, 오히려……! 그렇게 생각하기 무섭게 텅! 마차 문에 무언가 부딪치는 소리가 들렸다.

'이동해야 해.'

순간, 미카엘과 호위들이 떠올랐다. 호위들의 얼굴은 익혀 두지 않은 데다, 미카엘의 위치를 몰라서 그들까지 이동시킬 순 없었다. 저택에 돌아가도 기사들을 소집하는 데에 시간이 걸린다. 그동안 저들이 다 죽을 수도 있다.

'나가서 모두의 위치를 확인해야……!'

고민하는 몇 분 사이, 벌컥! 문이 열렸다.

"모시러 왔습니다, 성녀님."

농민으로 분장한 암살자가 나를 향해 손을 뻗었다. 쿵! 미카엘이 긴 다리로 그의 복부를 후려쳤다.

"엉겨 붙지 마라."

서슬 퍼런 눈빛이었다. 햇살에 비치는 하얀 얼굴에 검붉은 피가 튀어 천천히 흘러내리고 있었다. 떠밀렸던 암살자가 자세를 고치고 땅을 박찬 후 튀어 올랐다.

쟁一! 검과 검이 부딪치고, 미카엘은 대련에서 도미니크가 했던 것처럼 암살자의 다리에 발을 걸었다. 암살자가 휘청임과 동시에 그의 목선에 검을 겨눈 미카엘이 순식간에 그의 숨을 거둬 버렸다. 그때.

"저하!"

그의 양옆으로 다른 괴한들이 다가왔다. 그들의 검날이 미카엘의 허리를 스쳤다. 설백색 예복으로 피가 스며들었다. 미카엘이 허리를 잡은 채 검을 고쳐 쥐고, 그들과 맞섰다.

하지만 검상을 입은 그는 점점 밀려났고, 그사이 또 다른 괴한이 마차에 침입했다. 괴한의 검날이 푸르게 빛났다. 나는 펜던트를 꼭 쥔 채 눈을 꽉 감았다. 가족들의 얼굴이 차례로 머릿속을 지나갔다.

'선생님!'

그 순간. 크르릉! 거대한 포효에 천지가 진동했다. 별안간 온통 까맣던 시야 사이로 붉은빛이 스며들었다. 그리고—

"컥!"

괴한의 날카로운 신음과 함께 마차가 덜컹, 움직였다. 나는 황급히 눈을 떴다. 그리고 보인 건…… 설원에 흩날리는 눈발처럼 새하얀 털과 갈기를 지닌 사자.

"멀린!"

멀린이 움직이자 마차가 우지끈, 무너지며 바람이 휘몰아쳤다. 마차 주변에 포진한 괴한들을 향해 뛰어든 멀린은 순식간에 한 사람의 목을 물어뜯었다. 새빨간 선혈이 흰 털을 물들였다. 피비린내가 바람을 타고 코안으로 훅 들어왔다.

괴한들이 주춤, 물러났다. 멀린은 한달음에 내 곁으로 복귀해 또 한 번 크게 울부짖었다. 대기가 일렁이는가 싶더니 반투명한 화살로 뭉쳐졌다. 수백, 아니, 기천은 되는 수의 화살이 내 주변을 에워쌌다. 활촉이 모두 괴한에게 향했다.

[명울!]

머릿속에 기묘한 울림이 생겼다. 멀린의 목소리에 나는 홀린 듯 생각했다.

'쏴라!'

그러자 허공에 떠 있던 화살들이 일시에 유성우처럼 쏟아졌다. 화살이 괴한들의 육신을 꿰뚫기 무섭게 단말마가 난무했다. 괴한들이 모두 쓰러졌다. 숨소리마저 적막에 삼켜진 공간 안에서 서 있는 건 오직 나뿐이었다. 기사들이 믿을 수 없다는 표정으로 나를 지켜보았다. 그리고 난⋯⋯.

"멀린⋯⋯ 헉."

폐가 쥐어짜이는 것처럼 고통스러웠다.

"크룽⋯⋯."

멀린이 작게 포효하자 새하얀 불꽃이 일더니 빛이 되어 흩어졌다. 그제야 숨을 쉴 수 있었다.

"영애!"

나는 쓰러지듯 주저앉았다. 미카엘이 나를 안아 들고 얕은 바위 위에 앉혀 주었다. 기사들은 그제야 연결된 통신석으로 지원을 요청했다. 그리고 살아남은 암살자들을 포박했다.

'기절하면 안 돼.'

다시 암살자들이 올 수도 있어.

이를 악물고 있기를 한 시간 가량쯤. 멀리서 말굽 소리가 잔뜩 들리는가 싶더니 검은 관복의 기사들이 보이기 시작했다. 미카엘이 멍하니 웅크리고 있는 나를 붙들었다.

"날 봐, 영⋯⋯."

"영애!"

익숙한 목소리였다. 다급히 고개를 든 난 미카엘의 손을 뿌리쳤다.

"저하!"

도미니크가 숨을 거칠게 몰아쉬며 내게 다가왔다.

"괜찮은 겁니까."

"⋯⋯."

"영애."

눈물이 솟구쳤다. 그의 얼굴을 보자마자 안심이 되어서. 도미니크는 덜덜 떨며 우는 나를 끌어안았다.

"괜찮아."

"저하⋯⋯."

"괜찮아."

난 그의 옷깃을 붙잡고 하염없이 울었다.

\* \* \*

쾅! 황제가 테이블을 내리치며 물었다.

"어찌 된 일인가,"

황후는 입술을 꽉 깨물었다. 그녀 또한 어떻게 된 일인지 영문을 알 수 없었다.

'미카엘과 둘만의 시간을 만들어 주려던 것뿐이었다.'

그 때문에 자신은 일부러 목적지를 빙 둘러 갔다. 어떻게 습격당한 건지, 심지어 언제 습격을 당한 건지도 알지 못했다. 대체 얼마나 겁을 상실한 자들이기에 황궁의 마차를 습격했단 말인가!

"기사들의 말로는 예사 인물들이 아니었다고 했습니다."

"짐이 그를 몰라서 묻는 것이겠는가!"

"……."

"프렌시프 영애를 무슨 까닭으로 저택에서 끌어냈지?"

이 사달의 시작은 황후였다. 곤란해하는 세니아나 프렌시프를 끌고 나온 것, 포털로 이동하자는 제안까지 황후 쪽에서 물렸다니 빠져나갈 여지가 없었다.

프렌시프가 그토록 분노한 것은 처음 보는 일이었다. 아서는 바로 금좌 11석을 소집했다. 절대로 쉬이 넘어가지 않겠다는 의미였다. 궁정 대신이 일을 수습하기 위해 나베리우스 프렌시프에게 연락을 취했으나, 그는 아들보다도 더 눈이 뒤집혀 있었다.

황후는 치맛자락을 꽉 움켜쥐었다.

"미카엘이 영애를 지키기 위해 다쳤습니다. 이쪽도 피해를……!"

"결국 황자와 기사들을 구한 건 프렌시프 영애였지."

"……."

"앞으로 그대가 프렌시프 영애를 찾는 일은 없어야 해."

"폐하……!"

"황명이다."

황후의 얼굴이 희게 질렸다. 방으로 돌아온 황후는 테이블 위에 놓인 시계를 내던졌다. 쨍! 날카로운 파열음과 함께 산산조각이 난 베젤이 바닥 아래로 우수수 떨어졌다.

"올슨!"

그녀가 날카롭게 소리치자 시녀장이 다급히 방 안으로 들어왔다.

"예, 폐하."

"사비에르 후작을 당장 끌고 와라!"

"후작을 어째서……."

"프렌시프 영애를 노릴 자가 그자 말고 더 있다더냐!"

"예,"

"미카엘은 뭘 하고 있지?"

"괴한들을 고신하고 계십니다."

"……서둘러 수괴를 알아내야 한다."

황제의 명은 세니아나에게 접근하지 말라는 것으로 끝이 아니었다. 당분간 자숙하라는 말도 함께 전했다. 황후의 소임은 로웨나 황비와 가브리엘라 황비가 나누어 맡는 것으로 결정되었다.

'찢어 죽일……!'

세니아나 프렌시프의 마음을 돌릴 수 없다면, 황후의 자숙이 언제 끝날지 알 수 없었다.


그 시각, 황궁의 고문실.

"크아악!"

파르르 경련하던 남자가 곧 움직임을 멈추고 축 늘어졌다. 이어 병사가 그의 맥을 짚었다.

"죽었습니다."

미카엘은 눈매를 나붓이 휘며 숨이 끊어진 자객을 응시했다.

"이런, 재미없게."

"……."

"더 팔팔한 놈을 데려와라."

병사는 서둘러 움직이며 마른침을 삼켰다. 평소에도 잔인한 사람이라 여기긴 하였으나, 오늘의 그는 지나칠 정도로 섬찟하다. 벌써 죽어 나간 포로만 일곱이었다. 그는 자백을 위해 고문하는 것이 아니라, 마치 벌레를 가지고 놀 듯 포로들을 유린했다. 새로운 포로가 끌려 나왔다. 지금껏 고신당한 자 중 가장 젊은 편이었다.

"죽여라, 난 절대로 토설하지 않을…… 컥!"

미카엘이 구둣발로 꿇어앉은 포로의 머리를 짓밟았다. 거친 바닥에 짓이겨지자 얼굴이 흙먼지와 상처로 엉망이 되었다.

"크윽……. 황자란 자가 상스럽기 그지없구나. 화풀이라도 하는 것처…… 아아악!"

"말 많은 놈은 좋아하지 않아."

미카엘이 병사를 향해 까딱 고갯짓을 했다.

"가시 관을 씌워라."

"……!"

가시 관은 모두가 알고, 누구나 두려워하는 고문 기구였다. 목까지 이어지는 커다란 관. 관 주변에 마치 가시덩굴처럼 둘린 나사 때문에 불리는 이름. 미카엘은 빙그레 미소지었다.

"너는 얼마나 버틸지 궁금한데."

그의 손에서 가시 관을 건네받은 병사가 남자의 머리 위에 가시관을 씌웠다.

"끄아아악 — !"

미카엘은 의자에 걸터앉아 눈을 지그시 감았다.

*[저하!]*

도미니크를 부르는 애달픈 목소리. 자신을 뿌리치던 손. 그자의 옷깃을 잡고 안심하여 흘리던 눈물. 모든 게 머릿속에서 엉망으로 뒤섞인다. 미카엘은 가시 관을 쓴 채 끔찍한 비명을 내지르는 남자를 쳐다봤다.

"맞아."

그의 눈빛이 욕망으로 번들거렸다.

"화풀이다."

기분이 나쁘거든. 도미니크를 보는 그녀의 표정이 빌어먹게 사랑스러워서.

\*       \*       \*

나는 내 침대맡을 지키는 도미니크를 힐끔 쳐다보았다.

"돌아가시라니까요……."

"잠들면."

"정말로 괜찮아요."

놀라서 눈물이 터지긴 했다. 죽을 뻔했으니까. 하지만 과거엔 그런 적이 몇 번이나 있었기 때문에 이런 것쯤은 아무것도 아니었다. 도미니크는 흘러내린 내 머리칼을 다정하게 쓸어넘겼다.

"사람을 죽인 게 처음이었잖습니까."

"그건 좀 무섭기는 한데요……."

나는 이불 아래서 양손을 말아 쥐었다. 그렇지만 다시 돌아가도 똑같은 선택을 할 거다. 또 한 번 인생을 빼앗기고 싶지 않으니까.

"괜찮아요."

"괜찮지 않다고 해도 돼."

"아우, 정말."

벌써 몇 번째 듣는지 모르겠다. 가족들도, 도미니크도 계속 내 걱정만 했다. 가족들이 그렇게까지 화가 난 건 처음 보았다.

감정에 솔직한 가웨인이 드물게 조용했다. 날 선 살기가 요동치는 것만 같았다. 나에게 화난 게 아니란 걸 알면서도 무서울 정도로. 란슬롯도 무섭긴 마찬가지였다. 미소가 사라진 그의 얼굴은 오싹했다.

'아빠는…….'

내 앞에서 내색하지 않으려는 모습이 마음 아팠다. 내내 손마디가 새하얗도록 주먹을 움켜쥐고 있었으면서. 그런 얼굴이 보기가 힘들어서 암살자 처리를 핑계로 가족들을 내보냈다.

'정말 괜찮은데.'

나는 꾸물꾸물 옆으로 돌아누웠다. 그리고 도미니크를 물끄러미 쳐다봤다.

"우리 즐거운 얘기 해요."

"어떤 얘기를 할까요."

이렇게 순순히?

나는 깜짝 놀라서 눈을 동그랗게 떴다가 이내 배시시 웃었다.

'도미니크는 이토록 다정한데 사람들은 왜 모를까.'

"으음, 주변에선 보통 어떤 얘기를 해요?"

"글쎄요."

"그럼 부대에서는?"

"여자, 술, 게임."

"게임?"

여긴 전자오락 같은 건 없을 테니까 크로케나 카드놀이일까?

"격투술을 겨루는 겁니다. 부대원들은 판돈을 걸죠."

"아하, 저하도 겨룬 적 있으세요?"

"저는 늘 승리했죠."

어쩐지 그의 눈빛이 오만해진 것 같았다. 난 킥킥 웃다가 문득 카페에서 본 로맨틱한 기사를 떠올렸다.

"다비드 기사님과도요?"

"그때 그냥 죽…… 불구로 만들 것을."

우와, 또 무서운 소리! 가만 보면 정말 간이 큰 사람이다. 나는 어색하게 웃으며 말을 돌렸다.

"여자 얘기도 하셨어요?"

"안 했습니다."

"흐음, 거짓말쟁이."

혼잣말처럼 중얼거리니 그가 살짝 눈살을 찌푸렸다.

"정말입니다."

"그렇지만 오빠들이 이 세계의 남자는 다 난봉꾼이라고 했는걸요. 오빠들만 빼고."

"……."

도미니크가 인상을 찡그렸다. 그는 무언가를 억누르듯 눈을 잠깐 감았다가 다시 나를 쳐다보았다.

"거짓말입니다."

"네?"

"경들이 가장 방탕하죠."

"에이, 설마."

가웨인은 검술밖에 모르는 바보고, 란슬롯은…… 상상이 안 된다. 내가 그렇게 중얼거리니 도미니크는 내게 이마를 맞댔다. 금방이라도 입술이 맞닿을 것처럼 가까운 거리. 그의 숨결이 얼굴을 간질이고 달콤하게 흩어졌다. 난 깜짝 놀라서 어깨를 바짝 움츠렸다.

"거기서 빼야 하는 건 나뿐이야."

"……."

"열은 없네요."

그렇게 말한 그가 다시 떨어졌다. 때마침 문이 열리며 예복을 갖춰 입은 오빠들이 들어왔다. 도미니크가 몸을 일으켰다.

"이만 가 보겠습니다."

그렇게 말한 그가 가볍게 고개를 까닥이곤 방을 떠났다. 나는 이불 끝만 잡은 채 바짝 굳어 눈을 홉뜨고 있었다. 가웨인이 그의 뒷모습을 노려보다가 쯧, 혀를 찼다.

"왜 아직까지 뻗대고 있던…… 세니아나?"

그가 날 보고 한쪽 눈을 일그러뜨렸다.

"왜 그렇게 굳어 있어?"

란슬롯도 의아한 듯 물었다.

"황자와 무슨 얘기를 했지?"

나는 멍하니 대답했다.

"오빠들 방탕하다고……."

"뭐?!"

"……."

가웨인이 버럭 소리쳤고, 란슬롯이 인상을 찌푸렸다.

"미친 자식……."

가웨인은 이를 갈며 나를 붙잡았다.

"거짓말이다. 믿지 마."

"……잘래요."

심장이 쿵쿵 뛰어서 진정할 시간이 필요했다. 이불 속에 쏙 숨자 가웨인이 당황한 목소리로 말했다.

"아니야, 아니라니까. 방탕한 건 형뿐이야!"

"죽고 싶어?"

"방탕하긴 했잖아. 형 때문에 길거리에서 여덟 명이 치고받았……!"

빽! 장딴지를 걷어차는 소리와 함께 윽! 하는 가웨인의 신음이 들렸다. 난 그들이 만드는 소음을 한 귀로 흘리며 베개를 끌어안았다.

이 세계 남자들은 정말 다 위험한가 봐……. 방탕하지 않다는 도미니크도 내게는 이렇게 유해한걸.


사용인들이 소파에 앉아 있는 날 힐끔거렸다.

"저…… 아가씨."

"응."

"도련님들은 방탕하지 않습니다!"

목소리가 우렁찼다. 마치 방 밖에서 누군가 듣고 있어서 그렇게 말하는 것처럼. 나는 고개를 갸웃 기울이고 하인을 쳐다보았다.

'왜 계속 오빠들이 점잖다고 하는 거지?'

집사와 하인, 하녀, 거기다 기사들까지 내 주변을 지날 때마다 저런 말을 했다. 그것도 며칠째. 어제는 웬 기사들이 이상한 말을 주고받으며 지나갔다.

*[도, 도련님들은 정말 음란…… 아니, 음전하시다니까! 차, 참 점잖으시지!]*

*[마, 맞아! 그렇지.]*

*[푸, 품격이 어찌나 점잖으신지!]*

누가 시키기라도 한 것처럼 어색한 어조라 의아했다. 하인은 떠듬떠듬 말했다.

"특히 가웨인 도련님께서 어찌나 정중한 분이신지 모릅니다!"

"흐음, 그렇구나."

나는 고개를 대충 끄덕이고 서류에 집중했다. 란슬롯이 가져다준 황궁의 조사보고서였다.

'괴한들이 모두 길라게온 출신이라고…….'

길라게온에서 태어나 타국에서 자란 이들이었다. 작정하고 암살자로 키워진 모양이다. 그들은 끝까지 배후를 토설하지 않았고, 사건은 미궁에 빠졌다.

'그래도 내게 한 가지 이득은 있지.'

황후는 나를 끌어낸 탓으로 황제에게 자숙을 명받았다. 앞으로 나를 찾지 말라는 말도 함께였다고 했다.

이제 귀찮은 일은 없겠어. 황후는 명 받은 즉시 바로 사비에르 후작을 불러들였고, 그녀의 방 안에서 한 차례 고성이 오갔다, 라.

'사비에르 후작을 의심하는 건가.'

나는 고개를 저었다. 아니야, 사비에르는 아니다. 괴한은 내게 아주 정중히 손을 뻗었다. 나를 눈엣가시로 보는 사비에르 후작이라면 차라리 죽이라고 명했을 거다. 못해도 황도에 있을 수 없을 지경의 상해를 입히라고 했겠지.

'대체 누굴까.'

이상한 점은 또 하나 있었다. 나를 지키기 위해 멀린이 나섰을 때. 대기로 뭉쳐진 화살이 허공에 떠올랐을 때. 그들이 나를 보는 눈빛은 두려움이라기보단 경외였다.

'범인은…… 나를 납치했던 무리일지도 몰라.'

그들이 다시 나섰을 수도 있어. 그런데 이제 와서 왜? 어째서 하필 지금이지?

이제껏 약탈자 세니아나는 그러한 공격을 받은 적이 없었다.

'마치 진짜 내가 돌아왔다는 걸 알고 있는 것 같잖아.'

내가 끄으응, 신음하자 드레스를 가져오던 마릴린이 걱정스러운 표정을 지었다.

"걱정이라도 있으세요?"

"응? 아……. 아니야."

"역시 오늘은 그냥 쉬시는 게 낫지 않을까요?"

"괜찮아. 그거 입으면 되지? 단장하자."

오늘은 황자 대련이 있는 날이었다.

황제가 프렌시프에게 보상으로 다이아몬드 광산을 내렸다. 심지어 궁정 대신을 보내 무려 미안하다는 친서를 보냈다. 황궁의 행렬이 저택 밖까지 이른 것을 보고 귀족들은 기함했다. 하지만 암살자를 보낸 건 다른 쪽이고, 황후는 그저 내게 나들이를 권한 죄밖에 없었다.

'그래도 가족들은 이대로 넘어갈 생각이 없는 것 같지만.'

난 황궁과 프렌시프가 나로 인해 틀어지길 바라지 않는다. 그래서 일부러 유감이 없다는 것을 보여 주기 위해 황자 대련에 참석하기로 했다.

단장을 마치고 나오자 예복을 차려입은 근사한 세 남자가 나를 기다리고 있었다. 나는 오늘따라 유난히 화려한 미모를 발하는 아빠와 오빠들을 보고 눈을 크게 떴다. 아빠는 나를 향해 팔을 내밀었다. 팔짱을 끼라는 듯이.

'기회를 놓칠 수 없지.'

나는 냉큼 아빠를 잡고 히히 웃었다.

"왜?"

"엄청 근사하세요!"

"난 늘 근사하지."

"그렇지요."

"내 딸은 항상 귀엽고."

그런 우리를 사용인들이 흐뭇한 눈길로 지켜봐서 난 조금 쑥스러워졌다. 우린 마차를 타고 황궁으로 이동했다. 호위하는 기사들의 수가 정말이지 엄청났다.

'저택 기사들을 다 데려온 게 아닐까.'

내가 위험할 땐 멀린이 날 지켜 준다고 얘기했지만, 아빠와 오빠는 귓등으로도 듣지 않았다. 지나가는 사람들이 눈을 휘둥그레 뜨고 우리를 쳐다봤다.

'창피해…….'

이건 과보호 중이라고 선전하는 꼴이잖아! 그렇게 새빨개진 얼굴로 황궁에 들어갔다.

'세상에!'

황자 대련을 관람하러 온 사람들이 엄청 많았다. 수많은 귀족과 영향력 있는 상인, 유명 기사들, 그리고 선발된 평민들까지. 신분도 다양했다. 게다가 황궁이 개방되는 날이니만큼 물샐틈없이 경비하느라 황도군이 대거 투입되어 있었다.

황궁에 사람이 이렇게 많아도 되는 거야?

'하긴, 16년 만에 돌아온 축제니까…….'

경기장에 들어가니 벌써부터 흥분한 관중들이 와자지껄 떠들고 있었다.

"우와!"

내가 탄성을 흘리자 가웨인이 픽 웃으면서 내 코를 살짝 흔들었다.

"바짝 붙어 있어."

란슬롯도 내 머리칼을 귀 뒤로 넘겨 주며 말했다.

"포틸 마원은?"

목걸이를 빼서 그에게 보여 주자 란슬롯이 고개를 끄덕였다.

"내가 뭐라고 했지?"

"위험하면 무조건 영지로 이동한다!"

"그래. 또?"

"남이 죽거나 말거나 내 알 바 아니다!"

"좋아."

내가 미카엘과 기사들을 신경 쓰느라 바로 포털을 열지 못했다고 하니까 다들 화를 냈다. 가웨인은 벌컥 소리치기까지 했다.

*[죽으면 그 새끼 명이 그뿐인 거야!]*

그 뒤로 가족들은 마주칠 때마다 귀에 인이 박이게 저 소리를 반복했다. 아빠의 손을 잡고 관중석에 올라가려고 했는데, 때마침 황제와 황비들이 걸어오고 있었다.

"황가에 광영 있기를."

우리가 황족에게 인사하자 황제는 고개를 끄덕였다.

"영애."

"예, 폐하."

"이번엔 고생이 많았구나."

"아닙니다."

"저택에 있었다면 없었을 일이지. 짐이 미안한 마음이 커."

그리고 은근히 아빠를 쳐다보는 게 신경전은 이쯤 하자는 뜻인 것 같았다. 아빠는 개가 짖는다는 표정이라 오히려 내가 더 당황했다. 난 얼른 황제의 신경을 돌렸다.

"폐하의 염려에 몸 둘 바를 모르겠습니다. 앞으로 보다 주의하도록 하지요."

그러고 황후에게도 인사하기 위해 그녀를 찾았는데…….

'응? 없어?'

내 표정을 본 황제가 말했다.

"후는 당분간 황궁 행사엔 모습을 보이지 않을 거다."

로웨나 황비는 내가 기특하다는 표정으로 미소 지었다.

'그 정도라고…….'

생각보다 파장이 엄청난걸.

로웨나 황비가 나를 보며 말했다.

"폐하, 황족석에 프렌시프 일가의 자리를 마련하는 것이 어떠신지요."

"흐음, 그럴까."

나는 괜찮다고 말하려 했지만, 로웨나 황비가 내 손을 덥석 잡았다.

"도미니크의 멋진 모습이 잘 보일 거란다."

두 사람이 이렇게까지 말하는데 거절할 수 없었다. 아빠와 오빠들은 못마땅한 표정이었다. 하지만 내 얼굴을 보고 어쩔 수 없다는 듯 고개를 끄덕였다.

우리는 황족석에 자리를 잡았다. 그 아래에 있는 금좌 11석 가문의 귀족들이 굳은 얼굴로 높이 있는 우리를 쳐다봤다. 아빠와 오빠는 대수롭지 않게 시종이 준 핑거 푸드를 내게 몰아주었다.

"다 못 먹어요."

"로열 키친의 카나페인데."

"로열 키친의 마들렌이야."

"……잘 먹겠습니다."

내가 접시를 받자 주변에서 웃음을 터뜨렸다.

'그, 그렇지만 로열 키친에서 만든 거잖아.'

나는 요리사니까 좋은 음식은 맛봐 둬야 한다고.

속으로 꽁알꽁알 핑계를 대며 카나페를 집었다. 크래커 위에 연어와 오이, 토마토, 치즈를 얹은 카나페에는 옅은 베이지색의 소스가 뿌려져 있었다.

'예쁘다.'

오이와 연어, 토마토가 도각도각 네모나게 잘려 있었고, 크래커가 완만한 접시 꼴로 그것들을 감싼 형태였다. 그 위에 지그재그로 얇게 뿌린 소스. 가장 위 화룡점정으로 올라간 것은 작은 식용 꽃이었다. 나는 조심스레 카나페를 입에 넣었다.

"음!"

식용 꽃을 설탕으로 코팅했구나! 소스는 상큼한 파인애플로 만들어서 새콤달콤 맛있었다. 크래커는 담백하고 바삭하며 오이는 아삭아삭하고 산뜻하다. 연어도 얼마나 훌륭한지 모른다. 혀에 감기자마자 부드럽게 녹아드는 것 같았다.

맛있어! 나도 모르게 양손으로 뺨을 감싸며 "하아……" 탄성을 흘렸다.

"아하하."

로웨나 황비가 웃음을 터뜨렸다. 놀라서 주변을 보니 모두가 날 주목하고 있었다.

'부, 부끄러워…….'

다들 귀엽다는 표정으로 보긴 했지만, 정말로 창피했다. 황제가 낮게 웃으며 내게 접시를 건넸다.

"들어라."

"하지만!"

"이토록 행복한 표정이라면 어떤 안주보다 훌륭하지."

그렇게 말한 황제가 샴페인 잔을 잡았다. 그리고 보니 그는 애주가였다. 아빠를 붙들고 부어라 마셔라 할 정도로.

"감사합니다……."

나는 우물쭈물하다가 접시를 받았다. 절인 통 올리브에 얇게 채 썬 고기를 둘둘 만 요리를 보고 '받길 잘했어!' 하고 생각했다. 맛있게 먹고 있는데 시녀가 새파래진 얼굴로 로웨나 황비에게 다가갔다. 그녀가 귓가에 무어라 속삭이자 황비의 얼굴이 새파랗게 질렸다.

"오디주가 없다니!"

그 말에 황제의 표정 또한 일그러졌다. 시녀는 어찌할 바를 모르고 고개를 수그렸다.

"상자를 열었을 땐 병이 모두 깨진 상태였습니다."

"어찌 관리했기에……!"

나는 란슬롯의 귓가에 속삭였다.

"오디주가 왜요?"

"황자 대련에서 황족과 금좌 11석이 오디주로 건배하는 게 관습이거든."

"꼭 오디주여야 하나요? 샴페인도 있고……."

"타라를 기리기 위해서야."

타라라면 육체에 기억이 남아 있었다.

"삿된 자들을 토벌하고 인간에서 신이 되었다는 길라게온의 모신이요?"

란슬롯은 가볍게 고개를 끄덕였다.

"맞아, 삿된 자들을 피해 산에 숨었을 적에 타라가 오디와 산딸기, 느릅나무 껍질을 먹으며 연명했다고 하지."

황자 대련 또한 황궁의 무위를 보여 삿된 자들을 쫓기 위해서였다.

'오디주가 없으면 대련 자체가 무용지물로 여겨질 수도 있겠구나.'

황궁은 망신을 당할 테고. 잠깐만.

'오디와 산딸기, 느릅나무 껍질이라고?'

황비들이 당황한 표정으로 말했다.

"이제 어찌합니까."

"그러게요……. 곧 대련이 시작할 텐데……."

로웨나 황비가 벌떡 일어났다.

"다른 술이라도 구해 와야지 뭣들 하는 거야!"

"작년부터 올해까지 장마 피해가 심해 성한 오디가 없습니다. 황궁으로 올라온 오디주 또한 겨우 구한지라……."

"멍청한 것들!"

황후를 대신해 쌍월 축제를 주관하게 된 로웨나 황비는 크게 당황했다. 황제도 언짢아 보였다.

"저……."

내가 슬그머니 손을 들자 일시에 시선이 쏠렸다.

"술, 제가 가지고 올 수 있을 것 같은데요."

"뭐?"

"뭐라고?"

황족과 가족들이 모두 놀란 표정으로 날 보았다.

"오디나 산딸기, 느릅나무 껍질로 만든 술이면 되는 거지요?"

"그렇기야 하지."

"만들어 둔 게 있어요."

"모두 흔히 마시는 술이 아닌데, 어떻게?"

"허가를 내려 주시면 빠르게 다녀오겠습니다."

그렇게 말하자 날 지그시 응시하던 황제가 시종에게 손을 흔들었다. 시종은 재빨리 궁정 마법사들에게 달려갔다. 얼마 지나지 않아 결계가 해제되었다. 나는 펜던트를 쥔 뒤 영지에 있는 내 조리실로 이동했다.

"여기 있다!"

하인, 그리고 바커스와 함께 만든 복분자주!

함께 마시려고 넉넉히 만들어 놔서 황족과 금좌 11석 가문의 사람들은 모두 마실 수 있겠다. 난 술통을 가지고 이동하려다가 조리대로 달려갔다. 서랍에서 노트를 꺼내 글씨를 꾹꾹 눌러썼다.

*[할아버지, 저 왔다 가요. 방학이 끝나기 전에 다시 올게요.*
*그때까지 운동 열심히 하시고, 편식하지 마요!]*

노트를 잘 내려놓고서 술통과 함께 다시 이동했다.

"와아—!"

함성과 함께 우렁찬 박수가 터져 나왔다.

헉! 여기가 아닌데!

경기장이 크게 술렁였다.

"포털…… 정말로 프렌시프 영애가……!"

"황궁 결계를 흔들었다지 않소."

"하지만 어째서 대련장에 포털을 열었단 말인가."

"폐하께서 이런 날 영애를 위해 결계의 해제령을 내렸다는 것이 겠지요."

"레제와 테르반의 사건, 그리고 황궁 마차 습격 사건의 일로 으름 장을 놓으려는 게 아니겠습니까."

"함부로 덤벼들지 말라는 건가."

"이 광경을 목격한 자들이라면 절대로 덤벼들 수 없겠지요."

아니야, 그거 아니야. 나는 그냥 포털 사용이 미숙해서 황족석으로 가야 하는데 여기 덜렁 떨어진 것뿐이라고.

당황해서 굳어 있자 누군가 말했다.

"저런 위엄이!"

그런 거 아니라니까…….

'어, 어떡하지.'

나는 이러지도 저러지도 못했다. 그때, 양옆에 있는 각각의 통로에서 두 남자가 걸어 나왔다. 도미니크와 미카엘. 내 곁에 다가온 남자가 황제를 바로 보며 무릎을 굽혔다.

"광영을."

"광영을."

그사이에 나 홀로 우뚝 서 있었다. 도미니크와 미카엘이 동시에 내 손을 잡았다. 나는 그들을 힐끔힐끔 쳐다보다가 술통을 내려놓고 살짝 무릎을 굽혔다.

"황가에 광영을……."

그런데 이러면 제가 주인공 같지 않을까요…….

대련의 주인공은 누가 뭐래도 로젠카로튼 황가였다. 나는 황제가 언짢아할까 봐 그의 눈치를 살폈다. 그런데 그는 픽, 실소를 흘릴 뿐이었다.

"장관이로군."

경기장 기둥마다 달린 마도구를 통해 황제의 음성이 울려 퍼졌다. 금좌 11석이 모두 일어나 동의하듯 허리를 굽혔다.

"성녀는 타라가 내세에 내린 축복이라고 하지. 오늘 신성한 존재가 빚은 술을 맛보게 되었으니 짐의 마음이 흡족하다."

그러자 "술?", "성녀가 직접 빚은 술이라고?" 하는 소리가 들려왔다.

'침착하자.'

나는 천천히 입을 열었다.

"과분한 말씀입니다, 폐하. 프렌시프에 다시 없을 영광이지요."

"겸손하기까지 하군."

시종들이 내려와 내가 가져온 술통을 들고, 다시 관중석으로 올라갔다. 곧 황족을 비롯한 금좌 11석 가문의 사람들에게 술잔이 돌아갔다. 내가 만든 복분자주가 술잔 안에서 가볍게 휘몰아친다. 황제는 크게 기대하진 않는 표정으로 술잔을 들어 올렸다.

"길라게온에 영광을."

"영광을!"

"영광을!"

금좌 11석이 함께 축사를 외쳤다. 술잔이 점점 기울어지기 시작하자 나는 긴장으로 가슴이 타들어 가는 것만 같았다.

'급히 오느라 맛도 못 봤는데.'

형편없지만 말아 줘!

"괜찮군."

황제의 말에 난 한숨을 삼켰다. 열렬한 반응을 기대하지 않았기 때문에 이 정도라면 나로서는 충분히 성공이었다. 몇십 년을 숙성시킨 최고급 술만 입에 댄 그였다. 나의 술에 감흥을 느끼기엔 그의 기준이 너무 높았다.

'하지만 이 정도라면……'

나는 흘깃 금좌 11석의 표정을 둘러보았다.

"흠, 오디주는 그리 맛이 좋은 편이 아니었지요."

"이건 꽤 마실 만은 합니다."

"그렇습니다."

젊은 영애, 영식들은 달짝지근한 복분자주가 꽤 마음에 드는 모양이었다.

'응, 잘됐어.'

그때였다. 한 귀부인이 술잔을 들고 비틀거렸다.

"부인!"

사람들의 시선이 일시에 그녀에게 몰렸다.

"오뵈르 백작 부인이군."

미카엘이 중얼거렸다.

'아!'

유명한 이름이라서 세니아나의 기억에도 남아 있었다. 남편은 금좌 11석의 한 자리를 차지했고, 그녀 자신 또한 서부에서 가장 큰 항만의 소유주였다. 오뵈르 백작이 걱정 어린 얼굴로 아내를 쳐다 보았고, 오뵈르 백작 부인은 휘청였다.

"부인?"

"아⋯⋯."

"부인!"

그녀가 폴썩 쓰러져 버렸다. 희게 질린 오뵈르 백작이 그녀를 끌 어안았다.

'이게 대체 무슨 일이야!'

왜 갑자기 내 복분자주를 마시고 쓰러지는 거지?

나는 황급히 관중석으로 올라갔다. 오뵈르 백작 부인이 식은땀 을 흘리며 숨을 몰아쉬고 있었다.

'아직 정신이 있어.'

완전히 혼절한 건 아니었다. 내가 그녀의 상태를 확인하는 사이 사람들이 술렁이기 시작했다.

"대체 이게 무슨 일⋯⋯!"

"독? 독인가!"

난데없이 일어난 변고에 황족들의 표정이 딱딱하게 굳어졌다.

"의사! 의사를⋯⋯!"

오뵈르 백작이 절규하듯 소리쳤다. 그러자 로웨나 황비가 얼른 의사를 데려오라 명했다. 곧 의사들이 경기장 안으로 뛰어 들어왔고, 백작 부인은 그들에게 업혀 경기장을 빠져나갔다. 오뵈르 백작과 술을 빚은 당사자인 나 또한 그들의 뒤를 따랐다.

"어찌 된 것이오!"

백작의 다급한 외침에 의사는 그녀의 눈꺼풀을 뒤집어 보았다.

"위험한 단계는 아닌 듯하지만, 자세히 검사해야겠습니다."

그들이 검사 기구를 확인하는 동안 난 백작 부인에게 다가갔다.

"괜찮으신가요?"

오뵈르 백작이 내게 날카롭게 소리쳤다.

"괜찮아 보이는가! 대체 술에 무슨 짓을 한 거야!"

애처가로 유명한 오뵈르 백작은 거의 정신이 나가 있었다. 백작 부인이 힘없는 손을 들어 그를 붙잡았다.

"전 괜찮…… 영애에게 그만……."

"이리 안색이 좋지 않은데 괜찮을 리가 있소."

"독이 들었다면 모두가 당했어야지요. 하지만 쓰러진 건 저 하나가 아닙니까……."

"……."

오뵈르 백작 부인이 파리한 얼굴로 나를 쳐다보았다.

"남편을 대신해 사과드리겠습니다."

"이해합니다."

"제가 건강 관리를 잘못한 탓에 성녀님께서 곤욕을 치르셨군요."

오뵈르 백작이 그녀의 건강에 예민한 이유는 짐작이 간다. 결혼 초에 생긴 병으로 그녀는 죽을 뻔한 적이 있었다. 백작 부인이 한숨을 내쉬며 말했다.

"요새는 이상하게 피곤하고 입맛이 없어서……. 더위가 유난하여 그런 모양입니다."

'어?'

뭔가 이상하다.

"저, 부인."

"예."

"혹시 속이 안 좋으십니까?"

"요새는요."

"자도 자도 졸리시고요?"

"그런 편입니다."

"요의가 잦고, 아랫배가 당기나요?"

"어찌 그리 잘 아십니까?"

때마침 의사가 다가와서 난 급히 말했다.

"검사는 각별히 조심해 주세요."

"예?"

"임신하셨을지도 모르니까요."

내 말에 오뷔르 백작 내외가 얼어붙었다. 백작이 난처한 얼굴로 그녀의 어깨를 감싸 안았다. 백작 부인의 표정은 아주 묘했다. 어떻게 말해야 할지, 뭐라고 해야 할지 모르겠는 사람의 표정.

"영애, 저는 아이를 가질 수 없습니다. 과거에 앓은 병 때문이지요."

"진단받으신 건가요?"

"십 년간 아무리 노력해도 아이를 가질 수 없었어요."

윤세나의 세계엔 십 년이 훌쩍 넘어 아이를 가진 사람도 있다. 시험관 시술에 계속 실패했지만, 포기하자 아이를 가졌다는 해외의 기사도 본 적이 있었다.

'그러니까 혹시 모르잖아.'

나는 백작 부인과 눈을 맞추었다.

"저는 성녀라잖아요."

"그렇지요."

"이번 한 번만 성스럽다는 힘을 믿어 보지 않으실래요?"

"……."

백작 내외가 시선을 교환했다. 백작은 그녀가 상처받을까 저어했지만, 백작 부인은 살짝 고개를 끄덕였다. 나는 활짝 웃으면서 얼른 의사의 등을 떠밀었고, 의사들이 진찰을 시작했다.

<br>

\*　　　\*　　　\*

<br>

대련 중간의 정비 시간이었다. 그 틈에 시녀가 다급히 코트니 황비에게 다가가 무언가를 속삭였다.

"오뵈르 백작 부인이 아이를 가졌다고?!"

황비의 고함에 황족은 물론이고 금좌 11석 가문의 사람들, 그리고 황족석과 가까이 있던 관중들의 시선이 모였다. 코트니 황비는 거칠게 시녀를 붙들었다.

"확실하니?"

"예, 궁정의가 확언했습니다."

어째서! 왜 그 여자만!

아이를 낳지 못하는 건 자신도 마찬가지였다. 황비가 되고 몇 년이 지났지만, 신은 그녀에게 아이를 허락하지 않았다.

'대체 무슨 수로, 왜 갑자기 오늘⋯⋯!'

그러다 세니아나가 가져온 술통을 쳐다보았다.

"혹시⋯⋯ 저게 아이를 잉태하게 한 건 아닐까."

그녀의 말에 로웨나 황비가 미간을 좁혔다.

"말이 되는 소리를 하세요."

"프렌시프 영애를 지키기 위해 나타났다는 백사자는 말이 되는 이야기입니까?"

"그건 아주 먼 과거에⋯⋯."

"신의 축복으로 아이를 가졌다는 얘기도 아주 먼 과거엔 있었지요!"

가까이서 소란을 목격한 귀족들도 묘한 표정이 되었다. 이상하긴 하다. 십 년 가까이 의사부터 용한 마법사까지 오뵈르의 저택을 문턱이 닳도록 드나들었다. 그런데도 아이 울음소리 한 번 들어 본 적이 없었다.

'왜 하필 오늘 임신했다는 사실이 밝혀졌을까.'

사람들이 시선을 교환했다.

"성녀가 빚은 술⋯⋯."

"그러고 보니 오뵈르 부인이 꽤 많이 마셨잖아요?"

막 결혼한 신혼부부가 황급히 남은 술을 찾았다.

"술은!"

"오뵈르 부인의 소란이 있고 치우지 않았습니까. 께름칙해서 다들 마시지 않았지요."

황궁에서 친자를 두고 있는 건 황후 그라니아가 유일했다. 세 황비의 표정이 순식간에 바뀌었다.

오뵈르 백작 부인은 남편의 품에 안겨 하염없이 눈물을 흘렸다. 백작의 눈에도 물기가 어렸다. 한참 어깨를 들썩이던 백작 부인이 내 손을 잡았다.

"정말 감사합니다, 정말……."

백작 또한 떨리는 눈으로 나를 쳐다봤다.

"어떻게 말해야 할지……. 이 고마움을 어떻게 표현해야 좋을지, 난……!"

"그보다 이제 부인께선 몸 관리 잘하셔야 해요. 먹고 싶다는 건 다 사다 주시고!"

나는 백작에게 눈을 부라렸다. 그러자 백작은 다짐이라도 하는 것처럼 가슴을 두드리면서 고개를 끄덕였다.

'보기 좋네.'

서로를 아끼는 모습이 흐뭇하게만 보인다. 그러다 문득 잡생각이 들었다. 만약에 내가 애를 가지면 어떡하지? 내가 좋아하는 건 순댓국, 곱창, 부대찌개 같은 것들인데.

'그런 거 구하러 다니려면 나 엄청 힘들겠다.'

멍하니 다른 생각을 하고 있는데 백작 내외가 나를 불렀다.

"영애."

"네."

"은혜를 갚을 날이 있을 겁니다."

내가 무슨 일을 했다고 이렇게 고마워할까.

'그저 임신을 알아본 것뿐인걸.'

유별난 일도 아니었다. 다른 사람들에게 '그녀는 절대로 임신할
수 없다'는 선입견이 없었다면 모두가 알아봤을 것이다. 내 입장에
선 별일이 아닌데, 이렇게까지 고마워하니 민망했다. 하지만 백작
내외의 눈은 아주 진지했다.

"무슨 일이든 영애를 위해 나서지요."

"감사합니다."

나는 어색하게 웃으며 의료실을 나섰다. 서둘러 경기장으로 돌
아갔다. 내가 막 안으로 들어섰을 때였다.

"우와ー!"

커다란 함성이 들렸다. 미카엘이 검을 쥔 채 한쪽 무릎을 굽히고
있었고, 도미니크는 그의 목에 검을 겨누었다. 결 좋은 흑발이 바람
에 흩날렸다. 날카로운 턱 끝으로 고인 피가 뚝, 뚝, 바닥으로 추락
했다. 기수들은 도미니크를 가리키는 흑색의 깃발을 흔들었다. 사
람들이 판돈을 주고받으며 신나게 떠들었다.

"제가 뭐랬어요. 평생 전장에서 산 도미니크 황자가 이길 거라고
했죠!"

"모의 대련에선 미카엘 황자의 승률이 더 높았다기에 믿었는
데!"

"처음엔 도미니크 황자가 밀리는 듯 보였잖습니까. 왜 갑자기 후

반에 움직임이 달라졌을까요."

"두 분 황자께서 잠깐 대화를 나누시는 듯했지요. 그 뒤로 달라졌으니 뭔가에 불쾌하셨던 게 아닐까요."

그런 얘기를 들으며 멍하니 서 있는데 황족석에서 가웨인이 날 발견했다.

"세니아나."

"아, 네!"

"뭐 하고 있어, 올라와."

"네……."

나는 도미니크를 힐끔거리며 다시 자리로 향했다. 황제의 눈이 부드럽게 휘었다. 자식들의 무위가 흡족한 모양이었다. 그는 승자인 도미니크에게 말했다.

"짐의 자랑이구나, 도미니크. 네게 말 이천 마리와 에르왈 섬, 시조의 검을 내리겠다."

도미니크가 무릎을 꿇고 고개를 숙였다.

"영광입니다, 폐하."

"하면 용맹한 자의 입맞춤을."

대련에서 이긴 황자가 소중한 사람에게 하는 입맞춤이었다. 도미니크가 성큼성큼 걸어 관중석으로 올라왔다. 귀족 영애들의 뺨이 기대로 붉어졌다. 용맹한 자의 입맞춤은 보통 어머니나 약혼자, 아내의 손등에 한다. 하지만 도미니크에겐 아무도 없기 때문에 누구에게나 기회가 있었다.

"허락하여 주시겠습니까."

그가 내게 손을 뻗었다. 나는 눈을 동그랗게 뜨고 그를 올려다보 았다.

"제게요?"

"예."

"왜요?"

그는 대답하지 않고 희미하게 웃을 뿐이었다.

'거절하면 도미니크가 민망해지겠지.'

우물쭈물하던 난 고개를 살짝 끄덕였다. 도미니크가 내게 바짝 다가왔다. 그리고……. 뜨거운 손이 목을 감쌌다. 아주 가까이에서 그의 숨결이 느껴졌다. 그의 시선이 잠시 내 입술에 머물렀다가 천 천히 위로 올라왔다. 입술이 닿은 곳은 이마였다. 지그시 눌렀다가 애달플 정도로 느리게 떨어졌다.

"어머!"

"어머나……."

주변에서 황비들의 탄성이 터져 나왔다. 동시에 아빠가 내 어깨 를 덥석 끌어안았다. 가웨인은 튕겨지듯 일어났고, 란슬롯은 한 팔 로 내 앞을 막았다. 도미니크는 막아 볼 테면 막아 보라는 듯 눈썹 을 까딱 들어 올렸다.

\* \* \* \*

황자 대련의 소식을 전해 들은 황후는 헛웃음을 흘렸다.

"2황자가 정신이 나갔구나."

"……."

"그래, 미친 게지."

감히 제 아들을 이긴 데다 프렌시프의 성녀에게 입 맞췄다고.

시녀장 올슨은 난처한 표정으로 황후에게 말했다.

"폐하, 그리 노여워 마십시오."

"……."

"사람들은 어쩔 수 없는 노릇이라고들 여깁니다. 도미니크 황자에겐 모후가 있는 것도 아니고, 아내가 있는 것도 아니잖습니까."

이마에 입 맞춘 이유는 쉽게 납득할 수 있었다.

'손등의 키스는 복종을 의미하기도 하지.'

입 맞출 수 있는 상대가 모친과 약혼자, 아내뿐인 건 그런 이유에서였다. '황자인 도미니크가 후작 영애의 손등에 입 맞추긴 쉽지 않은 일이었을 거다'라는 게 사람들의 의견이었다.

"황비들에게 입 맞췄으면 더 곤란하지 않았겠습니까."

"……."

도미니크가 다른 황비의 양자가 되면 황비를 지지하는 세력들이 그의 휘하에 모일 것이다.

"그래서 부득이 성녀에게 입 맞춘 것이겠지요."

"미카엘을 이긴 것이 문제지! 도미니크가 이기지만 않았더라면 성녀에게 입 맞추는 건 내 아들이었어!"

황후는 흘러내린 머리를 거칠게 쓸어 넘겼다.

어떻게 이처럼 번번이 일이 어그러진단 말인가! 경기장에서 세니아나가 또 한 번의 기적을 선보였다는 사실이 황궁에 파다했다. 오뵈르 백작 부인의 임신. 정말 그녀의 힘인지 확신할 순 없지만, 사실이든 아니든 상관없었다. 이제 곧 수많은 사람의 입을 타고 제국 전역에 소문이 퍼질 것이다.

그렇게 된다면 세니아나의 신성함을 존경하며 따르는 세력이 생길 터였다. 세니아나 프렌시프는 광맥이었다. 미카엘의 미래에 여명을 드리울!

시녀장은 분노로 일그러진 황후의 얼굴을 보다가 조심스레 입을 열었다.

"폐하."

황후가 그녀를 향해 고개를 돌렸다. 시녀장은 황후의 귀에 대고 조그맣게 속삭였다. 그녀의 말을 들은 황후의 눈이 커졌다.

"사실이냐?"

"예."

"그렇다면…… 나쁘지 않은 생각이군."

황후의 입꼬리가 비죽 올라갔다.

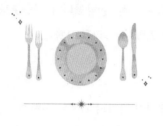

## 8장

아파! 가웨인이 란슬롯에게서 받은 손수건으로 때 밀듯 내 이마
를 닦았다.

"내가 언젠가는 그 새끼를 죽이고 말겠어."

―하고 으르렁거리며.

"아, 아픈데……."

내가 울상을 짓자 그제야 손이 멈추었다. 가웨인이 아득, 이를 갈
고 말했다.

"그 사자는 뭐 하는 거야."

"멀린이요?"

"네가 위험할 땐 튀어나온다며!"

"그야 위험하지 않으니까 안 나온……."

나는 어리둥절해서 가족들을 쳐다보았다. 분위기가 심상치 않았다. 가웨인만 잔뜩 흥분한 줄 알았더니, 란슬롯도 얼어붙을 정도로 차갑게 미소 짓고 있었다. 그리고 아빠는.

"아빠?"

"……."

황궁 복도에 새겨진 황가의 가계도를 빤히 응시하고 있었다. 늘 그렇듯 표정이 없는데 이상하게 가웨인이나 란슬롯보다 무섭다.

"아빠……."

"그래."

"기분이 좋지 않으세요?"

도미니크가 입 맞춘 것 때문에 황가 권력 싸움에 엮일까 봐? 나는 걱정 어린 얼굴로 그를 보다가 손가락을 꼼지락거렸다.

"이마에 한 거니까…… 사람들도 어쩔 수 없는 일이었다고 하고요……."

내가 웅얼거리던 때에 발자국 소리가 들렸다. 멀리서 도미니크가 다가오고 있었다. 가족들의 얼굴이 순식간에 싸늘해졌지만, 도미니크의 표정은 부드러웠다.

"저하."

"이제 돌아가십니까?"

"네, 무도회가 내일모레니까 준비해야 해서요."

"에스코트는 저에게―"

가웨인이 눈을 부릅뜨며 막아섰다.

"세니아나는 저희와 갈 겁니다."

도미니크가 무어라 말하려고 했을 때였다. 란슬롯이 생긋 웃으며 나를 잡았다.

"세니아나."

"네?"

"황궁 무도회의 에스코트는 연인이 하는 거야."

"아! 그렇군요!"

사실 난 도미니크에게 부탁하면 어떨까, 하고 생각했다. 그도 에스코트할 사람이 마땅히 없는 것 같았고, 나도 청을 받지 못했으니까.

'하지만 연인끼리 가는 거라면……'

도미니크는 내게 손을 내밀었다. 에스코트를 맡겨 달라는 의미인 것 같았다.

"저하는 지나치게 상냥하세요."

"……제가 말입니까?"

난 고개를 크게 끄덕였다.

"오늘 일로 사람들이 이상한 생각을 할 수도 있는데 무도회까지 같이 가 주시려고요?"

에스코트해 줄 사람이 없을까 봐 그러는 거지? 하는 눈빛으로 쳐다보니까 도미니크가 미간을 좁혔다. 나는 손을 꽉 움켜쥐고 파이팅 포즈를 했다.

"저하의 연애, 제가 지켜드릴게요!"

"……하."

도미니크가 어처구니없다는 표정을 지었다. 그리고 왜인지 가족들은 기분이 좋아진 것 같았다.

＊　　＊　　＊

나는 드레스를 입고 거울을 빤히 쳐다보았다.

'으으음.'

아카데미에 돌아가야 해서 무도회에 참석하지 못할 줄 알고 드레스를 사 놓지 않았다. 영지의 드레스도 되도록 편한 것 위주라 내겐 파티용 드레스라는 게 딱히 없었다. 그래서 있는 드레스를 수선했는데, 제법 괜찮았다.

"마릴린, 수선을 잘하는구나."

"외가가 의상실을 했거든요. 어릴 때부터 일을 도와드렸더니 바느질에 요령이 생겼지요."

마릴린과 시트론은 내 옆에서 찬사를 아끼지 않았다.

"아름다우세요, 아가씨!"

시트론은 다 큰 딸을 시집보내는 어머니처럼 감동에 겨워했다.

"너-무 아름다우세요!"

마릴린도 심혈을 기울여 만든 예술품을 보듯 황홀한 탄성을 흘렸다. 나는 거울 앞에서 한 번 빙글 돌았다.

"드레스가 예쁘긴 하지만……."

"왜요, 아가씨?"

"나한텐 안 어울리는 거 같아서."

상체 부분은 화려한 레이스에 오프 숄더이고, 허리선을 꽉 조여

골반이 두드러져 보였다.

'이런 건 입어 본 적 없는데.'

윤세나일 적엔 바지와 티셔츠만 입었고, 세니아나가 되고 나선 움직이기 편한 펑퍼짐한 드레스를 입었다. 그래서 난 거울 속의 내가 엄청 어색해 보였다. 마릴린이 펄쩍 뛰었다.

"절대로요! 이 정도는 다들 입는걸요!"

"그런가?"

"그럼요!"

마릴린이 눈을 동그랗게 뜨고 당연하다는 듯 얘기했다.

'으음, 그래. 사실은 이런 드레스 한 번 입어 보고 싶었어.'

거울 앞에서 요리조리 살피고 있으니 하녀들이 액세서리를 걸어 주고, 화장을 마무리했다. 그렇게 준비를 마치고 내려갔다. 또각, 또각. 높은 굽의 구두 소리를 듣고, 기다리고 있던 오빠들이 고개를 돌렸다. 가웨인이 눈을 크게 뜨고 나를 쳐다봤다. 그러더니 기사들에게 명했다.

"……귀족 출신 기사들을 호위단에 포함해라. 홀 안에서도 호위를 해야겠다."

란슬롯은 빙그레 웃으며 내 어깨에 재킷을 걸쳐 주었다.

"오늘은 달라 보이는걸."

"이상한가요?"

"사내들 눈이 멀어 버릴 것 같아서 걱정이지."

"오빠도 멋져요!"

"영광입니다, 레이디."

란슬롯이 내 손등에 입 맞췄다.

"갈까?"

"네!"

나는 오빠들과 함께 무도회장으로 향했다. 마르스 홀에서 이뤄지는 무도회는 미혼의 영애, 영식들의 무대였다. 기혼자들은 중앙 홀에서 따로 무도회를 즐긴다.

"란슬롯 프렌시프 님, 가웨인 프렌시프 님, 세니아나 프렌시프 님 드십니다!"

문지기의 우렁찬 목소리와 함께 우리는 마르스 홀에 입장했다. 사람들의 시선이 쏟아졌다.

"프렌시프 경들이에요."

"아아, 란슬롯 님……!"

"가웨인 님은 여전히 근사하시군요."

영애들은 부채로 황홀한 표정을 감췄다. 영식들도 날 힐끔거렸는데, 그러다 가웨인을 보면 혼비백산하고 사라졌다. 사람들이 우리에게 몰려들었다. 가웨인과 란슬롯은 나를 옆에 딱 붙이고, 대충 참석자들을 상대해 줬다. 내게도 말을 거는 사람이 있었다. 간략하게 무슨 가문의 누구라고 설명하곤 상냥하게 술을 권했다.

"영애, 칵테일을 한 잔……."

그럴 때마다 가웨인이 눈을 부라렸고, 란슬롯은 말을 돌려 버렸다. 홀엔 냉방 장치가 가동되고 있었지만, 사람들의 열기로 꽤 더웠다. 난 비치된 음료를 마시며 사람들을 구경했다. 새콤달콤한 음료가 마음에 쏙 든다. 두 잔째 마시고 있는데 란슬롯이 빙긋 웃으며 내게 손을 내밀었다.

"첫 춤의 영광을 부디 제게."

아주 달콤하고 정중한 말투였다.

'춤은 처음인데……!'

'어쩌지?' 하는 눈빛으로 란슬롯을 쳐다보았고, 그는 괜찮다는 듯
고개를 끄덕였다. 살짝 그의 손을 잡자 란슬롯이 나를 중앙으로 이
끌었다. 그의 어깨와 손을 각각 잡고 엉거주춤 움직였다. 그런데.

'어?'

춤을 추는 게 생각과 달리 익숙했다. 그러고 보니까 이 스텝, 선
생님과 주말마다 손을 잡고 딴딴딴, 춤추며 놀았던 그 스텝이었다.
게다가 란슬롯이 아주 능숙하게 이끌어 줘서 첫 춤임에도 불구하고
어색하지 않을 수 있었다. 그가 웃음기 어린 목소리로 말했다.

"춤에 재능이 있는데."

스스로도 깜짝 놀랐기 때문에 나는 냉큼 고개를 끄덕였다.

"그렇네요."

란슬롯은 그런 내가 사랑스럽다는 표정을 지어서 조금 부끄러워
졌다. 음악은 달콤하고, 란슬롯의 눈빛은 다정했다. 로맨스 영화의
한 장면 속으로 들어온 것 같아서 나는 설레고 즐거웠다.

그와 한 곡을 추고 나자 다음엔 가웨인이 손을 뻗었다. 가웨인은
란슬롯보다는 덜 능숙했지만, 그래도 우리가 우스꽝스러운 모양이
될 정도는 아니었다. 춤추는 내내 가웨인이 픽픽, 실소를 흘렸다.

"왜요?"

"깡총깡총 뛰며 춤추는 영애는 처음 보아서 말입니다~"

그가 장난스럽게 말했다. 나는 가웨인과 함께 사뿐히 돌며 주변을 보았다. 그러고 보니 나처럼 가볍게 통통 뛰며 추는 사람은 없었다.

"오빠는 키가 크니까 제가 맞추려면……!"

"굳이? 신이 나서 그런 것 같은데?"

"……비밀로 해 주세요."

결국 가웨인이 소리 내어 웃었다. 오빠들과 춤을 추고 돌아왔을 때, 미카엘의 입실을 알리는 경비병의 목소리가 들려왔다. 황제가 기혼자들과 함께 중앙 홀에 있기 때문에 그는 이 자리에서 가장 고귀한 신분이었다. 홀에 있던 사람들이 모두 그에게 인사했다.

"황가에 광영 있기를."

"황가에 광영 있기를."

나도 따라 인사하고서 그를 힐끔거렸다.

'왜 혼자 왔지?'

나야 오빠들과 함께였지만, 그는 어째서?

곧 미카엘 주변으로 사람들이 밀물처럼 밀려들었다. 난 그에게서 시선을 거두고 다시 마음에 들었던 음료를 마셨다. 가웨인이 미간을 좁혔다.

"뭐 하는 거야."

"네?"

"그거 술이라고."

"아……!"

"벌써 얼굴이 붉어졌잖아."

춤을 추고 돌아와서 더운 줄 알았는데 취기 때문이었나 보다. 난

열을 식히기 위해 가웨인과 정원으로 나섰다. 해가 진 후라 바람이 서늘했다. 가웨인은 달아오른 내 얼굴을 손등으로 식혀 주었다. 그렇지만 한 번 오른 취기는 쉽게 가시지 않았다.

"잠깐 있어. 사환에게 약을 받아올 테니까."

홀에 들어올 수 있는 사람은 오직 귀족뿐이었다. 호위 기사들도 일단 가문의 이름을 걸고 들어오는 거라 이 안에선 사사롭게 심부름을 시키지 않았다.

그래서 가웨인은 호위에게 단단히 지키라 이른 뒤에 직접 약을 가지러 갔다. 벤치에 앉아 기분 좋게 바람을 쐬고 있는데 누군가 다가왔다. 로브를 푹 뒤집어쓴 여성이었다. 그녀가 나를 보고 천천히 로브 모자를 벗었다.

'코트니 황비!'

나는 굳은 얼굴로 자리에서 일어났다. 중앙 홀에 있어야 하는 그녀가 왜? 황후나 로웨나 황비도 아니고 하다못해 같은 동부 사람인 가브리엘라 황비도 아니었다.

"부탁이 있단다."

"네?"

"오뵈르 백작 부인의 임신이 영애의 신성한 힘 때문임을 나는 알고 있어."

복분자주? 나는 어리둥절한 표정으로 그녀를 쳐다봤다.

"무슨……."

"부디 신성한 술을 나누어 줘."

"황비님, 이성적으로 생각하십시오."

내게 그런 힘이 있을 리 없잖아. 삼신할머니도 아니고.

"제발……."

그녀는 나를 붙들고 계속 애걸했다.

"나는 황궁에 들어온 후로 줄곧 정 붙일 데 하나 없이 살았단다."

"술은 남은 게 없어요."

만들어 둔 것을 통째로 가져왔는걸.

"다시 빚어 줄 순 없겠니."

"……."

"뭐든, 영애가 원하는 건 뭐든 들어 주마."

그녀가 내 손을 덥석 잡았다. 순간, 손등이 따끔했다. 내가 앗! 하고 신음했을 때, 가웨인의 목소리가 들려왔다.

"제 동생에겐 어쩐 일이십니까."

황비는 화들짝 놀라 손을 거두었다. 가웨인은 내 어깨를 감싸며 말했다.

"연락도 없이 깊은 밤에 은밀히 찾아오신 걸 황제 폐하께서도 아십니까."

협박하는 듯한 어조라 황비의 얼굴이 희게 질렸다. 그녀는 주먹을 꼭 쥐고는 손을 거두었다.

"급한 마음에 무례를 범했구나."

황비가 나를 쳐다보았다.

"날 밝을 때 다시 보지."

그녀가 떠나자마자 가웨인이 기사들을 노려보았다. 새파란 살기가 몸을 감싸고 일렁이는 것만 같았다.

"너희들은 뭐 하는 것들이야."

"송구합니다. 황족을 제압할 순 없는지라……."

가웨인은 변명한 기사의 장딴지를 걷어찼다.

"그건 내가 책임질 일이다."

그가 그렇게 말하자 기사는 거무죽죽한 얼굴로 황급히 고개를 수그렸다. 놀란 내가 얼른 그를 붙잡았다.

"오빠……!"

"홀로 돌아가."

"……."

"돌아가 있어."

나는 걱정스러운 표정으로 가웨인과 기사들을 보았다.

'기사단은 가웨인의 영역이니까…….'

나는 어쩔 수 없이 다시 홀로 돌아갔다. 시무룩한 표정을 짓고 있으니 란슬롯이 내 곁에 다가왔다.

"우리 막내 표정이 왜 이렇게 안 좋을까."

"그게……."

그때, 내가 밖에 있는 사이 무도회장에 온 도미니크가 보였다. 나와 시선이 마주친 그는 곧장 내게로 걸어왔다.

"영애, 혹시 마법—"

"프렌시프 영애."

그의 말이 끝나기도 전에 미카엘까지 나를 부르며 다가왔다. 내 곁에 선 세 남자는 벼린 칼날처럼 날카롭게 서로를 바라봤다. 나는 속으로 끄응, 신음을 흘렸다.

'오늘은 왜 이런 거지요.'

황비 때문에 곤란해지질 않나, 그 일이 끝나니 또 마음이 불편해지질 않나.

미카엘은 빙그레 웃으며 내 앞에 상자를 내밀었다.

"이건……."

"어울릴 것 같아서."

그가 상자를 열어 안에 있는 목걸이를 보여 주었다. 진주와 다이아몬드로 엮은 화려한 목걸이였다. 사람들의 시선이 쏟아졌다. 여기서 거절하면 미카엘 황자에게 망신을 주는 게 되어 버린다. 거절할 수 없는 자리에서 호의를 베풀 듯 강요하는 건 황후 가문의 전통인 걸까.

'모자가 둘 다 왜 이러는 거야!'

나는 침착하려고 애쓰며 고개를 숙였다.

"이미 황제 폐하께 사죄의 선물을 넘치도록 받았습니다."

미카엘의 눈빛에 재밌다는 기색이 역력했다. 방금 말로 황자의 선물을 '황후의 잘못에 대신 용서를 비는 효심'으로 만들었으니까.

'사비에르 영애와 함께 나를 비로 들이려는 거라면 꿈 깨.'

─라는 의미기도 했다.

미카엘은 빙긋, 웃으며 가볍게 고개를 끄덕였다.

"오늘은 그런 것으로 해 두지."

상자에서 목걸이를 꺼내고, 나를 안듯이 앞에서 목걸이의 걸쇠를 잠근다. 흠칫 놀란 나는 바짝 어깨를 좁혔다. 내 당황이 즐거운 듯 그의 눈이 가늘어졌다.

"그러니 더더욱 거절해선 안 되겠지."

낮은 목소리가 귓바퀴를 감고 흘러들었다. 난 입술을 꾹 깨물었다. 그때 란슬롯이 굳은 얼굴로 미카엘에게 말했다.

"저와 따로 말씀 나누시죠."

미카엘은 목적을 달성했으니 아무래도 좋다는 듯 입꼬리를 끌어당겼다. 란슬롯이 도미니크를 돌아보았다.

"둘째가 돌아올 때까지 부탁드리죠."

"제게 말입니까."

"적의 적은 이따금 동지가 될 수 있는 법이니까요."

그렇게 말하곤 란슬롯이 미카엘과 함께 사라졌다. 파티장이 술렁여서 곤란해졌다. 그 분위기를 피하기 위해 도미니크가 나를 테라스로 이끌었다. 가웨인이 기사를 두드려 패고 있을 것 같은 정원이 아닌 테라스라서 다행이다. 나는 그렇게 생각하다가 난간을 잡고 끄응, 신음했다.

'저 모자 진짜 싫어!'

강요하고! 곤란하게 하고!

미카엘이 나 때문에 다친 일로 마음의 가책을 느꼈는데 오늘로 다 날아가 버렸다. 아무래도 안 되겠다. 황족인 데다가 내게 악의가 없다는 걸 알아서 지금껏 그냥 두었지만, 이젠 못 참겠다.

'더는 들러붙지 못하게 해야겠어.'

나 때문에 테라스에 나와 있는 도미니크에게 미안하다. 난 기가죽어서 도미니크를 흘깃 쳐다보았다.

"죄송해요……."

"괜찮습니다."

"그렇지만 저하껜 파트너가 있을 텐데…… 저 때문에 제대로 에스코트도 못 하시고……."

파트너는 엄청 화가 났을 거다. 나라도 그랬을 테니까.

"돌아가 보셔도 괜찮아요. 저하의 파트너에겐 제가 상황을 잘 설명할게요."

"……."

"저하와 저는 정말로 친구일 뿐이라고……!"

내가 그렇게 외치던 찰나, 하늘에서 유성이 떨어지기 시작했다. 쌍월의 밤이 가까워졌음을 알리는 신호였다. 나는 다시 난간을 잡고 하늘을 올려다보았다. 구름 한 점 없는 짙은 감색의 하늘에 수없이 많은 별이 춤을 추듯 가라앉는다.

"아……."

유성우가 쏟아지는 밤하늘을 올려다보던 나는 이내 도미니크를 돌아보았다.

"보세요, 저하! 너무 예쁘─"

말을 다 잇지 못하고 숨이 멈추었다. 그의 표정이, 눈빛이, 나를 향해 내딛는 걸음이 평소와는 달랐으니까. 당황하여 뒷걸음질 치던 나는 난간에 가로막혔다. 가슴이 위험하게 수런거렸다.

"왜……."

어째서 그런 얼굴로 나를 보느냐고 묻고 싶었지만, 말이 목에 걸려 나오지 않았다. 그가 천천히 미카엘이 걸어 준 목걸이를 매만졌다. 목에 스치는 손끝이 뜨겁다.

"저하……."

그의 숨결이 느껴진 순간, 목걸이가 끊어지며 진주가 후두둑 떨어졌다. 놀라 몸을 움츠렸을 때였다. 그가 내 목을 끌어당겼고, 동시에 입술과 입술이 부딪쳤다. 그의 숨결과 열기가 지독하게 뜨거웠다.

밀어낼 생각 같은 건 하지 못했다. 나도 모르게 그의 옷깃을 잡고 입술을 받아들일 뿐. 입술이 천천히 떨어지고, 그가 일렁이는 눈으로 나를 빤히 쳐다보았다.

"난 이제 친구 같은 건 하고 싶지 않아졌어."

모르겠다. 도무지 알 수 없었다. 그의 거절이 어째서 이토록 달콤한지. 도미니크는 내 입술을 매만지고, 곧 내게서 살짝 떨어졌다. 시선은 내게 고정한 채. 가슴이 너무 뛰어서 심장이 아프고, 호흡이 거칠어졌다. 난 황급히 등을 돌렸다. 그리고 천천히 입술을 매만졌다.

머릿속이 엉망이 되는 느낌.

'이상해.'

너무 이상해, 이거.

테라스엔 어색한 침묵이 내려앉았다. 난 쿵쿵, 심장 뛰는 소리가 들릴까 봐 두려웠다. 날 찾아 테라스로 들어온 가웨인이 도미니크를 보고 미간을 좁혔다. 그러자 도미니크가 나를 보며 말했다.

"경이 왔으니 저는 이만 가 보겠습니다."

"아! 네, 그, 그러…… 세요."

자꾸만 목소리가 기어들어 가서 혀라도 깨물고 싶은 심정이었다. 도미니크가 나서고, 가웨인은 왈칵 인상을 구겼다.

"뭐야, 분위기 왜 이런 건데."

"……."

"세니아나."

나는 대답하지 못하고 난간에 기대 스르륵 주저앉았다.

\*     \*     \*

파티 홀을 떠나는 도미니크에게 부관 알베르가 따라붙었다. 알베르는 주변을 살피고 인기척이 없음을 확인한 뒤 낮은 목소리로 말했다.

"영애와 만난 사람이 누군지 확인했습니다."

도미니크가 세니아나와 테라스로 가기 전 내린 명이었다.

"코트니 황비가 정원으로 들어가는 걸 본 자가 있었습니다."

"……코트니, 라."

"한데 황비가 접근했다는 걸 어떻게 아신 겁니까."

마치 본 것처럼 수상한 자가 그녀에게 접근했다는 것을 알아차렸지 않은가.

"마법이 걸려 있었으니까."

도미니크는 우뚝 걸음을 멈추고 파티 홀을 되돌아보았다. 제 인생을 꼬아 버린 힘이 도움이 되었다고 느낀 유일한 순간이었다. 신관의 핏줄을 타고난 그에겐 모친의 능력이 전승되었다. 마력을 감지하고 끊어 낼 수 있는 힘이었다. 파티 홀에서 본 세니아나에겐 붉은 실이 이어져 있었다. 미카엘에게로.

'그건 매혹이다.'

이민족과 전쟁에서 쓰인 마법이기에 확신할 수 있었다. 붉은 실에 묶인 병사들은 점점 실이 이어진 자에게 사랑을 느끼고, 종국엔 복종하게 된다. 부관이 허탈한 웃음을 터뜨렸다.

"코트니 황비 가문의 마법사가 정신계 마법을 완성했다는 얘기가 있었습니다."

부관의 눈이 차갑게 얼어붙었다.

"황후겠지요."

"……."

"프렌시프에 알리시죠. 성녀를 구한 게 아닙니까."

도미니크는 주먹을 꽉 움켜쥐었다. 구해? 아니, 그것은 핑계였다. 마법을 끊어 낸다는 핑계를 스스로에게 대고 그녀의 입술을 탐했다. 미카엘과 이어진 실을 보는 순간부터 참을 수 없었다. 순수한 호의로 가득한 시선이 미카엘에게 향할지도 모른다는 불안이 전신을 옭아맸다.

그건 질투였고, 동시에 집착이었으며 미카엘의 품에서 미소짓는 그녀를 보고 싶지 않다는 절실함이었다.


도미니크는 즉시 황후궁을 찾았다. 그라니아 황후는 감히 자신 앞에서 살기를 숨기지 않는 그를 보고 조소를 흘렸다.

"폐하께서 끼고도시니 겁을 잃었구나. 황궁 꼭대기에서 뛰노는 것 같으냐."

"그럴까 싶습니다."

"감히!"

황후가 벼락같은 고함을 내질렀다. 책을 던지듯 내려놓고, 테이블 위에 있던 차를 그에게 끼얹었다. 도미니크는 피하지 않았다. 머리끝으로 물이 고여 그의 턱 선을 따라 흘러내렸다.

황후가 입술을 짓씹었다. 마주칠 적마다 불쾌하게 만들던 얼굴. 황태자와 미카엘이 모친 쪽을 닮은 데 반해 도미니크는 황제를 판에 박았다. 게다가 신이 정성 들여 빚은 것 같은 얼굴은 미카엘에게 오롯이 가야 할 시선마저 빼앗는다. 황후가 이를 악물었다.

"네가 감히 누구에게……."

도미니크가 젖은 머리를 쓸어 넘기며 고저 없는 목소리로 말했다.

"갓 태어난 저를 국경으로 쫓아낸 일도, 전장에서 죽으라 명하신 것도 제게는 의미 있는 일이 아닙니다."

"너……!"

도미니크의 잿빛 눈동자가 거뭇하게 가라앉았다. 사지에서 살아 돌아온 자의 살기는 카렌듈라의 요람에서 자라 황궁이라는 안전한 공간에서 산 그녀가 감당할 수 있는 것이 아니었다.

황후의 얼굴이 분노로 달아올랐다. 고작 그릇된 핏줄 따위에게 위압감을 느꼈다는 데 수치심이 들었다. 도미니크는 낮은 목소리로 읊조렸다.

"그녀에게 손대지 마십시오."

"……!"

"한두 사람 죽는 것으론 끝나지 않을 겁니다."

그리고 그 시체 더미 속엔 미카엘이 있을 테니. 말뜻을 이해한 황후의 표정이 굳어졌다. 그 말을 끝으로 몸을 일으킨 도미니크는 황후가 내던진 책을 주워들었다. 그리고 경고하듯 고개를 가볍게 까닥이곤 방을 나섰다.

＊　　＊　　＊

무도회에서 돌아온 후로 나는 내내 멍했다. 그러다 문득문득 새빨개져 고개를 푹 수그렸다. 그런 날 가족들이 의아한 표정으로 쳐다봤다.

"무도회에서 무슨 일이 있었나."

아빠의 물음에 난 화들짝 놀랐다.

"아니욧!"

헉! 당황해서 목소리가 새 버렸다. 가족들이 미심쩍은 얼굴로 날 쳐다봤다. 나는 마른침을 꼴깍 삼키고 눈을 데구루루 굴렸다.

"그, 그, 아! 저기, 방학이 끝나기 전에 영지에도 내려갈까 하는데요."

"언제?"

"모레 뜨는 쌍월만 보고요. 관측소에서 보면 더 잘 보인다고 하니까."

아빠는 잠깐 찡그렸지만, 어쩔 수 없다고 생각했는지 한숨을 흘렸다.

"그래."

그러더니 고기를 잘라 내 접시에 놓아 주며 말을 이었다.

"코트니 황비가 접근했다고?"

난 고기를 오물오물 씹으며 고개를 끄덕였다.

"네."

"무슨 일로."

"술을 만들어 달라고 했어요. 제가 오뷔르 백작 부인에게 아이를 내린 거라고 생각하나 봐요."

말도 안 되는 일인데.

'하긴, 포털이나 신수도 말이 안 되긴 하지만.'

황비들은 그저 황제의 아내가 아니었다. 각 부의 운명을 책임진 통솔자인 것이다. 가장 세가 약한 남부에서 온 코트니 황비가 절박할 만도 했다. 황위 싸움에 참가할 수 없으면 애초에 정쟁엔 끼어들 수 없으니까.

'황후나 로웨나 황비는 의심이 많아서 곁을 잘 내주지 않고.'

가웨인이 헛웃음을 터뜨렸다.

"제법 믿는 사람이 많은가 봅니다. 만남을 청하는 편지를 물렸더니 직접 저택 앞을 찾아오는 자들도 있더군요."

정말로? 내가 눈을 동그랗게 뜨고 있자 란슬롯이 아빠를 쳐다봤다.

"정보부를 움직이는 게 좋겠군요."

"정보부라."

"신성성을 널리 퍼뜨리는 게 막내의 안전에 이롭습니다. 시선이 집중되면 암살자들도 쉽사리 접근하지 못하겠죠."

"그렇겠지."

하지만 그건 사기가 아닐까? 걱정스럽다는 표정으로 란슬롯을 보자 그가 빙그레 웃었다.

"책략이지."

그러곤 내 접시를 가져갔다.

"많이 먹어라."

고기에, 가니쉬까지 잘게 잘라 되돌려 준 그가 내 머리를 쓰다듬었다.

'음, 안전을 위해서라면.'

고개를 끄덕이고 있는데, 집사 마일로가 상자를 가지고 들어왔다. 가웨인이 물었다.

"그건 뭐지?"

"아가씨 앞으로 전달되었습니다."

"발신자는."

"무명으로 왔습니다만─"

말하던 그가 잠깐 주저하며 아빠를 쳐다봤다. 본래 우편물은 저택의 우편국에서 까다로운 검사를 걸쳐 주인에게 전달된다. 마일로처럼 꼼꼼한 집사가 그런 것을 모를 리 없었다.

"긴급 전달 표식이 있었습니다."

내가 그게 뭐냐는 듯 란슬롯을 보자 그가 낮은 목소리로 대답했다.

"황족과 금좌 11석 사이에만 쓰이는 비밀 기호야."

그렇다면 엄청 중요한 거잖아! 그런 걸 내게 왜?

마일로는 '마력이나 신성력이 스며 있는지 확인했지만 어떠한 것도 잡히지 않았다'고 말했다. 상자에 든 건 책과 편지였다. 나는 책을 보자마자 눈을 크게 떴다.

'샷된 자들의 기록!'

"도미니크 저하께서 보내셨나 봐요."

그리고 가족들에게 속닥속닥 "황궁에서만 열람할 수 있는 거거든요." 하고 말했다. 그러자 가웨인이 물었다.

"샷된 자들의 기록은 왜?"

"일단 알아 두는 게 좋을 것 같아서요. 샷된 자들은 포털 안으로도 들어올 수 있다고 하니까."

"전설 속에서만 등장하는 거잖아. 샷된 자라는 거."

"그냥요. 신수도 있는데 샷된 자들은 없을까 싶기도 하고."

그렇게 말하니 가웨인은 고개를 끄덕였다. 편지부터 꺼내 읽은 난 우뚝 굳어졌다. '코트니 황비가 내게 금술을 걸었고, 정화되었으나 혹시 모르니 마법사에게 검사를 받아 보라'는 내용이었다.


마릴린이 저택의 마법사 중 친분이 있는 자를 내 방으로 은밀히 데려왔다. 마법사는 구리색 머리칼을 가진, 내 명치까지 오는 작은 키의 여성이었다. 그녀는 내 손목과 어깨, 무릎, 발등에 인을 그리고 마법을 발동했다. 한 시간에 걸쳐 검사를 하고 난 뒤에 고개를 끄덕였다.

"금술의 흔적이 남아 있습니다."

그러자 마릴린이 마법사를 붙들고 소리쳤다.

"우리 아가씨 괜찮으신 거예요?"

"금술이 정화되며 남은 흔적일 뿐이다. 일주일쯤이면 흔적조차 사라질 거야."

나는 마법사에게 물었다.

"무슨 마법인지도 알 수 있어?"

"제 식견으로는 정신계 마법의 일종인 듯합니다. 매혹, 이라는."

그녀는 매혹 마법이 어떤 것인지 설명했다. '……복종하게 된다' 까지 들은 난 헛웃음을 흘렸다. 그런 날 보고 시트론이 말했다.

"주인님과 두 분 도련님께 말씀드리지요."

"아니, 말씀드리지 마."

그렇지 않아도 몇 번이나 황궁과 부딪쳤다. 여기서 일이 한 번 더 벌어진다면 프렌시프와 황궁의 관계는 돌이킬 수 없을 거다.

'하지만 이대론 못 넘어가지.'

난 그날 오후 바로 코트니 황비의 궁을 찾았다. 집에서 만들어온 자두 셰이크를 든 채. 자두의 씨를 제거한 뒤 꿀과 우유를 넣고 갈았다. 위엔 민트나 아몬드 대신 잡곡을 불에 한 번 구워서 곱게 간 잡곡 가루가 뿌려져 있었다.

"영애!"

코트니 황비는 벌떡 일어나 나를 반겼다.

"와 주었구나. 이렇게 기쁠 데가!"

그녀는 내 손에 들린 병을 보고 좋아서 어쩔 줄을 몰랐다. 나는 코트니 황비와 함께 있던 가브리엘라 황비에게 먼저 눈인사했다. 보통 때라면 열등감을 느꼈을 코트니 황비는 신경을 온통 병에 쏟고 있었다.

"어서 이리 앉으렴!"

코트니 황비가 얼른 내게 자리를 내주었다.

"이렇게나 빨리 술을 만든 거니."

"술은 시간이 걸려서 다른 것을 가져왔지요."

'복분자도 임신에 도움 되긴 하지만, 자두도 아주 좋거든.'

우유와 잡곡은 물론이고.

"성녀가 만든 거라면 뭐든 좋겠지."

코트니 황비는 흐뭇하게 웃었다. 그녀가 병에 손을 뻗으려던 찰나에 내가 먼저 나섰다.

"가브리엘라 황비님께 드리는 선물입니다."

마침 같이 있어서 다행이라고 생각하며. 가브리엘라 황비는 얼떨떨한 표정을 지었고, 코트니 황비는 입술을 꾹 깨물었다.

"아이엔 관심 없다고 했으면서 뒤에선 달리 행동하신 모양이군."

"가브리엘라 황비님께선 제게 그런 부탁을 하시지 않았어요."

누구와는 다르게.

그러자 코트니 황비가 홍, 코웃음을 쳤다.

"같은 동부 사람끼리 돕기로 했나 보지? 그럼 내 것은 언제 만들어 줄 거니."

"시간이 나면요."

황비가 기가 차다는 듯 나를 쏘아보았다.

"부탁하지 않은 가브리엘라에겐 이토록 빨리 만들어 주었으면서 나는 어째서……!"

"황비님께선 좋은 마법사를 곁에 두고 계시지 않습니까."

나는 차갑게 그녀를 응시했고, 내 말의 의미를 알아차린 코트니 황비가 숨을 들이켰다.

"무슨…… 무슨 말인지…… 나는 잘……."

"누군가는 그들을 이용해 금술도 쓴다지요?"

"……!"

코트니 황비의 낯빛이 점점 새파래졌다. 난 모른 척 고개를 기울였다.

"정말 못된 사람이에요."

"……그렇지."

"만약 제가 정말로 신성한 힘이 있다면 저는 그런 사람에겐 절대로 힘을 쓰지 않을 생각입니다."

그녀는 목이 바짝 타는 모양인지 바들바들 떨리는 손으로 찻잔을 쥐었다. 그리고 난 마지막 쐐기를 박았다.

"아니, 막아야 하려나요."

"뭐?"

"원하는 바를 절대로 이루지 못하도록. 온 힘을 다해서."

비단 아이를 얻는 일뿐만 아니다. 그녀가 하는 모든 일에 훼방을 놓을 거라는 뜻이었다. 코트니 황비의 눈이 커지더니 벌떡 일어나 나를 붙잡았다.

"내, 내가 아니야! 그 일은 전부……!"

알아, 황후가 시킨 거겠지. 코트니 황비는 그녀의 충실한 끄나풀이었다. 황후의 가문에서 원조를 받고 있으니까.

나는 빙그레 웃었다.

"명 내린 사람이나 이행한 사람이나 몹쓸 짓을 한 건 같잖아요?"

"영애, 제발……!"

나는 그녀의 팔을 부드럽게 떼어 내고 속삭였다.

"앞으로 각별히 주의하세요. 어떤 일이 일어날지 모르잖아요?"

그렇게 말한 후 고개를 숙였다.

"그럼. 전해드렸으니 저는 가 보겠습니다. 대부인을 뵈러 입궁한 거라."

활짝 웃은 뒤에 그녀의 궁을 빠져나왔다. 이제 코트니는 종이에 베이는 아주 사소한 불행에도 겁을 먹게 될 거다. 내가 정말 신성한 힘을 가지고 있는 줄 아니까.

'이건 사기가 아니라 책략인 거야!'

란슬롯이 한 말을 떠올리고 나는 응응, 하며 고개를 끄덕였다.


잠깐 소피아 부인을 보고 나서 이번엔 로웨나 황비의 궁을 찾았다. 그녀는 처음으로 제 궁에 찾아온 나를 보고 빙그레 웃었다.

"내가 코트니의 다음 차례로 벌을 받는 걸까?"

벌써 귀에 들어갔다고? 아직 한 시간도 안 됐는데?

황비는 내 앞에 찻잔을 내려놓으며 말했다.

"이곳저곳에 귀가 있거든. 네 덕에 얻은 황후의 권한이 이렇게 큰 도움이 된단다."

"아……."

"그래서? 나는 영애에게 무슨 잘못을 했을까."

"벌이라니요. 제가 어떻게 황비님들께."

천연덕스럽게 말하자 황비는 깔깔 웃었다.

"네가 가고 코트니가 혼절했다더구나. 아주 매섭게 혼을 낸 모양이지."

"황비님껜 아닙니다."

"그럼 가브리엘라에게 주었던 상일까?"

"필요하지 않으시잖아요."

"영리하기는."

로웨나 황비는 내 뺨을 가볍게 두드렸다.

"나는 우리 전하면 되었다. 선대 황후 폐하와 굳게 약속했거든. 전하를 지키기로."

그래서 스스로 독을 먹는 일도 마다하지 않았구나.

"멋지세요."

"무슨 일로 날 찾아왔니."

"음, 선물을 드리려는 것이긴 합니다."

로웨나 황비가 눈을 동그랗게 떴다.

"선물?"

"저는 황비님께서 아주 오래 황후 폐하의 권한을 맡으시길 바라요. 그래서……."

나는 목소리를 바짝 낮추고서 이어 말했다.

"코트니 황비님을 이용하세요."

"이용?"

"그분께서는 황후 폐하와 공모하여 제게 금술을 사용했어요."

"하!"

로웨나 황비는 어처구니없다는 듯 얼굴을 일그러뜨렸다.

"제정신이 아니군!"

음, 나도 사실 그렇게 생각하긴 했어. 하지만 굳이 말하지 않았고, 로웨나 황비는 콧방귀를 뀌었다.

"욕망 때문에 너와 사비에르 영애를 저울질하더니. 그 대가로 궁지에 몰려서 이제 뵈는 게 없는 거야."

"제 몸에 금술의 흔적이 남았긴 하지만 곧 사라질 테고, 코트니 황비님이 금술을 썼다는 증거는 따로 없어요."

"그런데 어떻게 이용하라는 말이지?"

나는 히죽 웃었다.

"궁지에 몰리면 변절하기도 쉽지요."

"아하!"

잠시 내 말을 곱씹던 그녀가 깔깔 웃었다.

"이리 영특할 수가!"

영리한 황비는 금세 내 말을 알아차리고 아주 흐뭇한 표정을 지었다.

'그래, 그래.'

코트니 황비가 변절해서 황후와 싸우게 하란 말이야.

그렇지 않아도 나 때문에 겁을 먹었는데 로웨나 황비까지 숨통을 조이면 설 자리를 잃는다. 당연히 일을 지시한 황후에게 기댈 수밖에 없을 것이다. 그렇다고 황후가 바로 코트니를 받아 줄까? 절대로 아니지. 꼬리 잡히기 싫어서 코트니를 아예 끊어 낼 것이다.

화가 난 코트니가 황후와 치고받고 싸우면 로웨나 황비는 즐겁게 지켜보기만 하면 된다. 황제가 알아서 둘을 제재하려 들 테니까.
그럼 황후의 권한은 오래도록 로웨나 황비가 쥐고 있겠지.

'응, 좋아.'

로웨나 황비는 당장에 코트니를 박대하러 갔고, 난 저택으로 돌
아가서 황후에게 편지를 썼다. 간략하게 말하면—

*[코트니가 내게 금술을 써서 너무 무서움! 님이 직무 정지 중*
*이라 로웨나한테 말하려고 찾아갔었는데, 그래도 난 님이랑 더*
*친하잖아? 그러니까 님한테 조언을 구하고 있는 거임.*

*코트니 말로는 시킨 사람이 따로 있다고 하는데 대체 누굴*
*까? 로웨나한테 말하는 게 좋겠음?]*

—이었다. 선생님과 식당의 요리 재료를 다듬으면서 봤던 온갖
드라마의 계략이 도움이 되는 때가 오다니.

'인생은 모르는 거라니까.'

편지는 저녁 무렵에 황후에게 전달되었다. 그리고 다음 날 아침,
코트니 황비가 황후를 찾아갔다가 문전박대당했다는 얘기가 귀에
들어왔다.


난 드레스룸과 방안을 돌아다니며 으음, 침음했다. 오빠들이 영
지로 돌아가려고 했을 때 왜 짐을 챙기지 않았는지 알겠다.

'다시 올 테니까.'

웬만하면 졸업 후엔 영지에 콕 박혀 있고 싶지만. 그래도 여기엔 아
빠가 있고, 아빠는 할아버지가 있는 한 영지에 잘 내려오지 않을 거다.

'두 분이 화해하시면 좋을 텐데.'

그래, 옷은 몇 벌 안 되니까 그냥 두고 가자. 난 그렇게 생각하고 아카데미에서 가져왔던 것들만 다시 챙겼다. 내 가방에 짐을 꾸리던 마릴린이 훌쩍훌쩍 울었다.

"왜 울어?"

깜짝 놀라서 물으니 마릴린이 떨리는 목소리로 말했다.

"원대한 포부를 가지고 아가씨를 모시기 시작했는데 제대로 시중을 들지도 못하고 이렇게 보내게 되니……."

원대한 포부씩이나? 내가 눈을 동그랗게 뜨니 마릴린은 흑흑 울면서 말했다.

"아가씨를 성의 사용인보다 잘 모시려고 했어요……."

나는 마릴린 앞에 쪼그려 앉아서 그녀의 손을 잡았다.

"충분히 잘해 줬어."

매일매일 화병의 꽃을 바꿔 주고, 마사지를 하루도 거르지 않은데다가 황도에 대해 알려 주려고 소문까지 열심히 수집했다. 내 말에 마릴린은 감동한 듯 더욱더 펑펑 울었다.

'가려니까 아쉽긴 하다.'

별일이 다 있었지만, 즐거운 일도 있었는걸. 아빠와 만난 것도, 가족들에게 마음을 열게 된 것도, 그리고 도미니크와 가까워진…….

그러다 시무룩 고개를 떨궜다.

'이제 친구 하기 싫다고 했지.'

그럼 우리는 뭐야? 왜 나한테 키스한 건데.

나는 침대 끄트머리에 앉아서 베개를 꽉 끌어안았다.

'호, 혹시 이게 썸인가?'

끄응, 신음하며 베개에 얼굴을 묻었다. 해 본 적이 있어야 그게 맞는지 알지…….

윤세나의 세상엔 오직 선생님과 적뿐이었다. 미용실 언니라든가, 이웃이 있긴 했지만 그다지 깊은 관계는 아니었다. 그래서 난 이럴 때면 인간관계를 잘 모르는 스스로가 바보같이 느껴졌다.

'도미니크가 날 좋아하는 걸까?'

아니면 사실은 바람둥이라서 날 재미로……?

"너무해!"

그렇게 생각하자 울컥 화가 나서 소리쳤다. 방으로 들어오던 오빠들이 눈을 동그랗게 떴다.

"세니아나?"

란슬롯이 무슨 일이냐는 듯 물어서 난 어깨를 축 늘어뜨렸다.

"아니에요……."

"아닌 게 아닌데?"

가웨인이 주름진 내 미간을 꾹 눌렀다.

"뭐길래 그래?"

묻는 란슬롯의 목소리가 다정했다. 나는 그를 힐끔힐끔 쳐다보다가 웅얼거렸다.

"오빠는 언제 입 맞추세요?"

란슬롯이 내 머리카락 끝에 살짝 입 맞췄다.

"지금."

"그런 거 말고요……."

애 어르듯 하는 거 말고!

나는 가웨인을 쳐다봤다.

"처음으로 가족이 아닌 여성과 입 맞춘 게 언제예요?"

"열한 살 때였나?"

나는 가웨인을 빤히 쳐다봤다.

"왜?"

그가 물었다.

"사용인들이 오빠는 음전하다고 했는데……."

"……."

"……?"

"……볼에 했다고, 열한 살에."

그의 눈이 잠깐 흔들린 것 같아서 나는 고개를 갸웃 기울였다. 그리고 이번엔 란슬롯을 쳐다보았다.

"오빠는요?"

"출발 준비 끝났어. 가자."

그러더니 평소보다 더 환하게 웃고는 먼저 등을 돌렸다.

"형은 나보다 더 일—"

가웨인이 낄낄거리며 말하다가 란슬롯에게 얻어맞았다.

나는 오빠들과 호위를 이동시켰다. 관측대는 황궁처럼 결계가 쳐진 곳이 아니라서 포털을 열 수 있었다. 오로지 쌍월을 관측하기 위해 지어진 관측대는 귀족만 출입이 가능했다. 그런데도 사람이 엄청나게 많았다.

건물은 마치 몇 층이나 되는 웨딩케이크처럼 생겼다. 중앙엔 계단만 있고, 문을 열고 나오면 창 없는 테라스처럼 바로 하늘과 마주

할 수 있었다. 나와 오빠들은 관측대의 가장 꼭대기로 올라갔다.

"와ー! 여긴 우리밖에 없네요!"

내가 소리치자 황궁에서 곧바로 온 아빠가 말했다.

"내가 입장권을 전부 사들였으니까."

"그걸 다요?"

세상에나. 쌍월 관측대의 입장료는 엄청나게 비싸다. 이렇게 꼭
대기면 더더욱.

'웬만한 귀족들도 혀를 내두르는 가격이라고 했는데.'

순간 수십 번쯤 보고, 듣고, 읽은 장면들이 떠올랐다.

*[여긴 왜 사람이 없죠?]*

*[내가 이 놀이동산, 통째로 빌렸으니까.]*

그런 일이 나한테 벌어진 거야? 내가 멍하니 서 있자 아빠와 오
빠들이 이야기를 나누었다.

"다음엔 관측대를 짓도록 하죠."

란슬롯의 말에 가웨인이 미간을 좁혔다.

"조부님이 필요 없다고 헐어 버리셨잖아."

"이제 필요하지. 세니아나가 보고 싶어 하니까."

"그렇군."

아빠도 고개를 가볍게 끄덕여서 난 헉, 숨을 들이켰다.

'부자들의 감각이란.'

빨라야 십 년에 한 번 정도 뜨는 쌍월을 보려고 관측대까지 짓는
단 말이야? 소시민 중에서도 소시민이었던 내가 겪기엔 너무나 무
서운 일이었다.

"저는 괜찮─"

"움직이기 시작한다."

가웨인이 하늘을 가리켰다. 나는 하던 말도 잊고 얼른 고개를 번쩍 들었다. 정말로 하늘에 뜬 붉은 달이 분열하듯 갈라지고 있었다. 몇 시간은 걸리겠구나 싶었는데, 제법 빠르게 움직인다.

십 분도 채 지나지 않아 두 개의 달로 나뉘었다. 각각의 달 가운데서 검은 그림자가 퍼지기 시작했다. 그때, 푸드덕! 참수리가 머리 위를 날아갔고, 깜짝 놀란 나를 아빠가 감싸 안았다. 새가 지나간 뒤 아빠의 옷깃을 잡으며 다시 하늘을 올려다보았다.

'와─!'

그림자가 완전히 퍼지자 붉게 빛나는 달이 누운 '8'자 모양이 되었다. 마치 뫼비우스의 띠처럼. 순간 머리가 아찔해지고, 가슴이 울렁거린다. 도미니크가 가지고 있던 포털 마원에 닿았을 때와 같은 감각이었다.

"아……."

작게 신음하는 걸 본 가족들이 급히 날 에워쌌다.

"왜 그래?"

"괜찮은 거야?"

"무슨 일이냐."

다정한 염려 안에서 난 가늘게 헐떡였다. 쿵, 쿵, 쿵. 심장이 거세게 뛰고 이명이 머릿속을 가른다. 뭐라고 해야 할까, 이건. 아주 기묘한 느낌이었다. 빼앗겨 텅 빈 부분에 갑자기 무언가 욱여넣어진 것 같은 느낌. 난 아빠의 옷깃을 꾹 붙든 채 입을 막았다.

"우욱."

"세니아나!"

가웨인이 급히 나를 흔들었다.

"흔들지…… 토할 것 같……."

과식한 것 같다고요!

\*　　　\*　　　\*

사비에르 저.

"꺄아악 — !"

비명에 놀란 사람들이 황급히 에이레네의 방에 뛰어들었다. 사비에르 후작과 주방에 있던 그녀의 오빠, 조슈아도 함께였다. 후작이 바닥에 주저앉은 에이레네를 붙잡았다.

"무슨 일…… 에이레네!"

"아버, 아버지…… 저, 저……."

그녀는 바들바들 떨며 한쪽 얼굴을 가리고 있었다. 드러난 눈에서 피눈물이 줄줄 흘렀다.

"에이레네, 에이레네!"

부녀는 어찌할 바를 모르고 절규 같은 고함을 내질렀다. 유일하게 침착한 건 사비에르의 장남인 조슈아였다. 그가 얼굴을 가리고 있는 그녀의 손을 내렸다. 드러난 얼굴을 본 후작이 숨을 삼켰다. 얼굴에 곪은 것 같은 흉측한 검은 반점이 생겼다. 에이레네는 덜덜 떨리는 손으로 창을 가리켰다.

"달을……!"

후작과 조슈아는 창문을 향해 고개를 돌렸다. 환히 빛나는 무한의 달이 방 안으로 쏟아져 들어오고 있었다. 조슈아가 급히 커튼을 쳤다. 그제야 에이레네가 바닥을 짚고 숨을 몰아쉬었다.

"빼앗겼어……."

정신이 나간 것처럼 가늘게 경련하는 그녀를 보고 후작이 소리쳤다.

"당장 그들에게 연락해!"

사비에르의 집사장이 황급히 뛰쳐나갔다. 동시에 에이레네가 축 늘어져 혼절했다. 후작의 동공이 거세게 흔들렸다. 도무지 이유를 알 수 없었다. 대체 왜 딸이……!

불현듯 온몸이 새카맣던 '그들'의 실패작들이 떠올랐다. 공포가 다리를 타고 스멀스멀 기어올라 왔다.

'아니야, 실험은 성공했다.'

그들은 분명히 말했다. 에이레네는 위대한 힘을 나누어 받았노라고!

\*　　　\*　　　\*

파르뎅 남작은 나베리우스의 집무실에 노크하려다 말고 눈을 꽉 감았다.

'오늘 난 죽겠구나.'

성질을 참지 못하고 타 영지와의 협상을 그르쳤다. 그것도 어르신이 주시하고 있던 일이었다. 다른 가신들이 그를 위로하듯 어깨를 두드렸다. 파르뎅 남작이 마른침을 삼키고 겨우겨우 노크했다.

"들어와라."

입실을 허락하는 소리가 망자를 부르는 사신의 목소리 같았다. 파르뎅 남작이 새파랗게 질린 얼굴로 천천히 문을 열었다.

"어, 어르……."

파르뎅은 말을 잇지 못하고 허리를 깊게 숙였다.

"드릴 말씀이 없습니다. 모두 못난 제 탓……!"

─이라고 말하던 그가 땅에 시선을 고정한 채 눈을 끔뻑거렸다. 노성이 들려오지 않는다. 날아와야 했을 펜이라든가, 컵 또한 없었다. 그보다 먼저 집무실에 들어와 있던 마담 버지니아가 소리 없이 혀를 찼다.

"아가씨께서 돌아오신다니 얼굴에 꽃이 피셨습니다."

"꽃은 무슨. 때 되면 집으로 돌아오는 게 당연하지."

"그럼 그건 그만 보시고 서명해 주시지요. 뚫어지겠습니다."

"누가 보면 끼고 사는 줄 알겠군."

"끼고 계시잖습니까."

파르뎅 남작이 슬쩍 고개를 들었다. 나베리우스의 얼굴엔 노기가 없었다. 아니, 오히려…….

'기분이 좋아 보이시는데?'

얼마 전까지만 해도 그의 기분은 최악을 달렸다. 손녀에게 괴한이 들이닥친 일 때문이었다. 프렌시프가 자랑하는 정보기관이 괴한의 정체를 밝히는 것에 온 신경을 집중했는데도 영 단서가 잡히지 않았다. 사소한 실수에도 목이 날아갈 판이었다, 분명히.

마담 버지니아는 소파에 앉아 입매를 비틀었다.

"아가씨의 편지가 그리 좋으십니까?"

"누가 그리 좋다더냐. 조손간에 서로를 챙기는 건 당연한 일이지."

나베리우스는 아닌 척 파르뎅 남작에게 보이도록 종이를 내려놓았다.

'편지?'

편지라기엔 짧고, 메모라기엔 얼마간 정성이 들었다.

'아, 아가씨의 편지로군.'

왔다 간다고 한 말 뒤로 온통 조부의 걱정이었다.

"아가씨께서 다녀가셨군요."

"듣자 하니 황도의 일로 급히 챙겨갈 게 있던 모양이더군."

"들었습니다. 아가씨께서 빚은 술 덕에 오뵈르 백작 부인이 아이를 잉태했다지요."

파르뎅 남작은 고개를 끄덕이며 이어 말했다.

"급하셨을 텐데도 어르신께 편지를 남기신 겁니까. 정말이지 사려 깊으십니다."

나베리우스는 다리는 꼬며 편지의 끝을 잡았다. 그가 큼, 헛기침하며 말했다.

"뭐, 이렇게 할애비를 잘 챙기는 손주가 없다고는 하더군."

"예? 아, 예. 그렇지요……."

"커흠!"

그가 편지를 슬쩍 더 내밀었다. 더 보라는 듯이. 파르뎅 남작은
맹렬하게 머리를 굴렸다. 뭐지, 뭐를 보라는 거지.

'사실은 편지가 아니라 암호문인가?'

그가 상황을 파악하려고 애쓰는 사이 마담 버지니아가 옜다, 하
는 듯 소리쳤다.

"아가씨 글씨가 참 예쁩니다!"

그러자 나베리우스는 편지를 잘 접으며 중얼거렸다.

"예쁘긴, 좀 단정한 편이지."

"⋯⋯."

"동글동글한 게 노인네들 글씨와는 다르긴 하군. 요새 애들은 이
렇게 글씨를 쓰나 보지?"

"허."

"필압도 적당하고."

마담 버지니아는 인상을 찌푸렸다. 손녀 없는 사람은 서러워서
살겠나.

'서럽다.'

저는 죽은 남편이 남긴 자식 하나뿐이었는데, 개차반으로 자라
빈 몸으로 쫓아냈다. 감히 주인의 핏줄에게 수작을 벌였던 그는 쫓
겨나서도 오만하게 지내다가 얻어맞고 불구가 되었다. 젊을 때 지
은 죄가 있어서 자식 복이 없는 것이라 여겼다. 그런데 자신보다 더
죄 많은 저 노인네는 대체 무슨 복으로!

파르뎅 남작이 나베리우스의 눈치를 보며 서류를 내밀었다.

"저, 어르신⋯⋯. 거래는 정말 송구⋯⋯."

"거래? 아, 거래."

"예."

"그르쳤다지."

"그, 그렇습니다."

"오늘의 실수를 가슴에 새겨야 할 것이다."

파르뎅 남작이 당황한 표정으로 그를 쳐다보았다. 그게 끝인가?

나베리우스는 손녀의 편지를 서랍에 곱게 집어넣으며 그를 흘깃 쳐다보았다.

"더 할 말이 있나?"

"아닙, 아닙니다!"

"나가 봐."

"예!"

파르뎅 남작은 잡힐세라 후다닥 그의 집무실을 나왔다. 그러고 방에서 멀찍이 떨어져 뒤를 돌아보았다.

'자비라고? 어르신께서?'

두 눈으로 보고, 겪었는데도 도무지 실감이 나지 않았다.

*　　*　　*

한참 구역질을 하던 나는 세면대를 붙잡고 신음했다.

"으……."

마릴린과 시트론이 옆에서 걱정스러운 표정을 지었다.

"괜찮으세요?"

"으응."

이제 슬슬 정신이 돌아온다. 입을 헹군 뒤에 휴게실을 빠져나왔
다. 마릴린이 재빨리 말했다.

"아가씨께서 나오시면 주인님과 도련님들께서 모시러 오신다고
하셨습니다."

휴게실은 여성용과 남성용으로 나뉘어 있다. 그런데 여성용 휴
게실 앞을 아빠와 오빠들이 지키고 있으니까 다른 사람은 들어오지
못했다. 그래서 제발 가 달라고 부탁했다.

내가 고개를 끄덕이자 마릴린이 얼른 달려갔다. 시트론은 여전
히 걱정 어린 표정으로 날 부축했다.

"정말 괜찮으세요?"

"응, 걱정하지 마."

달이 다시 겹쳐진 후로 울렁임이 조금씩 가시더니 지금은 괜찮
아졌다.

"영애."

복도 끝에서 들린 목소리에 나는 깜짝 놀랐다. 겨우 멈춘 심장이
다시 쿵쿵, 거세게 뛴다.

'도미니크.'

그의 머리카락 끝이 땀으로 약간 젖어 있었다. 그리고 굳은 얼굴.

"쓰러졌다던데."

"제가요?"

나는 눈을 동그랗게 떴다.

'아, 휴게실까지 아빠가 안아 들고 왔지.'

사정 모르는 사람이 봤으면 내가 기절한 줄 알았을 수도 있겠다.

"아니에요."

그러자 그가 한숨을 흘렸다. 날 찾으러 뛰어다녔나. 그렇게 생각하니까 목 끝이 간지럽다.

"잠깐 시간을 내주시죠."

난 시트론을 쳐다봤다. 그녀는 걱정되는 듯한 표정이었지만, 내가 고개를 끄덕이니 어쩔 수 없이 자리를 떠났다.

어느새 달에서 붉은 기가 사라지고 평소처럼 새하얗게 빛나고 있었다. 어두운 복도에 달빛이 내려앉았다. 우리는 그사이에 서서 서로를 바라보았다. 나는 멍하니 그의 얼굴을 응시했다. 날카로운 옆선을 타고 달빛이 새하얗게 부서진다. 그가 조금 갈라진 목소리로 물었다.

"무슨 생각 하십니까."

"잘생겼…… 아니―!"

여기서 그런 말이 나오면 어떡해! 얼굴이 새빨개지자 도미니크의 잇새로 가벼운 웃음소리가 새어 나왔다.

"그렇습니까."

쥐구멍에라도 들어가고 싶어져서 얼른 말을 돌렸다.

"저 화났어요!"

"왜."

"그런 일을 해 놓고 연락도 없으셨잖아요."

"……"

묘한 눈빛으로 나를 지그시 쳐다보던 그의 입꼬리가 살짝 올라갔다.

"그렇군요."

화제가 돌아간 것에 기분이 좋아져서 의기양양하게 말했다.

"네, 아주 화가 많이 났다고요!"

"내가 연락이 없었던 것에."

그의 말을 듣고 나는 퍼뜩 정신을 차렸다. 입맞춤 말고 연락 없었던 것만 신경 쓴 것 같잖아.

"그런 거 아니에요."

"기다렸다고 해 주시면 기쁠 텐데요."

새빨개진 얼굴을 들키고 싶지 않아서 벽 쪽으로 고개를 슬그머니 돌렸다. 벽에 내려앉은 달빛에 그와 나의 그림자가 비치었다. 커다란 그림자의 손이 작은 쪽을 향해 움직였다가 도로 거두어졌다. 나는 다시 그에게로 시선을 돌렸다.

"……."

"……."

이전에도 그랬을까? 나를 향해 뻗었던 손을, 이토록 애처롭게 다시 거둔 적이 또 있는 걸까.

'……미치겠다.'

심장 소리가 귓가에까지 들리는 것 같았다. 도미니크는 허리를 조금 굽혀 나와 시선을 맞추었다.

"어떻게 하면 영애의 기분이 풀리겠습니까."

"뭐예요. 뭐든지 해 줄 것처럼……."

"뭐든지 해드리죠."

"정말로? 뭐든 전부?"

"전부."

나는 손가락을 꼼지락꼼지락 얽으며 그를 힐끔 쳐다봤다. 그럼 이번 기회에 물어볼까? 왜 항상 그렇게 다정한 눈으로 나를 보는 거예요? 어째서 제게 키스하신 거죠? 심지어 내가 원하는 뭐든 걸 해준다고……, 왜요?

묻고 싶은 게 산더미였다. 하지만 그의 얼굴에 난 상처를 보는 순간 전부 잊었다. 난 깜짝 놀라서 그의 얼굴을 덥석 잡았다. 그도 당황했는지 눈이 커졌다.

"상처 났잖아요."

"……."

"대련 때 다친 건가. 아닌데, 무도회에선 없었는데."

걱정되어서 울상을 지으니 그는 내 손을 감싸 쥐었다. 온기가, 눈빛이, 생명줄인 양 내 손을 붙들고 있는 그의 감촉이 너무나 다른 느낌으로 다가왔다. 도미니크의 시선을 타고 내게로 고동이 전달되는 것만 같았다. 기묘하고도 기묘한 느낌이었다. 그는 아주 낮은 목소리로 말했다.

"내가 여기서 입 맞추면 그건 네 탓이야."

"……맨날 내 탓이래."

저번엔 끌어안는 것도 내 탓이라고 했으면서.

"이제 친구도 아닌데."

"너와는 안 해."

"······왜 반말?"

"세니아나."

그에게 이렇게 달콤하게 이름이 불린 건 처음이라 절로 눈이 커졌다. 도미니크가 고개를 돌려 내 손바닥에 입 맞췄다. 아주아주 간절한 표정으로. 난 슬그머니 그의 얼굴을 놓고, 손을 뒤로 감추었다. 손바닥이 자꾸만 간질거렸다.

"우리 무슨 사이예요?"

"친구는 아니죠."

"몇 번이나 말씀하시지 않아도 안다고요."

내가 그를 뾰로통 흘기자 그가 미소 지었다.

"저하."

"예."

"제게 호감이 있나요?"

"······."

"······왜요?"

"남다른 반응일 거라곤 생각했지만, 이렇게 직접적으로 물을 줄은 예상 못 해서."

"아니에요?"

"있습니다. 많이."

그가 웃는 눈으로 물었다.

"영애는?"

"모르겠어요. 이런 적이 처음이라."

심장이 이렇게 쿵쿵 뛰는 걸 보면 그의 말대로 정말 그, 호감이라는 게 있구나, 싶다. 하지만 그가 황자라는 걸 떠올리는 순간 찬물 맞은 듯 정신이 돌아온다.

내가 도미니크 황자의 손을 잡으면 프렌시프는 틀림없이 황위 경쟁에 휘말릴 거다. 그도, 가족들도 황위에 관심이 없지만, 사람들 생각은 다를 테니까.

견제받을 거고, 스스로를 지키기 위해 칼을 들어야 할 때가 올 것이다. 사랑해서 도무지 견딜 수 없을 때, 그런 확신이 들 때가 아니고선 연인이라고 땅땅 못 박을 수 없었다.

나는 우물쭈물하다가 말했다.

"그, 그러면 썸부터 할까요?"

"썸?"

"연인으로 가는 단계요. 목적지에 다다르기 전의 길 같은?"

가만히 날 바라보던 그가 내 손을 잡았다.

"원한다면."

내가 헤헤 웃자 도미니크도 날 따라 살며시 입꼬리를 올렸다.

"어떤 경우에 목적지에 다다르지 못하는 겁니까?"

"저하께 다른 사람이 생기면?"

"그럴 일 없을 겁니다."

"아니면 제게 다른 사람이 생길 때?"

그가 입가에 삐뚜름한 미소를 걸쳤다.

"그런 일도 없어야 할 겁니다."

"네?"

"제가 질투가 심하거든요."

어쩐지 으스스한 표정이었다. 내가 '으응?' 하는 얼굴로 보자 그는 내 눈가에 짧게 입 맞췄다.

"……!"

"가 보겠습니다."

그러더니 복도 코너 쪽을 힐긋 쳐다보았다.

"방해꾼들이 와서."

코너 뒤에서 들리는 건 가웨인의 목소리였다. 나는 "아." 하고 고개를 끄덕였다. 그는 흐트러진 내 머리를 정리해 주고 떠났다. 가족들이 코너를 돌아 이쪽으로 왔을 때 난 얼굴이 잔뜩 붉어져 있었다. 아빠가 내 이마를 짚었다.

"열이 있나?"

"아니요……."

란슬롯은 주변을 둘러보았다.

"시트론은 어디 가고?"

"먼저 마차에 가 있을 거예요."

가웨인이 인상을 썼다.

"혼자 있지 말랬잖아."

혼자 있던 건 아니었는데. 하지만 가족들에게 말할 순 없어서 나는 황급히 변명했다.

"혼자서 조용히 달구경을 하고 싶어서요."

"위험하니까 다신 그러지 마."

"네……."

나는 가족들과 함께 저택으로 돌아왔다. 가족들이 성화여서 의사에게 진단을 받았다. 이상이 없다는 소견을 듣고 나서야 방으로 올라가 짐을 확인할 수 있었다. 내일 오전에 영지로 떠날 예정이라서 마지막 점검 차였다. 그러면서도 자꾸 도미니크 생각이 났다.

'내게 썸남이 생겼어!'

하지만 아카데미에 돌아가기 전까지는 못 볼 거다.

'연락해 볼까?'

나는 으으음, 하고 고민하다가 고개를 도리도리 저었다.

'아니야, 내일 떠나니까 오늘은 아빠와 시간을 보내자.'

그리고 침대를 폴짝 내려와서 가족들이 모여 있는 아빠의 서재로 향했다. 오빠들도 함께 떠나기로 했기 때문에 황도에서의 일을 마무리하는 중이었다. 나는 열린 문 사이로 빼꼼 얼굴을 내밀었다.

"저 들어가도 돼요?"

란슬롯이 빙그레 웃으면서 고개를 끄덕였다.

"물론이지."

난 소파에 얌전히 앉아서 그들이 일을 끝내길 기다렸다. 삼십 분가량이 지나 아빠와 오빠들이 소파에 앉았다.

"무슨 일이지?"

"내일 가니까요. 아빠 얼굴 많이 봐 두려고요."

아빠의 표정이 부드러워졌다. 그가 내 머리를 쓰다듬어서 난 히히 웃었다.

"하고 싶은 건?"

"하고 싶은 거요?"

"평소에 생각해 둔 거라든지."

윤세나였을 적에 꿈꾸던 게 있긴 했다. 명절에 가족들끼리 다 함께 윷놀이를 하거나 화투를 치는 거. 그게 정말로 부러웠다. 나는 선생님과 둘뿐이었으니까. 떠오르는 기억에 잠깐 머뭇거리자 아빠가 말했다.

"괜찮으니까 말해 봐라."

"그러면 다 같이 할 수 있는 게임을 하고 싶은데……."

가웨인은 허탈하다는 듯 실소를 흘렸다.

"고작 그거?"

"그렇지만 한 번도 해 본 적 없는걸요."

선생님과 카드 게임을 하긴 했다.

'하지만 단둘이서 하는 것과 가족 여러 명이 모여 하는 건 뭔가 다른 느낌인걸.'

티브이에서 보는 것처럼 복작복작하지도 않고, 훈수 두는 다른 사람도 없었고. 저렇게 다 같이 깔깔거리면 어떤 기분일까 궁금했다. 내가 우울한 표정을 지으니까 란슬롯이 빙그레 웃었다.

"로토헤도 괜찮아?"

로토헤면 길라게온의 전통 게임이지? 화투와 아주 비슷하니 옆에서 방식을 알려 주는 사람이 있으면 할 만할 것 같았다.

"전 해 본 적이 없으니까 시트론과 한편으로 해도 돼요?"

"그래."

그러자 가웨인이 끼어들었다.

"판돈 걸어. 탈탈 털어 주지."

우리는 널따란 테이블에 둘러앉아서 로토헤 카드를 돌렸다. 연습 게임을 한 판 하니 감이 왔다.


'정말로 화투랑 비슷하네.'

다른 점이라고 하면 남의 카드와 내 카드를 교환할 수 있다는 거다. 거래를 해야 하긴 하지만.

로토헤는 가웨인의 무대였다. 그의 앞에 수표와 교환으로 받은 서약서가 가득했다.

'으아아, 다 잃게 생겼어.'

판돈이 엄청 큰 판이었다. 정말로, 정말로 컸다. 도박이 바로 이런 게 아닐까 싶을 정도였다. 카드를 쥐고 끙끙, 앓고 있으니까 내 곁을 지키던 기사 바커스가 슬쩍 말했다.

"나이트 3번만 있으면 점수가 납니다."

"3번?"

난 얼른 아빠와 오빠들이 맞춰 놓은 패를 살폈다.

"있다!"

⋯⋯하필 가웨인에게. 나는 그를 간절한 표정으로 쳐다보았다.

"교환해 주세요."

"대가는?"

"으음, 필요하실 때 포털 열어드릴게요."

"안 끌리는데."

"그럼요?"

가웨인이 히죽 웃었다.

"도미니크야, 나야?"

또 이 질문! 나는 대답하지 못하고 우물쭈물했다. 도미니크와 단순한 친구가 아니게 된 지금은 이전보다 더 곤란한 질문이었다. 가웨인이 고민하는 내 눈앞에 나이트 3번을 빙글빙글 돌렸다.

"그럼 뭐, 지는 거지."

"……으."

마릴린이 두 손을 불끈 쥐었다.

"아가씨, 기회가 있어요. 아직 안 나온 엘프 2번이 있으면 역전이에요!"

맞아, 엘프 2번. 나는 냉큼 가웨인의 카드를 포기했다. 나와라, 나와라. 빌고 또 빌자 드디어 엘프 2번이 판에 깔렸다.

'다음 차례가 나니까 내가 가져와야지!'

―라고 생각했는데.

"막내에게 미안해서 어쩌지."

란슬롯에게 가 버렸다.

"교환해 주세요!"

가웨인은 악랄하게 대가를 요구하지만, 란슬롯과 아빠는 내겐 무른 편이었다. 아까도 카드를 교환할 때 만세 삼창만 시켰다. 란슬롯이 빙그레 웃었다.

"도미니크 황자야, 나야?"

"……."

나는 카드를 내려놓고 뾰로통한 목소리로 말했다.

"제가 졌어요."

다음 판에서 만회해야지. 굳게 다짐했지만, 이번에도 궁지에 몰린 건 나였다. 아빠가 가지고 있는 고블린 4번이 있어야 만회할 수 있었다.

"교환……."

아빠야말로 쉽게 해 주겠지. 믿어 의심치 않는 표정으로 그를 쳐다보았다.

"2황자인가, 나인가."

저거 유행어인 걸까.

로토헤에서 대패를 한 나는 우울한 표정으로 소파에 앉았다. 그러자 집사 마일로가 쿡쿡 웃으며 나와 가족들 앞에 차를 내주었다. 가웨인은 어깨를 으쓱, 올렸다.

"그러니까 대답했으면 좋았잖아."

"놀리려고 하신 거잖아요!"

내가 교환하자고 할 때마다 '도미니크야, 나야?' 하고 물었다. 난 차를 마시면서 한숨을 내쉬었다.

'돌아가기 전에 연락해 볼까?'

윤세나의 세계 사람들은 썸 탈 땐 시도 때도 없이 연락하던데, 여기서도 그래도 되나?

'아무리 그래도 황족과 귀족 사이고…….'

여기서는 연애 전에 뭘 하지? 나도 그렇지만, 세니아나도 이성에게는 일절 관심이 없어서 기억도 남아 있지 않았다. 내가 혼자 고민에 빠져 있으니 란슬롯이 물었다.

"우리 아가씨께서 무슨 고민을 그렇게 하실까."

"그게요……."

"뭐길래?"

"연애하기 전엔 대개 뭘 해요?"

내가 눈을 동그랗게 뜨고 물으니 가웨인이 눈을 살짝 찌푸렸다.

"그게 왜 궁금한데."

"그, 그냥 갑자기 궁금해져서……."

"연애하게?"

"아니요!"

아뿔싸. 제 발에 저려서 대답을 너무 빨리했다. 란슬롯은 묘한 표정으로 날 빤히 쳐다보았다. 내가 눈을 데루룩, 굴리자 그가 생긋 웃었다.

"서로 머리카락 한 올 만져선 안 되고, 연락은 되도록 자제하지. 연인보다는 가족들과 더 많이 시간을 보내."

그러자 가웨인이 그를 보며 허, 실소를 흘렸다.

"무슨 말도 안 되는ㅡ"

란슬롯이 눈썹을 까딱 들어 올렸고, 가웨인은 "아." 하더니 고개를 끄덕였다.

"그렇지. 석 달에 한 번쯤 만나지."

"정말이요?"

나는 진짜냐는 듯 아빠를 쳐다보았다.

"……그래."

"아빠도 엄마와 그러셨나요?"

"……."

"……?"

"반년에 한 번쯤 만났던 것 같군."

나는 시무룩해졌다.

'진짜로? 이상한데…….'

하지만 아빠의 말이니까 절대로 아니다! 하고 단정할 수 없었다. 하긴, 조선 시대엔 얼굴도 못 보고 결혼하는 경우가 허다했으니까. 이 시대와 조선은 엄청나게 다른 것 같은데 그런 부분은 비슷한가 보구나. 아니, 근데 도미니크는 왜 내 눈에 입 맞췄지? 손도 막 잡고. 내가 생각하던 썸과는 너무 다르다.

'아니야, 사람들과 똑같이 해야 한다는 법은 없잖아.'

나중에 도미니크에게 그래도 우리는 한 달에 한 번 정도는 보자고 말해 봐야지.

이튿날, 오빠들과 나는 아빠와 아침을 먹은 후 출발 준비를 했다. 할아버지가 영지에서 데려온 고레일과 바커스, 시트론도 함께였다. 마릴린은 눈물을 참지 못했다가 집사 마일로에게 꾸중을 들었다. 난 아빠를 보며 말했다.

"아카데미 무사히 마치고서 올게요."

"그래."

"잘 계셔야 해요?"

아빠가 고개를 가볍게 끄덕였다. 이 큰 저택에 아빠가 혼자 있을 거라고 생각을 하니 마음이 좋지 않았다.

'할아버지와 화해하시면 좋을 텐데.'

그럼 영지에 함께 갈 수 있을 테고.

"항상 조심해라."

"네."

마저 인사를 하고, 난 포털을 열었다. 초록의 향기가 공기를 타고 혹, 떠밀려 왔다. 그리웠던 프렌시프 령이었다.

*　　*　　*

"자, 이것도 들어라."

나는 내 앞에 가득한 접시를 보고 어색하게 웃었다. 이거까지 다 먹으면 배가 터지는 게 아닐까? 그렇지만 할아버지와 성의 사용인, 그리고 만찬에 참석한 몇몇 가신들까지 잔뜩 기대한 얼굴로 날 보고 있었다.

'이것만 먹자.'

그렇게 생각하고, 포크를 다시 잡는데 가웨인이 접시를 조금 밀었다.

"체한다."

"괜찮아요. 아곤의 음식은 다 맛있어서……."

"그러니까 더 쉽게 체하겠지."

하지만 할아버지가 실망하실지도 모르는데. 나는 할아버지 쪽을 힐끔 바라보았다. 그런데 그는 가웨인의 말에도 대수롭지 않은 표정이었다.

"흠, 체하면 안 되지."

─라고 하더니 고개를 끄덕였다. 내 건강을 염려해 주는구나. 난 가슴이 간질간질 해져서 웃음을 삼켰다.

'아, 맞다, 건강.'

"제 쪽지 보셨어요?"

"그래."

"식사 잘하시고 운동 많이 하셨나요?"

내 물음에 할아버지는 어쩐지 오만한 표정이 되었다. 그가 만찬에 함께 참석한 주치의 마티스 남작을 쳐다보았다. 그러자 마티스 남작이 호탕하게 웃으며 말했다.

"예, 모두 잘하셨습니다. 약을 하루도 거르지 않고 드셨지요."

정말로? 여름엔 바빠서 제대로 식사할 시간도 없다고 들었는데!

내가 와─ 하고 탄성을 흘리니 할아버지가 헛기침을 했다.

"황도에서는 별일 없었느냐?"

별일 뿐이었다. 두 달쯤 되는 시간 동안 얼마나 많은 사건, 사고가 벌어졌는지.

'그래도 얻은 건 있지.'

삿된 자들의 기록, 그리고……. 나는 얼굴이 발그레해져서 포크로 콩을 꾹꾹 으깼다.

"좋은 일이 많으셨나 봅니다."

내 얼굴을 본 가신들이 껄껄거렸다. 그런데 할아버지는 왜인지 인상을 찌푸렸다.

"기분 나쁜 감이 드는데."

"감이요?"

"아니다. 괴한들에 관해선 짚이는 게 있느냐?"

그걸 떠올리자 찜찜했던 것들이 떠올랐다.

'짐작은 가지만 확신할 순 없지.'

그래도 다행히 괴한들은 황궁까지 발칵 뒤집힌 일과 멀린, 그리고 내 주변의 경계가 엄청나게 강화된 점 때문에 더는 접근하지 못했다. 잘 모르겠다는 표정을 짓자 할아버지가 말했다.

"조사 중이니 곧 밝혀낼 거다."

─라고 말하며 어떤 가신 하나를 슥 쳐다보았다. 가신의 어깨가 흠칫, 솟았다. 그러곤 희게 질린 얼굴로 고개를 숙였다.

'아, 정보부에서 소문을 취합하는 베랑 자작이다.'

아무래도 그의 철야가 계속 이어질 것 같았다. 식사를 하고 나서 할아버지와 가볍게 차를 마셨다. 그 사이 오빠들은 밀린 일 때문에 각각의 부관에게 애걸을 들으며 사라졌다. 나도 할아버지와 몇 마디 더 얘기를 나누고 방으로 돌아왔다.

'그 책을 읽어야겠어.'

짐 가방에서 삿된 자들의 기록을 꺼내려다가 난 멈칫했다.

"시트론."

협탁 위에 캔들을 내려놓던 시트론이 날 돌아보았다.

"예, 아가씨."

"혹시 사용인들이 내 방에 들어왔어?"

"아니요? 저는 보지 못했습니다."

"방을 비운 적은?"

"제가 잠시 옷을 갈아입으러 갔던 십 분 정도는 아무도 없었지요. 왜 그러세요?"

그녀가 내게 다가왔다.

"사라졌어."

삿된 자들의 책과 로열 키친 응시원이.

"네?!"

시트론의 얼굴이 딱딱하게 굳어졌다. 물론 응시원도 중요하지만, 그보다 더 큰 문제는 책이다. 그건 황족만 열람할 수 있는 책이었다. 도미니크가 장서실에서 가져와 내게 주었으니, 없어지면 그가 질책받을 거다.

'찾아야 해!'

책의 대여 기간은 한 달 정도라고 했다. 하지만 나는 곧 아카데미에 가야 하니 찾을 수 있는 시간은 고작 며칠뿐이었다.

"아가씨, 확실히 황도에서 가져오신 거지요?"

"응."

떠나면서도 두 번, 세 번 확인했다.

'성에서 없어진 거야.'

가신은 내 방에 절대로 못 들어오니까 제외, 기사도 허락 없이는 들어올 수 없다. 시트론이 굳은 얼굴로 말했다.

"사용인 중에 있을 겁니다."

"응, 청소를 하거나 물건을 가져다 둔다는 평계가 있으니까."

"일단 청소 당번부터 알아볼게요."

난 고개를 끄덕였다.

"최대한 은밀하게."

그렇지 않으면 훔쳐 간 자가 겁을 먹고 책과 응시원을 처리하려 들 수도 있었다. 나는 침대 끝에 걸터앉아서 생각했다. 내 방엔 가족들이 사 준 고가의 물건이 잔뜩 있다. 통신석부터가 엄청난 고액으로 거래되지 않는가.

'재물 충동 때문에 한 일은 아니야.'

희귀한 책은 비싸게 팔 수도 있다. 하지만 로열 키친 응시원은 전혀 아니었다. 나를 제외한 사람에게는 그저 종잇조각밖에는 되지 않는 서류. 내가 로열 키친에 들어가지 않길 바라는 사람이 했다기에도 이상하다. 그렇다면 책을 가져갈 이유가 없으니까.

'다른 목적을 가진 무리가 있다.'

사용인이 그들의 명을 받았다고 하면 일이 심각해진다. 세드릭이 배신하여 전염병을 퍼뜨린 뒤엔 새로운 사람을 고용하지 않았다. 그뿐만 아니라 아주 오래 프렌시프를 따른 충복들 외엔 내성에 남기지 않고, 외부로 보냈다.

'각 부처에서 더 이상 변절자가 생기지 않게 조치까지 했고.'

배반을 제안하는 사람이 있으면 발고 하라고 했다. 제시한 돈이나 자리의 곱절을 주겠다고. 그 말인즉.

'변절이 아니라 세작이 있다는 거야.'

그것도 아주 오래된. 그가 나의 일거수일투족을 감시해 왔던 것이다.


청소 당번에, 책이 없어진 때를 즈음해서 내 방 앞 복도를 지난 사람까지 포함하면 총 열한 명이었다.

"신디는 몸이 아파서 오늘 결번이래요. 그리고 한스 집사님과 애덤은 함께 복도를 지났기 때문에 가능성이 없어요."

그러면 살펴야 하는 사람은 일곱 명일까. 나는 일단 세작일 가능성이 낮은 한스와 애덤을 불렀다.

"예, 아가씨."

그들이 고개를 숙였다.

"복도를 지나갈 때 별다른 건 보지 못했어?"

한스와 애덤은 어리둥절한 표정으로 서로를 쳐다보았다.

"글쎄요, 수상한 일은 없었습니다."

"그렇습니다."

나는 고개를 끄덕이고서 다시 물었다.

"그럼 근처에서 마주쳤던 사람은?"

"마리아를 보았습니다. 아, 그리고⋯⋯."

그리고?

"집사장님을 뵈었죠."

나는 대번에 얼굴을 구겼다. 집사장이라면 할아버지의 전담을 맡은 사람이었다. 플로헤타에게 썩은 연어를 먹였을 때 할아버지의 명으로 날 부르러 왔었다.

그리고 내가 할아버지의 방에 들어가지 못할 때면 인자하게 웃으면서 괜찮다고 등을 밀어주기도 했다. 집사장의 이름이 나오자 시트론이 숨을 들이켰다. 나와 그녀의 시선이 마주쳤다. 내 가라앉은 표정을 본 그녀가 눈을 크게 떴다가 아! 하며 황급히 소리쳤다.

"그분일 리 없어요!"

"어째서?"

"그분이 얼마나 프렌시프를 위해 헌신했는데요."

"세드릭도 헌신하긴 했지. 헌신한 뒤에 전염병을 퍼뜨렸어."

"그렇지만……."

"그가 세작이라면 정말로 큰일이야. 집사장은 웬만한 비밀을 다 알고 있잖아."

세작이라는 말에 한스와 애덤의 얼굴이 딱딱하게 굳어졌다. 나는 시트론과 함께 그들을 둘러보았다.

"혹시 집사장이 이상하진 않았니?"

한스와 애덤이 얼굴을 찌푸리곤 머뭇거렸다.

"그게……."

애덤이 입을 떼려고 하자 한스가 그를 휙 노려봤다.

"그만! 그 일은 우리의 오해인 걸로 마무리했잖아."

난 눈을 가느스름하게 뜨고서 그들을 쏘아보다.

"하나도 빠짐없이 알려 줘야 해. 프렌시프의 미래가 달린 일이야."

애덤이 곤란한 표정으로 입을 열었다.

"가끔 근무 중에 사라지실 때가 있습니다."

"사라진다고?"

"그게……."

주저하며 말을 아끼는 애덤을 다그치자 그가 입을 열었다.

"사라졌다가 돌아오셨을 때 마주쳤던 적이 있는데 무언가를 황급히 숨기기도 하셨고."

"뭔데!"

"소리는 약병인 것 같았죠."

약? 나는 얼굴을 딱딱하게 굳혔다.

"아가씨!"

시트론이 걱정된다는 듯 미간을 좁히고 나를 불렀다.

"그만."

"하지만—"

"그게 몸에 쌓이는 독이라면? 정신 착란을 일으키는 약이라면?"

"……."

"정신이 혼미한 틈을 타서 몰래 할아버지의 인장을 훔쳐냈으면 어떻게 해."

"그건……."

"아니면 우리 가족 모두에게 그랬을 수도 있지."

그러자 시트론이 얼어붙었다. 나는 한스와 애덤에게 말했다.

"너희들이 나를 도와줘야겠어."

"뭐든 하명하십시오."

"집사장의 뒤를 캐. 그리고 삼십 분마다 교대로 와서 나에게 보고해."

"한 번에 받으시지 않고요?"

"집사장이 뒤를 밟혔다는 걸 알면 즉시 너희를 처리하려 들 수도 있어. 그건 생사 확인이기도 해."

"알겠습니다."

"미안하지만 며칠간은 철야야."

아카데미에 가기 전에 끝내야 하니까. 그 뒤로 이틀간 그들은 나에게 집사장의 행각을 보고 했다. 깊은 밤과 새벽에도.

오랜만에 할아버지와 함께 산책했다. 오빠들은 정신없이 바빴기 때문에 단둘이서 나왔다. 나는 할아버지의 팔을 잡고 병든 닭처럼 꾸벅꾸벅 고개를 흔들었다. 이틀이나 한숨도 못 잤더니 졸려 죽겠다.

"무슨 일이기에 그렇게 바쁜 게냐."

"마무리되고 말씀드리면 안 될까요? 아직 확인 단계라."

"흠……."

할아버지는 졸음기 가득한 눈을 빤히 쳐다보았다.

"그 녀석과는 무슨 얘기를 했느냐."

"아빠요?"

"그래."

"아빠와는 이것저것…… 함께 살롱도 가 주셨고, 꽃도 사 주셨어요."

그때를 생각하니까 또 기분이 좋아져서 난 헤헤 웃었다. 할아버지가 미간을 좁혔다.

"꽃은 무슨. 다 늙은 놈이 징그럽게."

"하지만 저는 정말 기뻤다고요?"

아빠가 준 장미는 잘 말려서 망에 넣어 놨다. 오래오래 간직하고 싶었다. 그러자 할아버지가 정원의 꽃줄기를 뚝 분질러서 내게 주었다. 빛깔 고운 라벤더였다.

"그깟 시장 꽃보다 내 성의 꽃이 낫지."

"……."

할아버지는 대답하지 않는 나를 의기양양한 표정으로 보았다. 나는 천천히 눈썹을 늘어뜨렸다.

"할아버지……."

"고맙다는 말은 됐다."

"이렇게 꽃을 뚝뚝 분지르시면 어떻게 해요."

"아니, 시장 꽃도 분질러서 파는 게 아니냐……."

할아버지는 어쩐지 당황한 것 같은 표정이었다. 나는 휴, 하고 한숨을 내쉬었다.

"그건 상인에겐 생계 수단인 거고, 쓸데없이 꽃을 분지르는 것과는 다르죠."

"아니, 나는, 그……!"

그가 커흠! 헛기침을 했다. 그때 하인이 땀 닦을 물수건을 가져왔다. 할아버지는 손수건을 집다가 벌컥 화를 냈다.

"왜 이렇게 찬 것이냐!"

'그야 시원하라고 일부러 차게 해서 가져온 거잖아?'

나는 어리둥절한 표정으로 버럭버럭 소리치는 할아버지를 쳐다봤다.

*　　*　　*

어두운 방. 남자는 방 밖의 기척을 살폈다. 발걸음 소리, 기척 하나 없이 고요하다. 그는 모포에 싼 책과 응시원을 가지고 방을 빠져나왔다. 소리 없는 걸음이 몹시 능란했다. 한참 성의 복도를 걷던 남자가 맞은편에서 들려오는 인기척 소리에 미간을 좁혔다.

'순찰을 도는 경비병인가.'

돌아가 다른 길로 가려 했지만, 등 뒤에서도 발소리가 들려왔다.

'쯧.'

남자는 소리 없이 혀를 차고, 창문을 뛰어넘었다.

'정원 샛길을 통해 나가야겠다.'

이곳에서 오래 일한 만큼 그는 성내에 익숙했다. 재빠르게 정원으로 들어섰는데—

"여기서 뭐 해?"

그가 흠칫, 물러났다. 벤치에 앉아 있던 세니아나가 천천히 몸을 일으켰다.

"아가씨께선 여긴 어쩐 일로."

"내 질문에 답하지 않았잖아."

"……긴한 일이 있습니다."

"그렇구나."

"그럼 전 이만."

"손에 든 건 내려놓고 가."

모포를 잡은 손에 힘이 들어갔다. 세니아나를 보는 남자의 표정이 점점 서늘해졌다.

"송구하지만 이건 제게 아주 중요한 물건입니다."

세니아나는 고개를 살짝 기울인 채 어둠에 가려진 남자의 얼굴을 보았다. 남자의 눈빛이 새파랗게 빛났다. 이대로 실랑이를 하다

간 사람들이 들이닥칠지도 모른다. 그럼 지금 책과 응시원을 가지고 있는 자신은 꼼짝없이 추포될 것이다. 그가 잠깐 고개를 숙였다.

이대로 그분들에게 데려가야 하나.

'위험하긴 하나, 어쩔 도리가 없는 노릇이다.'

마차를 습격했던 자들은 결국 실패했다. 어쩌면 제가 데려가는 게 '그분'들껜 더 좋은 일일지도 모른다.

"호기심과 만용을 구분하셔야 할 텐데요, 성녀님."

그가 얼굴을 들며 히죽 웃었다.

"아무래도 그곳에 가서 재교육을 받으셔야겠군요."

그때, 정원 등에 불이 들어왔다.

"아가씨께선 이미 훌륭하시다."

세니아나 앞을 막아선 자의 목소리는 몹시 익숙했다. 남자가 숨을 들이켜기 무섭게 순식간에 다가온 기사들이 그를 향해 검을 겨누었다.

"수고했어—"

세니아나는 그녀를 지켜 준 목소리의 주인을 올려다보았다.

"—집사장."

"도움이 되었다니 영광입니다."

프렌시프의 충실한 집사장이 가슴 한쪽에 손을 올리고 허리를 깊게 숙였다. 그리고 세니아나는 등 뒤를 향해 손을 흔들었다. 쿵, 쿵, 쿵—! 워커 소리와 함께 "끄윽……." 하는 신음이 들려왔다. 제압당한 자가 끌려 나온 자를 보고 눈을 크게 떴다. 그의 얼굴에 당황이 역력했다. 나는 생긋 웃었다.

"한스."

뒤를 쳐다보며 끌려 나온 자를 부르는 것도 잊지 않았다.

"애덤."

한스가 경악하여 더듬거렸다.

"어떻게…… 어떻게……!"

"그야 처음부터 의심하고 있었으니까."

"……!"

"세작이 한 사람이라는 법은 없지."

한스, 애덤과 처음 이야기를 나눌 때부터 짐작하고 있었다. 범인은 이들이란 것을.

*[복도를 지나갈 때 별다른 건 보지 못했어?]*

*[수상한 일은 없었습니다.]*

나는 별다른 일이라고 했지, 수상한 일이라고 특정하지 않았어.

내가 물건을 잃어버렸을 수도 있다. 복도에 떨어진 걸 보지 못했느냐는 별것 아닌 물음일 수도 있었다. 그런데 저들은 군이 '수상한 일은 없다'고 대답했다. 한스의 동공이 요란하게 흔들렸다.

"그럼 교대로 보고하라고 한 건……."

"너희가 책과 응시원을 성 밖으로 보내지 못하게 하려고."

"하지만 아가씨는 분명 시트론과 언쟁을……!"

"우리 시트론은 눈치도 빠르고 연기도 잘하지."

그러자 시트론이 수풀 사이에서 걸어 나왔다. 나는 그녀의 어깨에 손을 얹고 의기양양한 표정으로 자랑했다. 그녀는 한스와 애덤을 번갈아 노려보았다.

"사용인의 수치로군요. 어떻게 16년 동안이나 주인을 속이고⋯⋯."

그녀는 얼굴을 흉흉하게 일그러뜨리고 주먹을 꽉 움켜쥐었다. 그러는 사이 집사장이 한스에게서 모포를 빼앗아 내게 가져왔다. 둘둘 만 모포 안에 책과 응시원이 고스란히 있다.

'여름이 물러가지 않아서 다행이야.'

찢자니 누가 쓰레기를 볼까 봐 그럴 수 없었겠지. 태워서 증거를 없애자니 그것도 수월하지 않았을 것이다. 여름에 불을 피우는 것을 들키면 주변인들이 수상하게 여겼을 테니까. 나는 기사의 검을 받아서 그의 목에 겨누었다.

"그럼 이제 말해."

"⋯⋯."

"왜 응시원을 노린 거야."

아마도 책은 응시원을 훔쳐 내려다가 발견해서 가져간 걸 거다. 황궁의 책이 내 손 안에 있다는 건 가족들과 도미니크, 시트론 밖에 모르니까.

"고문실에 가둬. 고문은 —"

"내가 하지."

익숙한 목소리에 놀라 뒤를 돌아보니 삐딱하게 선 가웨인이 보였다. 나와 눈이 마주치자 오빠가 곧장 걸어왔다.

"어떻게 아셨어요?"

그렇게 물으니 가웨인이 말했다.

"기사들을 쓰면서 내 귀에 안 들어갈 거라고 생각한 거냐."

"……."

"저 녀석이 책을 훔친 건가? 응시원은 뭐고."

"그게……."

"네 표정을 보니 금전 때문에 벌인 짓은 아닌 모양이군."

가웨인은 금세 저들 뒤에 흑막이 있다는 걸 알아차렸다. 황실이나 금좌 11석의 하수인, 아니면 타국의 밀정이라고 여기는 듯했다. 가웨인이 한스의 머리채를 잡고 들어 올렸다. 얼굴을 확인하고 나서 그는 헛웃음을 흘렸다.

"이거 오래 본 얼굴이잖아."

"크윽……."

그가 한스의 목을 잡고 기사들에게 내던졌다.

"오래 본 만큼 더 귀여워해 줘라."

싸늘하게 읊조리며.


오빠와 기사들이 한스와 애덤을 고신하러 가고, 난 집사장, 그리고 시트론과 함께 방으로 향했다. 방 앞에 이르러서 집사장이 허리를 굽혔다.

"감사의 말씀 올립니다, 아가씨."

"왜?"

"이 늙은이를 믿어 주셨잖습니까."

그의 눈이 인자했다. 나는 양심이 콕콕 찔려서 미안하다고 웅얼거렸다.

"사실은 의심하기도 했어."

가장 가능성이 크다고 여긴 건 한스와 애덤이었지만, 누구라 해도 의심의 대상에서 제외하지 않았다. 시트론이 나를 감싸듯 말했다.

"집사님의 잘못입니다. 수상한 약통은 뭔가요? 정말로 가지고 계신 걸 본 사람이 있다고 해서 놀랐어요."

나는 씩 웃었다.

"그건 내가 알아."

그러고 집사장에게 속닥속닥 말했다.

"할아버지의 혈압약이지?"

"맞습니다."

의심했다고 하는데도 그의 얼굴은 여전히 인자했다.

"훌륭하게 성장하셔서 기쁩니다."

"내가?"

"감정이나 위치, 평판을 고려하지 않고 선입견 없이 이성적으로 판단하시지 않았습니까."

모두가 존경하는 그에게서 칭찬을 들으니 민망했다. 그러다가 아! 하고 집사를 보았다.

"스스로 평판이 좋은 걸 알고 있어?"

"그럼요."

"어떻게?"

"그쯤은 되어야 프렌시프의 일등 집사가 아니겠습니까."

집사장은 가슴에 손을 올리고 말했다.

"이 늙은이도 아가씨를 본받아 선입견 없이 사용인들을 다시 확인하겠습니다."

"응, 믿음직스러워. 그런데 프렌시프의 정보가 한스를 통해 빠져나가진 않았을까?"

"그 점은 안심하십시오."

집무실과 회의실에 출입이 가능한 건 이등 집사부터라고 했다. 한스는 삼등 집사니 기밀에 접근하진 못했을 거다. 일반 하인인 애덤은 더더욱 가능성이 없었다. 나는 고개를 끄덕이고 방에 들어갔다. 며칠째 잠을 자지 않아서 침대에 눕자마자 졸음이 쏟아졌다.

푹 자고 일어난 나는 얼른 씻고, 맑은 정신으로 삿된 자들의 기록을 읽었다. 책의 중간에 접힌 부분이 있었다. 이런 거 황도에선 본 적 없어.

'한스나 애덤이 표시한 건가.'

　　*[신의 딸은 삿된 존재의 천적인 동시에 조립자······*
　　*성스러운 힘이 그릇된 방향으로 발동하면······*
　　*삿된 존재는 인력으로 다스릴 수 없는 강대한 어둠이 되어······]*

'조립자······ 설마!'

난 삿된 자들이 뭉쳐진 것을 보았다. 하지만 여기엔 만 구(具)의 삿된 자가 필요하다고 했는데 그때 뭉쳐진 건 고작 서넛이었다.

'아! 그런 건가!'

만 구가 뭉쳐진 게 아니라서 선생님의 기억이 그것을 쓰러뜨릴 수 있던 거다! 나는 서둘러 페이지를 넘겼다.

*[의식에 필요한 재료는 총 다섯. 조율하는 자와 빼앗긴 자와 빼앗은 자, 그리고…….]*

"이거였어……."

머릿속에서 퍼즐이 짝 맞춰졌다. 삿된 자들이 공격하려 했던 일. 어째서 내가 납치되었는지. 황궁 마차가 어째서 습격당했는지.

'모두 이것 때문이었어.'

인생을 빼앗겼던 '나'와 내 인생을 빼앗은 '세니아나'가 의식의 재료였던 거다! 이걸 내가 알아서는 안 되기 때문에 응시원만 가져가려다가 책까지 훔쳐 낸 것일 터.

'하지만 아직 모르겠는 게 있어.'

왜 하필 응시원을 훔쳐 내려고 했을까.

난 생각을 정리하자마자 고문실로 달려갔다. 문 안에서 끔찍한 냄새와 숨이 끊어지는 것 같은 신음이 흘러나왔다. 그 앞을 지키던 기사들이 곤란한 표정을 지었다.

"안은 보기 좋지 않습니다."

"그건 내가 판단할 일이야."

나는 단호하게 말하며 문을 열었다. 바깥보다 더 지독한 냄새, 그리고 생각보다 더 엉망인 한스와 애덤. 한스는 바닥에 널브러져 있었고, 애덤은 가웨인 앞에 무릎을 꿇고 손을 비비는 중이었다.

"너, 왜……!"

가웨인이 얼른 한스를 가렸다. 난 침착하게 물었다.

"한스는 죽었나요?"

"……."

대답이 없는 걸 보면 역시 내 생각이 맞는 모양이었다. 윤세나의 친부를 찾던 사채업자 사무실에서 본 적 있었다. 시체가 어떻게 생겼는지. 가웨인이 낮은 목소리로 말했다.

"자진했다. 그만큼 비밀을 지키려고 한 거지."

나는 고개를 끄덕였다.

'괜찮아, 괜찮아.'

스스로 다독이듯 되뇌는 동안 겁에 질린 애덤이 내 쪽으로 엉금엉금 기어왔다.

"아가씨, 아가씨! 살려 주십시오!"

"……."

"저는 그저 한스 님께, 아니, 한스에게 고용된 용병이었을 뿐입니다."

그는 눈물을 줄줄 흘리며 내게 손을 모아 빌었다.

"16년이나 프렌시프에 있으면서 이곳을 제 고향처럼 여기게 되었……!"

가웨인의 그를 걷어차 내게서 떨어뜨렸다.

"입에 발린 말 집어치워."

"사, 살려 주……."

나는 오빠의 팔을 잡고 애덤을 쏘아보았다.

"살고 싶으면 아는 걸 모두 털어놔."

"저는 정말로 한스에게 고용된 용병이었을 뿐이라 자세한 건……."

"알고 있는 것 모두, 라고 했어."

바닥에 납작 엎드린 애덤이 떠듬떠듬 말했다.

"아가씨께서 아카데미에 막 입학하셨을 때 통신하는 걸 들었습니다."

이 몸에 세니아나가 들었을 때다.

"뭐라고 했는데?"

"요리엔 통 재능이 없으니 졸업만 시키자고. 그럼 로열 키친에 들어가도록 손 쓰는 건 그쪽에 부탁한다고 했습니다."

'그거였구나.'

세니아나가 요리를 끔찍하게 싫어하면서도 아카데미에서 버틴 이유.

애덤은 벌벌 떨면서 이어 말했다.

"그, 그런데 이번에 복학하신 뒤로 갑자기 로열 키친에 들어가야 하는 것만은 막아야 한다고……."

그래서 응시원을 훔친 건가. 나를 아카데미로 돌아가지 못하게 하려고.

'아.'

로열 키친에 뭐가 있는 거야. 내가 손에 넣어선 안 되고, 약탈한 자들은 얻어야 하는 무언가가!

"통신한 사람이 누군지 알아?"

"얼핏 들었습니다. 이름은―"

난데없이 그의 몸 안에서 푸른 빛이 퍼졌다. 가웨인은 나를 황급히 끌어안았고, 난 그의 어깨너머로 애덤을 보았다. 빛이 줄어들고 전신에 어떤 문양이 나타났다. 애덤이 컥, 꺼걱ㅡ! 신음하기가 무섭게 선혈이 터져 나왔다.

"애덤!"

"사, 살려, 살려 주…… 크악!"

한순간에 그의 몸에 불이 붙고, 그는 구할 새도 없이 잿가루가 되어 흩어졌다. 죽음의 냄새가 분연하다. 내가 가웨인의 옷깃을 잡고 헐떡였다.

"오빠, 저건ㅡ"

"금술의 일종이다. 비밀을 토설하면 죽게 되지."

"……."

그가 내 눈을 빤히 응시했다.

"무슨 일인 건지 들어야겠다."

나는 입술을 꾹 깨물었다. 가웨인은 나를 데리고 할아버지와 란슬롯에게 갔다. 난 얘기하기 전에 다시 한 번 생각을 정리했다.

1. 나를 납치한 세력과 세니아나, 황궁의 마차를 습격한 괴한, 한스와 애덤은 같은 편이다.
2. 그들은 나를 이용하기 위해 계략을 꾸미고 있다.
3. 당하지 않기 위해선 로열 키친에 있는 것을 손에 넣어야 한다.

나는 납치와 세니아나의 이야기만 빼고 가족들에게 지금껏 겪은 일을 토대로 추정한 사실을 이야기해 주었다. 어떤 무리가 나를 노리고 있고, 로열 키친에 내가 찾아서는 안 되는 무언가가 있다는 것이었다. 내 얘기를 가만히 듣던 란슬롯이 말했다.

"아카데미에도 무언가 있을 거다."

"왜 그렇게 생각하세요?"

"우리와 네가 떨어진 아카데미는 습격하기 최적의 장소야."

란슬롯은 살짝 인상을 찌푸리며 말을 이었다.

"그런데 굳이 황도에 올라오고 나서야 납치를 시도한 건 아카데미에 무언가 있다는 뜻이겠지."

"그렇겠네요……."

"아카데미가 더 안전할 수도 있겠구나."

우리는 모두 고심했다. 고민하는 목적은 단 하나뿐이었다. 나의 안전을 지키는 것. 그런 의미에서 아카데미는 안전이 확보된 곳이었다. 가족들은 고민 끝에 나를 아카데미에 보내 주기로 결론을 내렸다. 이 일은 통신석을 통해서 아빠의 귀에도 전해졌다.

*　　*　　*

나는 뺨을 양손으로 착착 때리고 눈을 부릅떴다.

'기운 내자.'

어차피 내가 해야 하는 일은 분명했다. 좋은 성적을 받아서 로열 키친에 입관하고, 숨겨진 것을 찾는다. 아카데미에서는 날 습격할 수 없고, 황궁은 집보다 안전하다.

"좋았어."

나는 모레에 떠나기 위해 조리 기구를 점검했다. 그때 통신석이 깜빡깜빡 점멸했다.

'도미니크의 신호다!'

나는 주변을 샥 둘러보고 얼른 통신을 연결했다.

[우리 아직 연애로 가는 단계를 밟고 있는 겁니까?]

그의 말에 난 눈을 동그랗게 떴다.

"그렇죠."

[그런데 연락 한 통 없고?]

"저하도 안 하셨으면서."

[했습니다.]

"아……. 제가 요새 바빠서 통신석을 못 봤어요."

통신석에도 부재중 기능이 있으면 좋겠네. 나는 그렇게 생각하며 이어 말했다.

"그래도 자주 연락하는 건 일반적인 일이 아니니까."

[무슨 말입니까.]

"길라게온은 연애 전에 연락을 최대한 자제하고 가족들과 더 시간을 많이 보내는 거잖아요?"

란슬롯은 말했다. 연애는 어른의 일이라 여기기 때문이라고. 진정한 어른이 되기 전에 가족들과 많은 시간을 보내라는 의미란다.

[……누가 그럽니까?]

"가족들이요."

[……]

"……?"

그때 방 밖에서 노크 소리가 들렸다.

"세니아나."

란슬롯의 목소리다!

"아카데미에서 봐요."

나는 재빨리 말한 뒤에 통신을 종료했다. 그리고 문틈으로 고개를 빼꼼 내밀면서 "왜요?" 하고 물었다.

"놀러 가자."

"이 시간에요?"

곧 해가 지는데?

란슬롯은 빙그레 웃었고, 그의 옆에 있던 가웨인이 나를 끌어당겼다. 나는 허둥지둥 그들을 따라갔다. 밖으로 나가는 건가 싶었는데 본성 뒤에 있는 작은 건물로 들어갔다. 안을 본 나는 탄성을 터뜨렸다.

'실내 수영장?'

"대욕탕인데 쓰지 않아서 개조했지."

그의 말에 따르면 저 풀은 아주아주 큰 욕조였다. 그 옆으로는 선명한 빛깔의 플루메리아가 가득하다. 마치 남쪽 섬에 온 것만 같다.

'가족들이랑 물놀이하는 건 처음이야!'

나는 엄청나게 설레서 깡충깡충 뛸 뻔했다.

"아, 그런데 저는 지금 드레스를 입고 있는데."

"입은 채로 들어가면 되지."

가웨인의 말에 나는 질겁했다.

"옷을 다 버릴 텐데요?"

"새로 사면 돼."

그러더니 나를 번쩍 들고 물에 첨벙 빠뜨렸다.

'으아아!'

빠진다! 나는 엄청나게 버둥거렸다. 그런데 정수리 위에서 쿡쿡 웃는 소리가 들려왔다.

'아, 얕아.'

수위가 내 무릎 정도라 주저앉았는데도 가슴 밖에 오지 않는다. 내가 가웨인을 흘겨보자 그는 '왜, 뭐.' 하는 눈으로 싱글거렸다.

란슬롯이 그를 발로 찼다. 한순간에 균형을 잃은 그가 윽! 하며 물에 빠졌다. 물에 젖은 그는 인상을 찡그리며 머리를 쓸어올렸다. 시중을 들기 위해 실내 수영장 안에 있던 하녀들이 합창이라도 하듯 "하아아……." 하고 한숨을 내쉬었다.

내 드레스는 짙은 색이고 안이 겹겹이라 괜찮은데, 가웨인은 달랑 셔츠 하나라서 물에 젖으니까 탄탄한 가슴과 복근이 비친다. 나는 킥킥거리며 가웨인을 쳐다보았다. 청녹발의 머리칼이 물에 젖으니까 미역 같았다.

"어, 웃었다 이거지?"

그가 도깨비처럼 나를 쫓아와서 혼비백산하고 도망쳤다.

'으아아!'

드레스가 물을 먹어서 빨리 달릴 수가 없잖아!

"항복, 항복! 졌어요!"

소리치니 그는 씩 웃으면서 나를 안아 들었다. 공주님 안기로 다시 풀장에 들어간 난 얼른 그의 목을 끌어안았다.

"하지 마요! 무서워!"

무릎밖에 안 와도 빠지면 귀와 코에 물이 다 들어간단 말이야! 그건 꽤 고통스러운 일이라 난 질겁했다.

"도미니크야, 나야."

"이씨—!"

왜 거기에 그렇게 집착하는 거람!

"욕?"

그가 나를 안고 부웅— 돌았다.

"아니야! 잘못했어요!"

"누구야?"

"오빠예요! 오빠가 최고예요!"

가웨인이 아주 만족스러운 듯 웃었다. 그의 품에서 살포시 내려왔을 때 나는 할아버지를 보았다. 그는 나와 가웨인이 꽥꽥거리는 걸 다 들었는지 픽 웃었다. 나는 가웨인에게 흥! 하고 할아버지에 곁에 갔다.

"다 젖었구나."

"가웨인이 나빠요."

"빠뜨려 주랴?"

할아버지가? 난 냉큼 고개를 끄덕였다. 그러자 할아버지는 턱을 살짝 치켜들고 오만한 표정으로 가웨인을 쳐다봤다.

"빠져라."

"······예?"

"빠지라고."

아니, 직접 하시는 게 아니고?

가웨인은 당황한 표정으로 나와 할아버지를 번갈아 보았다. 시선이 점점 무시무시해져서 난 할아버지의 뒤에 쏙 숨었다. 할아버지는 내 앞을 든든하게 막아 주었다.

"세 번까지 말하게 하지 마라."

"······."

가웨인은 망했다는 표정으로 물속에 대자로 누웠다. 첨벙! 물 튀는 소리가 들리고 얼마 지나지 않아 그가 배영 하는 자세로 둥둥 떠올랐다. 고소해서 손뼉을 짝짝 치다가 할아버지를 보았다.

"같이 해요."

"내게 그런 말을 한 놈은 네가 처음이구나."

난 히히 웃으며 팔을 좀 더 당겼다.

"오냐, 가자."

집사장이 허허 웃으면서 내게 발리볼 같은 가벼운 공을 건네주었다.

"이게 필요하실 듯하여."

"응!"

나는 가족들에게 공으로 시합을 하자고 했다. 네 명이서 공을 돌리는데 떨어뜨리는 사람은 게임에서 빠진다. 그렇게 해서 마지막에 남은 사람이 승리하는 간단한 규칙의 게임이었다. 가웨인이 공을 텅, 튕기며 말했다.

"내기해."

"판돈 거는 건 싫어요."

그렇지 않아도 로토헤로 탈탈 털렸는데. 우리 집 사람들의 금전 감각을 난 따라갈 수가 없다.

"그럼?"

그의 물음에 난 고민하다가 말했다.

"소원 들어주기로 해요. 돈 드는 거 말고."

란슬롯이 싱긋 웃으며 물었다.

"하루 종일 데이트도 해 주나?"

'큰오빠는 정말 로맨틱해.'

"그런 거야 뭐."

고개를 끄덕이는데 갑자기 세 남자의 눈에서 불꽃이 튀었다. 할아버지가 로브를 벗었고, 가웨인도 웃옷을 집어 던졌다. 란슬롯의 눈빛까지 변했다. 공을 잡은 가웨인이 할아버지를 힐긋 쳐다보았다.

"쉬시죠. 연로한 몸엔 부담이 클 텐데요."

할아버지가 오만한 표정으로 대꾸했다.

"기술은 연륜에서 나오는 법이지. 란슬롯, 너는 이만 공을 놓지 그러느냐."

"몸 쓰는 일엔 빠지는 편이 아니라서요."

세 사람이 얼마나 열정적으로 공을 돌리는지 나는 공 한 번 제대로 못 받고 빠졌다.

"긴장 푸시죠, 조부님. 가웨인에게 던질 겁니다."

"그렇게 말하고 내게 던지려는 속셈이 훤히 보이는군."

"공 받는 중에 발길질하시는 게 어디 있습니까!"

"안 된다는 규칙은 없잖느냐."

각종 책략과 반칙이 난무했다. 십 분쯤 구경했는데도 도무지 승자가 가려지지 않았다. 어느 순간 난 흥미를 잃어서 혼자서 참방참방 물장구를 쳤다. 그러자 시트론이 어깨에 타월을 걸쳐 주었다.

"밤공기를 무시하시면 안 됩니다."

"시트론은 항상 세심하네."

"칭찬 감사해요. 그런데 상은 없나요?"

시트론이 눈을 찡긋거렸다.

"다음에 상점 거리로 놀러 갈까?"

"세상에나, 너무 기뻐요!"

"내가 에스코트해 줄게."

"멋진 데이트겠어요."

우리는 농담을 하며 키득키득 웃었다.

"음, 좀 춥다."

"가서 옷을 갈아입어요."

나는 시트론과 함께 실내 수영장을 빠져나갔다.

나중에 들으니 공놀이의 승자는 없었다. 공놀이 중간에 영지 일이 터져서 급히 마무리됐다고 했다. 거의 다 이겼던 할아버지가 벌컥 화를 냈단다.


모레 아침. 교복을 입고 할아버지와 오빠들에게 인사했다.

"다녀올게요."

"조심해라."

나는 고개를 끄덕였다. 불안한 마음이 있기야 하지만, 설레는 마음이 더 컸다. 요리하는 건 언제나 즐거웠고, 쟝뤼크 교수님이 나를 직접 수련시켜 주겠다고 했다.

'열심히 배워야지!'

난 조심해서 있겠다고 열 번은 약속한 후에 아카데미의 기숙사로 이동했다. 개학식을 한 뒤, 학생들은 삼삼오오 모여서 회포를 풀러 갔다.

'좋겠다.'

나도 친구 있었는데. 그렇지만 이제는 썸남이 되어 버려서 없어졌어. 시무룩 어깨를 늘어뜨리다가 퍼뜩 정신을 차리고 고개를 도리도리 흔들었다.

'아냐, 날 괴롭히던 프란츠가 사라진 것만으로도 다행이야.'

그는 이번 학기에 기어이 자퇴서를 냈다. 애들이 떠드는 소리를 듣자 하니 좋은 꼴로 살진 못할 것 같았다. 터덜터덜 걷고 있는데, 멀리서 익숙한 인영이 보였다.

'쟝뤼크 교수님이다!'

나는 지도 교수가 되어 준 그에게 냉큼 달려갔다.

"교수님."

"응시원은 가져왔나?"

지도 교수 신청서와 로열 키친 응시원을 함께 내야 2차 시험을 볼 수 있었다. 난 의기양양 고개를 끄덕였다.

"행정처에 제출했어요."

"앞으로 잘 생각은 일절 마라."

그러고는 나를 개인 연구실에 딸린 부엌으로 데려갔다. 그의 연구실 부엌은 실습실의 조리대보다야 조금 작지만 필요한 건 다 갖춰 있었다.

"우와!"

칼의 종류가 엄청 다양했다. 손잡이가 잡는 모양대로 약간 패였다. 오래 사용한 흔적이었다. 냄비며 프라이팬, 사소하게는 후추 그라인더에 이르기까지 모두 반짝반짝했다. 모든 도구가 길이 잘 들어 있다는 걸 알 수 있었다. 요리에 대한 그의 마음이 보이는 느낌이었다. 쟝뤼크가 날 보며 말했다.

"증명해. 내가 너를 도울 가치가 있는지. 지도는 그 후 순서다."

그는 앞으로 이 주간 양파와 당근, 호박, 가지, 파 등을 썰어 붉은 통에 가득 채우라고 했다. 김장 대야의 두 개 정도의 크기였다. 그리고 생선 서른 마리, 소와 돼지 닭 등을 각각 10kg씩 손질. 조미료, 혹은 향신료를 하루에 세 종씩 지역별, 브랜드별, 종류별로 전부 맛보고 리포트 작성. 시키는 게 엄청 많아서 난 멍해졌다.

"그걸 다요?"

나는 수업까지 받아야 하는데? 하지만 쟝뤼크는 단호했다. 그러고는 일단 테스트를 해 보자며 키조개를 꺼내 올려놨다. 키조개는 조개의 왕이라고 불릴 만큼 크기가 큰데, 이건 보통 키조개의 몇 배는 될 것 같았다. 진심으로 놀라서 혀를 내둘렀다. 허풍을 보태면 껍데기가 내 상체만 했다.

"손질해 봐라."

난 머리를 묶은 뒤 조리모를 쓰고 손을 닦았다. 껍데기 틈을 칼로 벌리고 양쪽으로 분리했다. 내장을 뚝 뗀 후에 스푼으로 관자까지 빼냈다. 내장을 넣어 뒀던 볼에 관자도 함께 넣으려는데 —

"뭐 하는 거지?"

샹뤼크가 물어서 나는 눈을 동그랗게 떴다.

"그야 이제 세척하고 불순물을 제거하러 가려고……."

"애써 분리한 내장과 관자를 왜 함께 두느냐고 묻는 거다."

샹뤼크가 왈칵 인상을 구기며 물었다.

"바다 재료 중 독성이 있는 것을 말해 봐라. 미미한 복통을 일으키는 것까지 전부."

"복어, 군소라의 알과 내장, 여름철의 자연산 홍합, 그리고 —"

거기까지 말하던 나는 눈을 동그랗게 떴다.

'헉.'

큰일 났다.

"그리고?"

샹뤼크가 한 손으로 허리를 잡은 채 물었다. 난 어깨를 축 늘어뜨리고 웅얼거렸다.

"키조개의 내장입니다……."

"이렇게 큰 키조개라면 독성이 더 강하겠지."

"그렇습니다."

사람 몸에 해로운 건 즉시 처리가 원칙이었다. 그가 조리대를 쾅! 내리쳤다.

"이런 것도 하나하나 알려 줘야 하는 건가."

"죄송합니다."

"형편없군. 내가 가르칠 의미가 전혀 없겠어."

"교수님!"

"당장 나가."

그가 축객령을 내렸다. 지도 교수를 하지 않겠다는 의미였다.

*　　　*　　　*

쟝뤼크는 자작가의 외아들이었다. 귀족으로 태어났지만, 유년기가 행복했던 기억은 없다. 모친은 몸이 약해 언제나 시름시름 앓았고, 부친은 모친의 숨이 끊어지는 와중에도 약과 노름에 빠져 있었다.

가문의 영지는 북부로 척박하고도 척박한 땅이다. 겨울만 되면 사람들이 죽어 나가기 일쑤였다. 그런 와중에도 부친은 가문의 재산을 노름으로 탕진하길 멈추지 않았다. 때문에 어린 쟝뤼크는 귀족의 몸으로도 배를 곯을 수밖에 없었다.

요리를 하기로 한 건 그런 이유에서였다. 식칼을 들면 적어도 굶어 죽지는 않을 것 같아서. 제 손은 영 쓸모없지는 않았다. 재능이 있었고, 거기다 치열하게 살았다. 수련생 시절엔 수면 시간이 하루에 서너 시간 정도였다.

'그런데 이놈들은.'

아카데미엔 제대로 된 놈이 없다. 재능이 없으면 노력이라도 해야 하는데 저놈들은 그마저도 못했다.

'빌어먹을.'

로열 키친을 나선 후 교단을 찾은 건 자신의 재주가 아까웠기 때문이었다. 죽기 전에 물려줄 사람이 있으면 좋겠다고 생각했다.

'한 명이 없어, 한 명이.'

그나마 쓸 만하다고 생각한 놈은 생각이 틀려먹었다. 아소가 쟝뤼크 앞을 가로막고 말했다.

"지도 교수가 되어 주시죠."

"싫다고 몇 번이나 말했을 텐데."

"센을 쫓아내셨다면서요."

재주가 부족해도 도와줘 볼까 생각한 녀석은 실망스러웠다. 아소의 눈이 집념으로 일렁거렸다.

"교수님께서는 범재를 가르치실 수 없습니다."

"뭐라고?"

"천재는 좌절해 본 적이 없죠. 늘 스스로 깨우쳤기에 평범한 사람이 무엇을 고민하는지도 모르실 겁니다."

"그래서."

"적어도 재능의 수준이 비슷해야 얘기가 통하겠지요."

아소는 자신이 쟝뤼크 수준의 천재라고 단언하며 협박까지 해왔다.

"센이 없으니 이제 저밖에 방법이 없지 않으십니까."

강의 평가는 이 년 연속 최악. 이번에도 지도까지 맡지 않으면 짐을 쌀 수밖에 없다. 아카데미를 떠나면 황제와 금좌 11석, 타국의 황족, 고위 귀족들이 들러붙어 올 거다.

귀찮게.

'그래도 저놈은 아니지.'

쟝뤼크는 딱 잘라 말했다.

"주방에 정치를 끌고 들어오려는 놈에게 가르칠 건 없어."

제 손이 정쟁에 휘말리는 건 로열 키친에서 지낸 세월로 충분하다. 선배이자 휘하의 요리사였던 아곤은 말했다.

*[제자의 성장은 기쁘지. 내 성장은 보이지 않지만, 제자의 성장은 눈에 보이거든.]*

노년의 즐거움을 위해 제자를 키워 볼 생각이라고 했다. 그러곤 제레미란 이름의 밉살맞은 녀석을 데리고 로열 키친을 떠났다. 제레미는 쓸 만한 놈이었다. 듣자 하니 아곤의 밑에서 수셰프 노릇을 하고 있는 것 같았다. 아소 정도는 아니지만 감각이 있었다.

'그런 놈 정도라도 돼야 키우든가 하지.'

쟝뤼크는 아소를 지나치면서 쯧, 혀를 찼다. 로열 키친에서 퇴직한 후 아곤과 나누었던 얘기가 떠올랐다.

*[자네도 제자를 키워 보는 게 어떻겠나. 자식 기르는 것만큼이나 즐겁다네.]*

*[자식 키우는 것만큼 고통스럽기도 하겠죠.]*

*[우리 스승님들께서도 그러셨겠지. 하지만 돌아가시기 전엔 한바탕 축제 같았다고 하셨다네.]*

*[제 스승께선 다음 생엔 보지 말자고 하시더군요.]*

냉정하게 대꾸했지만, 흥미가 일었다. 그래서 아카데미에 온 것이다.

'그게 잘못이었지.'

매사 허허실실한 아곤을 믿는 게 아니었다.

'권태롭군.'

아카데미 교수 생활은 로열 키친에서보다 더 지루하다.

쟝뤼크는 생각에 잠긴 채 교내 복도를 걸었다. 연구실로 돌아가면 새로운 교감이 떽떽거리려고 기다리는 중일 거다. 늘 가던 산책 코스엔 아소가 떡 버티고 있다. 하는 수 없이 시간을 죽이기 위해 구석진 흡연 구역으로 향했다.

가는 길에 낡은 실습실이 있다. 수업이 다 끝났는데도 불이 켜져 있기에 쟝뤼크가 미간을 좁히고 창 안을 들여다보았다.

'저 녀석, 뭐 하는 거야.'

세니아나가 끙끙거리며 웬 통을 옮기고 있었다. 그러더니 허리를 툭툭 치고, 죽을 것 같다는 표정으로 칠판에 머리를 기댔다.

'저건……'

조리대에 깔려 있는 것은 생선, 소, 돼지, 닭이다. 그것 또한 빠짐 없이 모두 손질되어 있었다. 그가 벌컥 문을 열었다. 깜짝 놀란 그녀가 움찔, 어깨를 좁혔다.

세니아나가 옮긴 통에는 채소가 한가득이다. 모두 자신이 손질하라 일렀던 채소였다. 썰기 쉬운 재료를 택할 만도 한데 종류의 비율은 일정하다. 쟝뤼크가 인상을 찌푸렸다.

"시위하는 거냐?"

"아, 아닌데요."

그녀는 억울한 표정이었다. 한숨을 크게 내쉬느라 바짝 묶어 올린 말총머리가 좌우로 흔들렸다.

"아무리 이래도 지도할 생각 없어."

세니아나가 인상을 찌푸리며 웅얼거렸다.

"치사해······."

"뭐?"

"아, 아무 말도 안 했어요."

쟝뤼크는 뻐딱하게 서서 그녀를 내려다보았다.

"저기······."

세니아나는 힐끔힐끔 눈치를 보다가 쟝뤼크를 조그맣게 불렀다.

"지도는 안 해 주셔도 되는데요. 하나만 알려 주시면 안 될까요?"

"뭘."

세니아나는 얼른 가서 키조개를 가져왔다.

"아무리 열심히 손질해도 구우면 질겨요."

"······."

"품질 탓일까요?"

"······."

"아, 안되나요?"

"어떻게 했는지 보여 줘야 말을 할 거 아니야."

세니아나는 재빨리 칼을 들고 요령 좋게 관자만 분리해 냈다.

'늘었군.'

지시했던 걸 다 하면서도 키조개까지 계속 만져 왔던 거다. 그녀가 프라이팬에 기름을 올렸다. 지금 손질한 키조개는 자신이 준 것만큼은 아니어도 제법 커서 관자도 일반적인 것보다는 크다. 치익 —! 기름에 익는 소리가 경쾌하게 울려 퍼졌다. 생각보다 오래.

세니아나가 익혀 온 관자를 그는 맛보지 않았다. 조리하는 모습을 보기만 해도 알 수 있었다. 이것도 틀림없이 질길 거다.

"손질까지는 문제가 없어."

그 말을 끝으로 그는 조리실을 나섰다. 교감이 퇴근할 때가 되어서 연구실에 돌아왔다. 의자에 앉으며 그는 생각했다.

'근성은 있군.'

재능도 없고 끈기도 없는 놈들보다 소금 한 꼬집 정도는 낫다.


그리고 다음 날. 아침이 되어 출근했더니 연구실 앞에 조리복을 입은 녀석이 웅크리고 있었다.

"교수님!"

"또 뭐냐."

그는 세니아나를 보자마자 왈칵 인상을 썼다.

"저 알아냈어요. 키조개를 부드럽게 조리하는 법이요."

그러더니 접시를 불쑥 내밀었다. 오래 기다린 듯 관자가 식어 있었다. 어제와는 빛깔부터 달랐다. 쟝뤼크가 관자를 입에 넣었다.

"……."

"어때요?"

"어떻게 한 거냐?"

"관자가 너무 크니까 속까지 익히려고 오래 구웠잖아요? 그래서 질겼던 거였어요."

제법 고민하기는 했나 보다. 세니아나가 활짝 웃으면서 말했다.

"육수에 살짝 데쳐서 칼집을 낸 다음에 구웠죠!"

"머리가 아예 돌은 아니었군."

"감사합니다!"

그녀는 헤헤 웃으며 고개를 숙였다. 그리고 깡충깡충 뛰듯이 되돌아갔다. 연구실에 들어가니 우아한 노년의 여성이 자신을 기다리고 있었다.

"올해도 기어이 학생을 지도하지 않을 건가요?"

교감은 쟝뤼크를 향해 눈을 희번덕거렸다.

"저번 학기 강의 평가가 최하위예요, 최하위!"

새로 교감으로 승진한 그녀는 교수일 적에도 깐깐하기로 안팎에서 명성이 높았다.

"압니다."

"쟝뤼크 교수 수업을 두 명밖에 신청하지 않았다는 것도 아나요?"

세니아나와 아소였다. 교감은 이번에야말로 퇴직서를 받아야겠다고 생각했다. 제 커리어에 먹칠을 하는 원수! 쟝뤼크의 표정을 본 교감이 인상을 찌푸렸다.

"내 말이 우스워요?"

"아닙니다."

"그런데 왜 그렇게 즐거운 표정이에요!"

"지도 맡을 겁니다."

"뭐라고요?"

"신청서를 낸 학생이 있습니다. 오늘 수락할 예정이었죠."

그제야 교감의 표정이 풀렸다.

"그럼 그렇다고 말을 하시죠."

그녀가 후후 웃었다.

"내일까지 서류 제출하세요. 꼭, 내일까집니다."

그녀는 생글생글 웃으며 방을 나섰고, 쟝뤼크는 수업 시간표를
확인했다. 마침 한 시간 뒤가 세니아나의 수업이었다.


그는 강의가 끝난 후 세니아나를 불렀다.

'뭐, 도저히 못 봐 줄 실력은 아니니까.'

근성이 있는 점은 제법 괜찮고. 세니아나는 무슨 일로 불렀냐는
표정으로 고개를 갸웃 기울였다. 쟝뤼크가 헛기침을 했다.

"아직 지도 교수를 못 구했겠지."

다른 학생들은 1차 시험이 끝나고 바로 교수를 구하기 시작했다.
그러니까 지금은 손이 남는 교수가 없을 거다.

"아니요?"

"뭐?"

"레아 교수님이 함께하자고 하셨어요!"

그렇게 말한 세니아나가 활짝 웃었고, 쟝뤼크는 얼어붙었다.


\*　　\*　　\*


나는 쟝뤼크 교수에게 손을 내밀었다.

"그러니까 응시원을 돌려주세요."

레아 교수님에게 신청서를 내려면 필요하거든. 행정처에 물어보니까 원래 신청했던 교수가 허가해야지만 응시원을 돌려준다고 했다. 그런데 쟝뤼크 교수님에게서 말이 없었다.

"왜."

"네?"

"내 실력이 더 좋은데 어째서 레아 교수지?"

'그야 교수님이 안 하겠다고 하셨으니까요.'

솔직히 나도 걱정이 많았다. 저번 학기와 이번 학기는 졸업 시험에 대한 마음가짐이 달랐다. 로열 키친에 가야 한다. 그래서 날 납치했던 자들의 목적을 알아내고 상황을 타개할 묘책도 손에 넣어야 했다. 그런데 지도 교수가 없으면 시험도 못 보는걸!

어제 조리실에서 끙끙거리고 있으니까 레아 교수가 먼저 지도해 주겠다고 했다.

*[쟝뤼크 교수에게서 쫓겨났다지?]*

*[네……]*

*[그럼 내 밑으로 들어오는 게 어떻겠니?]*

레아 교수는 인기인이었다. 하루 만에 신청을 마감할 정도로 학생들이 밀려들었다.

*[괜찮으세요?]*

*[그래, 네 콩국수가 마음에 들었거든.]*

'레아 교수님이 친절하셔서서 정말 다행이야.'

나는 그렇게 생각하고 다시 쟝뤼크를 올려다보았다.

"……."

"교수님?"

"바빠."

먼저 붙든 사람은 그쪽이면서?

나는 갑자기 떠나는 쟝뤼크의 등 뒤에 대고 소리쳤다.

"행정처에 연락해 주셔야 해요!"

―하고. 그리고 나니까 곧 자습 시간이었다. 자습은 실습과 연구 중 원하는 걸 택할 수 있었다. 나는 쟝뤼크의 지시 중 하나였던 '향신료와 조미료의 종류별, 브랜드별, 지역별 리포트 작성'을 위해 빈 강의실로 갔다.

쟝뤼크 교수의 지도대로 따르니까 실력이 상승하는 게 느껴졌다. 그래서 그의 가르침을 직접 받을 수 없어도 나 혼자서 열심히 하기로 했다. 강의실에 들어가려고 하던 찰나, 학생들이 하나둘 다가왔다.

"센!"

1차 시험이 끝난 후 친해진 여자애들이었다.

"이제야 보네. 이번 학기엔 강의가 겹치는 게 없어서 얼굴 보기 힘들다."

그리고 이런저런 말을 걸어 줘서 난 발그레한 표정으로 고개를 끄덕였다.

"개학식 때도 같이 놀자고 찾았었는데."

"정말로? 고마워!"

"뭘 이런 걸 가지고 고마워한담."

다른 여자애들이 아하하, 웃으면서 맞장구쳤다.

"센, 너 머리 헝클어졌다. 땋아 줄까?"

"부탁해도 돼?"

"물론이지."

여자애 두 명이 양쪽에서 내 머리를 땋아 주고 있는데 남자애들도 다가왔다. 몇몇은 땅이 꺼져라 한숨을 내쉬었고, 몇몇은 싱글벙글했다.

"빌어먹을, 다 잃었어."

"교장이 대련에서 4황자에게 이길 줄 누가 알았느냐고."

"어, 센이잖아."

그들이 내게 손을 가볍게 들었다.

"오랜만. 잘 지냈어?"

"응."

"으악, 하필 스위트피에게 머리를 맡기다니."

그러자 내 뒤에서 머리를 땋고 있던 오렌지색 머리칼의 여자애가 하하, 웃었다.

"우리 친구가 아무래도 내 엉두이에트(일종의 프렌치식 순대. 내장에 속을 채워 만드는 요리)의 재료로 쓰이고 싶은 모양이구나."

"무섭다고."

"나는 아주 잘 땋고 있으니 넌 신경 끄렴."

"데커레이션 꼴찌가."

스위트피라고 불린 여자애가 남자애를 잡으러 뛰어다니자 다른 애가 내 머리를 땋겠다고 나섰다.

"자, 봐. 데커레이션 파트 수석의 이 몸이 제대로 솜씨 발휘를 하지."

곰처럼 덩치가 큰 남자가 내 뒤로 걸어오더니 손을 꼬물꼬물 움직였다. 다른 아이들이 인상을 썼다.

"그게 뭐야. 엉켰잖아."

"이, 이상하다."

"이리 나와."

"기다려. 아직 육수도 안 낸 단계거든?!"

내 머리카락은 다시마가 아닐 텐데 어째서 육수 이야기를 하는 거니?

'신세대들의 농담인 걸까.'

그런 생각을 하고 있는데, 복도를 걷던 교수들이 우리를 쳐다봤다. 제일 앞에 있는 도미니크의 시선이 강렬했다.

'아!'

"거기."

반가워서 얼굴을 활짝 펴니 그가 말했다. 웃고 떠들던 아이들이 우뚝 멈췄다. 도미니크가 내 뒤에서 머리카락을 잡고 있는 남자애를 빤히 보며 말했다.

"시끄럽군."

그러자 아이들이 엄청 긴장해서는 "죄, 죄송합니다." 하고 고개를 숙였다. 도미니크가 날 가리켰다.

"따라오세요."

"저만요?"

"예."

내가 제일 조용했는데!

저번에도 그러더니 맨날 나만 부른다. 하지만 도미니크가 먼저 가 버려서 그를 따라갈 수밖에 없었다. 우리는 함께 교장실에 들어 갔다. 그가 고개를 비스듬하게 기울이고 날 빤히 응시했다. 나는 자 꾸만 입술이 튀어나오려고 해서 미간을 좁혔다.

"저는 안 떠들었는데."

"압니다."

그가 내게 바짝 다가왔다. 나는 깜짝 놀라서 움찔, 몸을 뒤로 뺐 다. 그의 시선이 눈에서 귀, 그리고 머리카락으로 이동했다.

"제가 부패, 비리, 폐단을 선호하는 편입니다."

"그것참…… 몰상식한 취향이시네요."

나는 누가 들었을까 봐 문과 창문을 힐끔거렸다. 도미니크가 그 런 날 보고 입꼬리를 끌어당겼다.

"영애에게도 받지요, 뇌물."

"뇌물이요?"

정말로 그런 취향이었던 거야? 나는 깜짝 놀라서 눈을 동그랗게 떴다.

"그러면 안 돼요!"

"왜?"

"그야, 음, 양심적으로……?"

"애초에 없던 거라."

그는 다시 멀어지더니 내게 손을 내밀었다. 난 '도미니크, 정말 양심이 없구나' 생각하며 재킷 주머니에서 금화를 꺼내 그의 손바 닥에 올려놨다. 그런데—

"앗!"

그가 날 휙 끌어당겼다. 촉. 간지러운 소리와 함께 코에 부드러운 것이 스치듯 지나갔다.

"돈은 됐습니다."

—하며 내게 금화를 돌려줬다. 난 새빨개져서 그가 입 맞춘 코를 손으로 가렸다.

"관측대에선 눈에 했고, 오늘은 코에 했으니 다음은 어딜까요, 영애."

나는 얼른 손을 입술 쪽으로 내렸다. 도미니크가 픽 웃고 소파 등받이에 등을 기댔다. 그런 그를 흘깃 쳐다봤다.

"이건 너무 진도가 빠르지 않나요? 연애하기 전엔 머리카락 한 올 안 만진다고 했는데."

"우린 입 맞추고 시작했으니 남들과는 다르죠."

그러면서 의뭉스러운 표정을 지었다.

"그리고 그건……."

마침 부관이 차를 가져다주고 나갔다. 이제 슬슬 가을이라 벌써 국화차가 나온 모양이다. 따뜻한 차 속에 핀 말린 국화를 보고 있는데 도미니크가 말했다.

"후작과 경들이 영애에게 다른 말은 하지 않았습니까?"

"네."

"아쉽네요. 중요한 것을 빠뜨리셨는데."

"그게 뭔데요?"

도미니크가 눈썹을 까딱 들어 올렸다.

"연애 전과 후는 다릅니다. 영애."

나는 어리둥절해졌다. '그런 말은 들은 적 없는데……' 라고 조그맣게 말하며 손을 꼼질꼼질 얽었다. 오빠들에게는 연애 전에 뭘 하는지만 물어봤는걸.

"많이 다른가요?"

"연애를 시작하면 하루도 떨어지지 않아야 한다는 말, 을 안 해 주셨군요."

"떨어지지 않는다고요?"

"시작하기 전엔 가족과 시간을 보냈으니, 시작하면 연인과 시간을 보내야 하지 않겠습니까."

"아하."

그렇구나.

"그런데 우리는 남들과 다르게 시작했으니까 그것도 다르지 않나요?"

내가 갸웃하며 물으니 도미니크는 여상한 투로 대답했다.

"관례상 안 됩니다."

"그런 관례가 있구나……. 몰랐어요."

이상한 관례네. 가족들이 서운해하겠다.

"영애는 내내 영지에만 계셨으니까요. 이제부터라도 아시면 됩니다."

내가 고개를 끄덕이자 왜인지 그의 입꼬리가 슬쩍 올라갔다.


교장실을 나오자 어느새 점심시간이 지나가고 있었다.

'아앗, 신청서를 내야 하는데!'

도미니크가 주는 과자를 먹느라 시간이 가는 줄도 몰랐다. 그가 자꾸만 과자를 주기에 '왜 이렇게 먹이세요?' 하고 물었더니, 그는 부드러운 목소리로 대답했다.

*[나와 있는 시간이 달콤했다고 기억하길 바라서.]*

그의 말을 떠올리자 얼굴이 붉어졌다. 난 양 볼을 감싸고 교장실 문을 흘깃 쳐다봤다.

'아, 아니야. 정신 차리자.'

이런 생각을 할 때가 아니다. 점심시간이 얼마 안 남았다. 그전에 응시원을 받아야 지도 교수를 신청할 수 있었다. 나는 레아 교수의 서명이 들어간 신청서를 끌어안고 쟝뤼크 교수를 찾아갔다.

똑, 똑. 몇 번이나 노크를 했지만 대꾸가 없었다. 학생과의 대화를 사절하는 성격 때문에 없는 척하는 건가 싶었는데, 인기척조차 없었다.

"어디 계시…… 아, 교수님!"

복도 반대편에서 쟝뤼크 교수가 걸어오고 있었다. 그런데 그는 내 얼굴을 보자마자 다시 왔던 길로 되돌아갔다. 난 얼른 그를 향해 뛰었다.

"교수님, 교수님."

"……."

"응시원 주세요."

"……."

"어디 가시는데요, 네?"

쟝뤼크는 말없이 어떤 문 안으로 들어갔다. 나도 마음이 급해서 그를 따라갔다.

"아!"

교수들의 연구실에조차 없는 신기한 마도구들이 가득했다. 눈을 동그랗게 뜨며 구경하는 동안, 쟝뤼크는 무언가를 가만히 보고 있었다. 볼 주변으로 뿌연 연기가 흘러나온다.

"아, 저 이거 알아요!"

"네가?"

액화 질소. 티브이에서 본 적이 있었다. 극저온의 무기물로, 재료를 순식간에 꽝꽝 얼린다. 언 재료를 갈아서 이런저런 요리에 활용할 수 있었다. 옆에 있는 드레싱을 보니 저걸 얼리려는 모양이다.

"과일 베이스의 드레싱이라서 여름엔 활용도가 높겠어요."

"……네가 이걸 어떻게 알지? 빙원을 요리에 활용하는 건 나 홀로 생각해 왔던 것인데."

헉.

"그게, 그러니까, 아…… 공부를!"

나는 눈을 도르륵, 굴리며 재빨리 눈치를 봤다.

"네, 요리의 기본은 과학, 아니, 마도학이니까 여러모로 알아봐서……."

"……."

그가 흘깃 나를 쳐다보더니 큼, 헛기침을 했다.

"뭐, 영 재주가 없는 건 아니군."

"그건 비아냥인가요?"

"아니, 내 말은⋯⋯."

"⋯⋯?"

"아니다."

"응시원 주세요. 오후 수업 전에 내야 한단 말이에요."

십 분 후면 점심시간이 끝나서 나는 마음이 조급했다. 쟝뤼크 교수는 칼을 마른행주에 닦으며 슬쩍 나를 보았다.

"그⋯⋯ 뭐, 레아 교수는 지도하는 학생이 많지 않나?"

"올해는 세 명밖에 안 받으셨대요."

"네가 레아 교수 그룹에 들어가면 민폐지. 넌 실습도 그렇고 필기 성적도 하위권이라던데."

"교수님도 강의 평가 꼴찌셨으면서⋯⋯."

나는 아주 조그맣게 중얼거렸다. 그 작은 소리를 어떻게 들었는지 그가 버럭 소리쳤다.

"나는 내가 안 한 거고!"

"저도 제가 안 한 건데요."

그건 내가 아니라 세니아나의 성적이라고.

"한 마디도 안 지는군. 레아 교수가 아주 피곤하겠어."

"⋯⋯."

"어쩔 수 없지. 내가 받아 줘야겠군."

"네?"

"네가 마음에 쏙 들어서 그런 건 아니야! 그냥 좀 머리도 쓸 만하고 근성도 있으니까 다른 놈들보다는 아주 조금 나아서⋯⋯! 알겠어?"

그가 변명하듯 쩌렁쩌렁 소리쳐서 난 눈을 동그랗게 떴다.

"정말로요?"

"내가 제자는 무조건 1등이어야 한다. 실습도, 필기도, 졸업 시험도."

나는 펄쩍펄쩍 뛰며 좋아했다. 몇 번이나 그의 손을 잡고 흔들면서 "네, 네!" 하고 대답했다. 나는 그날부터 쟝뤼크와 함께 수련하기로 했다. 지도 교수의 허가가 있으면 수업엔 들어가지 않아도 돼서 다행이었다. 레아 교수에겐 미안하다고 말했다. 있었던 일을 말해 주니까 그녀는 하! 하며 기가 찬 실소를 흘렸다.

*[내 생각 픽도 하는군.]*

하면서.

쟝뤼크는 매우매우 엄했다.

"손목 나가고 싶어서 작정했어?! 누가 프라이팬을 그따위로 돌려!"

"이걸 비늘 손질이라고 한 건가."

"혀가 제대로 기능하긴 하나. 왜, 차라리 설탕을 넣지 그랬어."

매일매일 혼이 났다. 그래도 내가 '그냥 레아 교수님께 갈걸……' 하는 표정을 지으면 커흠, 커흠! 헛기침하며 반질반질한 사과 같은 과일을 슥 내밀었다. 정신을 차려보니 시간이 흘러 있었다. 그렇게 몇 주를 엄청나게 바쁘게 보냈다.


쟝뤼크는 내가 만든 콩피(지방, 혹은 기름에 절여 조리한 고기 요리)를 맛보았다.

'제발.'

나는 간절히 기도했다. 오늘은 욕만 듣지 말자. 몇 번 고기를 씹던 그가 나를 흘깃 쳐다보았다.

"그래, 이게 요리지."

"야호!"

나는 쟁반을 든 채 만세를 불렀다. 그가 물로 입안을 헹군 후에 중얼거렸다.

"이제야 쓸 만해 졌군."

"교수님이 너무 잘하시는 거거든요."

내가 그를 뾰로통 흘기며 말했다. 몇 주 동안이나 하루 종일 붙어서 눈물이 쏙 빠지게 혼났더니, 이제 무섭지 않았다.

"내 제자라면 날 뛰어넘어야지."

'자꾸 제자라고 하시네.'

나는 아곤에게 들어 요리사들에게 '제자'가 무슨 뜻인지 알고 있었다. 제자란 자신의 정수를 모두 쏟아부어 키우는 사람을 의미했다. 실력 위주로 사람을 보는 쟝뤼크가 날 제자로 여길 리는 없는데.

'아, 그렇지.'

정통만을 거친 요리사들에게는 상식인데, 그렇지 않다면 모르는 경우도 있다고 했다. 나는 나중에 쟝뤼크가 알면 부끄러워할까 봐 정정해 주었다.

"제자가 아니라 학생이지요."

"……."

"네?"

"누가 그걸 몰라! 나보다 더 나은 스승이 어디 있다고!"

그렇게 외치며 조리실을 빠져나갔다.

'왜 그러신담.'

나는 고개를 갸웃 기울이다가 복도로 나섰다.

"영애."

도미니크의 목소리가 들렸다. 멀리서 걸어오는 그를 발견하고 손을 흔들려다가 움찔, 주변을 둘러보았다. 목소리를 바짝 낮추고 속삭였다.

"그렇게 부르시면 어떡해요."

"세니아나가 좋겠습니까?"

그때, 인기척 소리가 들려서 나는 질겁하고 벽 쪽으로 붙었다. 그가 픽 웃으며 로브로 날 가려 주었다. 나는 그의 셔츠를 잡고 있다가 조리화를 주로 신는 학생의 발소리와는 달랐다는 걸 깨닫고 고개를 살짝 들었다.

"알베르……."

도미니크의 부관이 빙긋 웃으며 말했다.

"숨어계시니 못 뵌 것으로 하지요."

그러고 보니까 이거 얼굴만 숨기면 숨은 줄 아는 사슴과 똑같은 꼴이었다. 난 당황해서 머리가 새하얘졌지만, 도미니크는 알고도 날 놀린 것 같았다.

"……저 정말로 놀랐거든요."

내가 세니아나 프렌시프인 게 알려지면 2차 시험도 못 보고 쫓겨날 게 아닌가.

"놀라라고 한 겁니다."

"왜요!"

"귀여우니까."

나는 말도 못 하고 속으로만 '지… 짓궂어…….' 하며 한숨을 쉬었다. 내가 당황하고 있는 사이 그가 부관 알베르를 쳐다봤다.

"무슨 일이지."

"2차 시험 심사자가 도착했습니다. 그런데 —"

도미니크가 무표정해지자 알베르는 목소리를 낮췄다.

"아무래도 직접 보시는 게 좋겠습니다."

그의 목소리가 심상치 않았다. 우리는 얼른 심사자가 왔다는 대강당으로 갔다. 교수들과 학생들이 바글바글했다. 심사 위원이 도착했다는 게 벌써 소문이 난 모양이었다. 빼빼 마른 남자가 교감을 붙들고 왈칵 화를 내고 있었다.

"그러니까 청녹발에 연한 붉은색 눈을 가진 여학생을……!"

그의 얼굴을 본 도미니크의 얼굴이 서늘해졌다.

"콜린 백작."

콜린 백작?! 가족들이 얘기하는 걸 들어서 알고 있었다. 콜린 백작이라면 아빠, 할아버지와 같이 금좌 11석을 이루는 한 명이었다. 도미니크가 걸어가자 홍해의 기적처럼 학생들이 쫙 갈라져 길을 비켜 주었다.

"저하!"

콜린 백작은 자리에서 일어나 도미니크를 반겼다.

"여전히 존안이 훤하십니다."

"심사자로 초청한 건 공이 아닐 텐데."

"제 가문의 가신이었지요."

"그런데."

"몸이 아파 중요한 자리에 갈 수 없게 되었으니 주인이 대신 수습해야지 않겠습니까."

말도 안 돼. 콜린 백작은 가신의 일을 대신 처리하기 위해 올 만한 신분이 아니다. 그가 껄껄 웃으며 말했다.

"물론 로열 셰프의 허가를 받고 왔으니 안심하십시오."

이곳 아카데미는 황궁 직속인지라 졸업 시험의 심사자를 로열 키친에서 선발한다. 입관 시험의 권리를 주는 만큼 청탁이 난무하였기 때문이었다. 교장이라 할지라도 심사 위원을 물리기 위해선 로열 키친과 협의가 필요했다.

"그런데―"

콜린 백작은 얼굴을 구기며 교감을 쳐다보았다.

"여긴 말귀를 못 알아먹는 놈들이 많군요."

"하지만 백작님―!"

교감이 말하자 콜린 백작은 귀찮다는 듯 손을 내저었다.

"청녹발에 연한 붉은 눈을 가진 여학생을 찾고 있는데―"

그렇게 말하던 그가 나를 쳐다보았다.

"오오!"

나는 에이프런을 꾹 말아 쥐었다.

'내가 세니아나 프렌시프라는 걸 알고 있어.'

내 외양을 정확히 댄 데다가 나를 찾았다는 눈빛으로 바라봤다.

'날 만나려고 일부러 온 거구나.'

그가 날 콕 집고는 교감에게 말했다.

"저 여학생에게 시중을 들라 하지."

교감은 화를 눌러 참듯 말했다.

"계시는 동안 시중을 들 사람들이 따로 있습니다."

"전부 사내놈들이 아닌가."

그는 큰 목소리로 들으라는 듯 말했다.

"시중인은 야들야들한 맛이 있어야지."

"저희는 시중인이 아니라 요리사입니다."

"술 한 잔 따르는 게 뭐가 어렵다고 그리 투덜거려. 여자 요리사는 어차피 현장에 나가면 술 한 잔씩은 따를 게 아닌가."

그 얘기를 듣자마자 여성 교수들의 표정이 확 굳어졌다. 콜린 백작은 여성 요리사를 술집 작부 정도로 취급하는 저질이었다. 식당을 할 때 술을 따라 보라며 진상을 부리던 손님들이 떠올라서 난 기분이 나빠졌다.

'그러니까 콜린 백작이……'

가족들이 얘기하는 걸 들은 적도 있고, 사교계에서도 유명한 인물이라 나도 얼마간 아는 게 있었다. 길라게온을 세운 다섯 가문 중 하나. 시간이 지나며 권력은 약화 되었지만, 여전히 명예는 어떤 가문보다 드높았다. 그 덕에 명예가 권력보다 중해지는 순간엔 언제나 승리했다.

'명예는 무슨.'

나를 따로 만나고 싶으면 댈 수 있는 핑계가 시중 외에도 있을 거다.

'그런데 굳이 시중이라고? 무슨 생각인 거야.'

나는 살짝 입술을 깨물었다. 도미니크가 낮은 목소리로 말했다.

"내 아카데미에 접대부는 없습니다."

그러자 콜린 백작이 웃음을 터뜨렸다.

"이런, 그런 의미가 아니었는데 말입니다."

그가 어물쩍 농담으로 넘기려고 느물느물하게 굴었다. 도미니크도 평이하게 대꾸했다.

"그런 의미로 들렸으니 말실수겠군요."

"물론 그렇지요."

"그럼 사과를 해야지."

"……예?"

"아무래도 말귀를 못 알아먹는 건 공인 모양입니다."

교수와 학생들의 표정이 밝아졌다. 콜린 백작은 이를 악물었다.


대강당을 떠나는 도미니크를 따라갔다. 사람 없는 곳에 이른 뒤에 나는 괜찮냐는 얼굴로 그를 쳐다보았다.

'콜린 백작은 금좌 11석이야.'

나는 황제도 아빠에게 한 수 물러 주는 것을 보았다. 이 나라에서 가장 지체 높은 금좌에 앉았다는 건 그런 힘을 가졌다는 말이다. 도미니크는 대수롭지 않다는 듯 고개를 끄덕였다.

"멱을 따지 않는 것으로 최선을 다했습니다."

"……."

"다시 헛소리를 하면 다른 쪽으로 최선을 다하겠지만요."

죽여 버리겠다는 말 같아서 난 눈을 동그랗게 떴다.

'이 남자가 정말.'

매번 누가 들으면 큰일 날 소리만 한다. 도미니크는 염려가 잔뜩 깃든 내 눈을 보며 희미하게 웃었다.

"최대한 빠르게 로열 키친과 협의해서 저자를 내보낼 겁니다."

"네."

"학사 외에선 알베르를 붙여 두죠."

나는 고개를 끄덕였다. 도미니크는 로열 키친과 연락을 취하기 위해서 갔고, 나는 교내로 들어가 쟝뤼크의 연구실로 향했다. 그는 연구실 내에 있는 조리실에서 칼날을 다듬고 있었다. 나도 놓고 간 내 식칼과 숫돌을 꺼냈다. 그러자 쟝뤼크가 물었다.

"점심 먹으라고 보내 놨더니 왜 벌써 온 거야?"

"입맛이 없어요."

내가 우울한 목소리로 답하자 그는 칼을 내려놓았다.

"표정이 왜 그래?"

"2차 시험 심사 위원이 너무 마음에 안 들어요."

"누가 왔기에."

"콜린 백작이요."

쟝뤼크는 한 눈으로 날을 확인하며 말했다.

"개차반이 왔군."

"콜린 백작에 대해 아세요?"

"그런 놈에게는 안 걸리는 게 상책이야."

"그런 사람이 어떻게 금좌 11석을 차지하고 있을까요?"

"삼 년 전에 아비가 죽고 이어받은 거다. 하지만 워낙에 멍청해서 자리가 위태롭지."

그래서 굳이 아카데미에 날 찾으러 왔구나. 밀려나지 않으려고 프렌시프와 포털의 힘을 빌리려는 것이다.

'확실히 생각이 없기는 해.'

사고는 늘 그런 자들 때문에 생긴다. 나는 칼을 갈던 손을 멈추고, 펜던트를 잡았다.

'도망은 칠 수 있지만.'

포털이 완벽한 해답이 아니라는 걸 황궁에서 배웠다. 그럴 일은 거의 없겠지만, 포털이 연결되지 않을 수도 있다. 그리고…….

'내가 모르는 사이에 당하면 포털을 열 수조차 없어.'

미카엘 황자가 피운 수면 향처럼. 약을 공기 중에 퍼뜨리거나, 먹는 것에 넣을 수도 있다. 문제는 그런 것들은 차단하기 힘들다는 거다. 숨을 안 쉴 수도, 음식을 안 먹을 수도 없으니까. 쟝뤼크의 말처럼 만나지도 않는 것이 상책이었지만, 이미 일은 벌어졌다. 설마 그렇게까지 정도를 모를까 싶긴 하지만.

내가 기숙사에 들어가면 알베르가 지키기 어려워서, 난 최대한 오래 학사 내에 있었다. 그리고 깊은 밤에 그의 호위를 받으며 학사를 나섰다. 그런데 기숙사로 들어가는 인적 드문 샛길에 몇몇 남자가 서 있었다. 콜린 백작과 그 호위였다. 백작이 히죽 웃으며 내게 다가오려 했지만, 알베르가 그를 막아섰다.

"2황자께서 영애에게 접근하는 자를 막으라 명하셨습니다."

"영애에게 신경을 많이 쓰시는군. 의아할 정도로."

"학생을 지키는 것이 소임이신 지라. 게다가 이분은 길라게온엔 몹시 특별한 학생이라서요."

알베르가 비킬 의향이 없어 보이자 백작은 날 쳐다봤다.

"잠시 대화를 청하는 것뿐입니다, 영애."

"거기서 듣지요."

더 다가오지 말라는 소리에 백작의 눈썹이 꿈틀거렸다. 그러나 이내 불쾌한 표정을 지우고 하하, 웃었다.

"오늘의 무례는 영애 신분의 기밀을 지키기 위함이었다는 걸 아시겠지요."

"지나친 무례였지만요."

"······다시 사과드리지요."

저 사람은 내가 프렌시프 영애가 아니거나, 성녀라 불리지 않았더라면 절대로 사과하지 않았을 거다.

'나는 그런 사과를 받고 싶은 게 아니야.'

그리고 사과를 받아야 하는 사람은 나 말고도 많이 있다.

"받지 않겠습니다."

단호한 거절에 기어이 백작의 얼굴에서 표정이 사라졌다.

"제안 드릴 것이 있습니다. 저자를 물리시죠."

"황족의 배려가 우선이라."

알베르를 절대로 물리지 않겠다는 의미였다. 그는 미간을 좁히다 후, 한숨을 내쉬었다.

"영애가 어째서 한낱 식칼을 드셨는지 저는 알고 있습니다. 포털을 가지셨으니, 물류권까지 손에 넣고 싶으신 게지요."

그렇게 말하곤 알베르를 흘깃 쳐다보며 말했다.

"제게는 영애가 목표에 다다를 수 있도록 지원할 수 있는 능력이 있지요."

얼핏 좋은 스승이라도 구해 주겠다는 말처럼 들린다. 하지만 사실 저건 로열 키친과 물밑에서 거래해 나의 입관과 영전을 돕겠다는 말이었다.

"그래서요?"

"저는 아직 미혼입니다."

"……."

"가문의 격도 맞는 데다, 서로에게 도움이 되니 우리는 잘 맞는 한 쌍일 겁니다."

내 표정이 일그러지자 그가 씩 웃으며 숱 없는 머리칼을 매만졌다.

"영애에게 저만큼 잘 어울리는 남편감은 없을 겁니다. 외양도 이만하면 훌륭하지 않습니까."

'아아.'

그러고 보니 무도회에서 얼핏 들은 것 같다. 엄청난 거구였던 콜린 백작이 지옥의 다이어트를 거친 후 심각한 자만에 빠졌다는 이야기를.

"죄송하지만 제가 주변 환경상 눈이 하늘에 있어서요."

"하, 하하."

그가 억지로 웃었다.

"저를 프렌시프 경과 견줄 수 있는 몇 안 되는 사내라 부르는 사람도 있습니다."

"아침입니다. 한 귀로 흘리세요."

그의 얼굴이 붉으락푸르락 달아올랐다. 나는 고개를 까닥이고, 알베르와 함께 그를 지나쳤다. 걸으면서도 알베르는 웃음을 참지 못했다. 죽어가는 소리를 내며 웃는 그를 난 이상한 얼굴로 쳐다봤다.

\* \* \*

콜린 백작은 심사 위원을 위해 마련된 방으로 들어오며 의자를 걷어찼다. 쿵! 둔탁한 소리와 함께 의자가 나뒹굴었다.

'빌어먹을 년!'

란슬롯 프렌시프가 자신을 보던 눈과 너무나 비슷했다. 사람을 벌레 취급하는 눈. 자신은 비슷한 나이대인 그와 사사건건 비교당했다. 프렌시프 후작의 외모와 능력을 그대로 물려받은 프렌시프의 장남. 콜린 백작의 얼굴에 먹칠을 하는 콜린 가의 외아들.

*[라올 영애가 콜린 경과 약혼하기 싫어서 약을 먹었다면서요?]*

*[란슬롯 님을 가슴에 품고 다른 남자에게 갈 수는 없다고 했다고 하더랍니다.]*

*[콜린도 훌륭한 가문이긴 하지만, 굳이 택해야 한다면 역시 프렌시프 아니겠어요?]*

*[후계가 든든하니 흔들릴 걱정이 없지요.]*

평생을 그 자식 그늘에 가려 살았다. 부친이 작고하신 후, 그보다 먼저 작위를 물려받았을 땐 쾌재를 불렀다. 이제 자신을 그와 비교하는 것들은 없겠지.

다시는 비교 당하고 싶지 않아서 금술까지 써가며 체중을 줄였다. 그후 제 앞에서 란슬롯의 이름을 꺼내는 자는 없었다. 이번 쌍월 축제에서 제대로 콧대를 눌러 줄 생각이었다.

나는 너와 다르다. 난 황제와 함께 건배사를 외칠 수 있지만, 너는 그저 네 아비 후광에 힘입어 축하주를 나누어 마시는 게 고작이다. 그러한 상상이 짜릿해 오로지 황자 대련만을 기다렸다. 그런데─

*[어머머, 프렌시프 경께서 황족석에 계시잖아요!]*

란슬롯은 제 위에 솟은 자리에 앉아 동생을 다정하게 바라보았다. 자신 따위는 안중에도 없다는 듯이.

'저 여자를 가질 수 있으면.'

내 손 위에 저 여자를 올려 둔다면……! 란슬롯의 얼굴이 무참하게 일그러지는 꼴을 보고 싶었다. 그리되면 저를 쫓아낼 궁리만 하는 금좌 11석의 다른 귀족들도 입을 다물 수밖에 없으리라.

"내가 친히 찾아와 줬는데……. 감히, 감히!"

그가 테이블 위에 놓인 것들을 죄 쓸어 넘어뜨렸다. 쨍─! 날카로운 파열음과 함께 이성의 끈이 뚝 끊어졌다.

"빌어먹을 년."

내 손에만 들어오면 두드려 패서 예의를 가르쳐주마.

*　　*　　*

다음 날. 팔찌를 누르며 교정을 지나던 나는 고개를 갸웃 기울였다. 귀빈실 통유리 앞에 학생들이 우글거렸다. 그 안엔 나와 함께 점심을 먹는 애들도 있었는데, 그들이 날 발견하고 손짓했다.

"셴!"

"무슨 일이야?"

스위트피가 유리창 안을 노려보며 속삭였다.

"콜린 백작이 교수님들이 만든 음식에 하나하나 어깃장을 놓고 있어."

졸업 시험을 위해 학교를 방문한 심사 위원에게는 교수들이 음식을 대접했다. 창 안에서 콜린 백작의 목소리가 흘러나왔다.

"기름에 튀겨 놓기만 하면 음식인가?"

레아 교수를 세워놓은 그가 스푼으로 그녀의 허리를 쿡, 찔렀다. 그녀는 실력으로만 따지면 아카데미 내에서 1, 2위를 다투는 실력자였다.

'게다가 저건 꿔바로우(넓적하게 자른 돼지 안심으로 만드는 중국식 탕수육)잖아!'

꿔바로우는 레아 교수의 주특기였다. 나도 시연한 걸 먹어 봤는데 이런 만든 사람에게 배울 수 있다니, 감격할 정도로 엄청난 요리였다. 동부 출신이 절대다수인 이 아카데미에서도 그녀의 꿔바로우는 극찬을 받았다. 레아 교수는 침착하게 말했다.

"시식부터 하시고 말씀하시지요. 맛에도 불만이 있으시다면 다시 만들어 올리겠습니다."

콜린 백작이 입매를 비틀곤 천천히 포크를 들었다. 튀김옷을 뒤적이던 그가 욱, 헛구역질을 했다. 교감의 얼굴이 무참하게 일그러졌다.

"백작님, 지나치십니다!"

그때, 알베르가 내 어깨를 두드렸다.

"학사 내로 가시죠."

"하지만……."

"곧 저하께서 오실 겁니다."

다른 애들도 얼른 가 보라고 했다. 애들은 백작이 내게 다시 눈독을 들일까 봐 도미니크가 일부러 부관을 붙여 준 것으로 알고 있었다.

"그래, 눈에 띄어 봤자 좋을 거 없어."

"듣자 하니까 네가 저 새 — 아니, 저 사람 취향인 것 같은데."

"하필 청녹발이라 고생이 많다."

사람들의 말이 맞다. 콜린 백작이 나를 발견하면 더 곤란한 일이 생길 거다. 어쩔 수 없이 알베르를 따라갔다. 학사 내까지 나를 데려다준 그가 말했다.

"저는 항의서를 작성해야 합니다."

"네."

"오늘 내로 콜린 백작의 퇴교 요구서를 받아올 테니, 그동안 학사에 계셔야 합니다."

"알겠어요."

알베르가 떠나고, 난 조리 도구를 챙기기 위해 사물함을 찾았다. 콜린 백작의 소란을 구경하러 간 학생들이 많아서 교내가 조용하다. 한숨을 내쉬며 사물함을 열었다. 그런데 한 번도 본 적 없는 물건이 안에 있었다.

"이게 뭐—"

순간, 번쩍! 빛이 났다.

'마도구야!'

나는 재빨리 뒷걸음질 쳤다. 그러나 두 걸음도 못 가서 무언가에 가로막혔다. 뒤를 돌아보자 보인 건 마찬가지로 처음 보는 얼굴이었다.

"모셔가겠습니다, 영애."

다리가 휘청이고 의식이 점점 멀어졌다.


얼마나 지났을까. 정신이 든 나는 뻑뻑한 눈을 겨우 떴다. 온몸에 기운이 없고 정신이 몽롱했다. 뿌옇게 번진 눈앞에 작은 창이 보였다. 창밖으로 보이는 특이한 나무로 짐작할 수 있었다. 여긴 아카데미 근처다. 그때 밖에서 쿵! 문 닫히는 소리가 들렸다.

"계집애는?"

콜린의 목소리.

"모셔 왔습니다."

"그래."

"어찌하실 겁니까? 프렌시프에서 알면…… 아니, 당장 도미니크 황자가 알게 되면 가문이 풍비박산 날 겁니다."

"그 전에 저 계집애를 내 것으로 만들 거다. 약에 절이거나, 아니면……."

기분 나쁜 웃음소리가 귓속을 파고들었다.

'포털…… 열어야 …… 멀, 린…….'

정신이 혼미해서 포털이 열리지 않았다. 집중하기가 어려웠다. 그러나 정신을 차리는 것보다 백작이 내가 있는 곳으로 들어오는 게 먼저였다. 술병과 와인 잔을 가지고 들어온 그는 쓰러진 날 보고, 씩 입꼬리를 끌어당겼다.

"흐리멍덩한 눈으로 보면 나도 란슬롯 프렌시프만 한 미남인가?"

"……꺼……져."

그가 입매를 비틀었다.

"곧 죽어도 입만 살아서."

"……."

"널 데려올 틈을 만들려고 소란을 피워서 로열 키친의 인맥 하나를 잃었지."

"……."

그가 잔에 술을 따르며 어깨를 으쓱였다.

"그 탓에 널 로열 키친에 들여보내진 못하겠어."

술 안에 가루약을 털어 넣고는 날 힐긋 쳐다보았다.

"뭐, 원래 달갑지 않은 일이었으니 나로선 나쁘지 않군. 계집애는 집에 틀어박혀서 애나 보면 되지. 안 그래?"

그가 쪼그려 앉아 나와 시선을 마주쳤다.

"걱정하지 마라. 외출은 가끔 허락할 테니까. 날 위해 포털을 열어 줘야지."

그는 빙글빙글 술잔을 돌렸다.

"시간…… 얼마나……."

"네가 아카데미를 나온 지 삼십 분쯤 되었나."

나는 억지로 눈꺼풀을 들어 올렸다.

"죽고 싶지 않으면…… 날 돌려보내……."

"보내지 말아 달라고 사정하게 될걸. 이게 아주 기분 좋은 약이 거든. 한 번 맛보면 절대로 날 거역할 수 없을 거다."

그가 내 머리채를 잡아 올렸다. 입을 억지로 벌리고 와인 잔을 기울이던 찰나였다. 쾅—! 문이 부서지듯 커다란 소리와 함께 "크악!" 하는 비명이 들렸다. 콜린 백작이 황급히 고개를 돌렸고, 동시에 내가 있는 침실의 문이 열렸다.

"어, 어떻게……!"

도미니크. 땀에 젖은 이마와 거친 숨결. 분노로 깊게 가라앉은 눈동자와 검을 그러쥔 손. 그의 주변으로 일렁이는 새파란 살기에 백작이 소리쳤다.

"이, 이건, 그러니까……!"

벌떡 일어난 그가 나를 가리켰다.

"프, 프렌시프 영애가 저를 유혹……!"

퍽! 도미니크가 주먹을 내질렀다. 얼굴이 돌아간 백작은 휘청이 다 벽에 부딪혀 주저앉았다. 문 안으로 알베르와 로브를 뒤집어쓴 사람이 뛰어 들어왔다. 알베르는 나를 일으키며 함께 들어온 자에게 소리쳤다.

"확인해라."

로브를 뒤집어쓴 사람이 내 얼굴 앞에서 손바닥을 가볍게 휘저 었다.

"금술입니다. 마비지요."

"풀어낼 수 있겠나."

"그리 어렵지 않은 마법이니, 당장이라도."

알베르가 고개를 끄덕이자 로브 입은 사람이 내 손등에 어떤 문양을 그렸다. 마지막 선을 그려 넣자 갑자기 섬광이 번쩍! 나타났다가 사라졌다.

"아……."

눈앞이 선명해지며 후들후들 떨리던 몸도 가뿐했다. 내가 한숨을 내쉰 찰나 "컥!" 하는 소리가 들려왔다. 알베르가 얼른 도미니크에게 달려갔다. 콜린 백작이 어느새 피투성이가 되어 있었다.

"사, 살려…… 살려 주십시오!"

"저하! 이대로 죽이시면 안 됩니다!"

도미니크가 검 자루를 말아 쥐었다. 그걸 본 난 퉁겨지듯 일어나서 그의 팔에 매달렸다.

"안 돼요, 저하!"

"……."

철창에서 풀려난 야수처럼 살기등등하던 기세가 순식간에 누그러졌다. 도미니크는 지금 이것이 현실인지 확인하듯 내 뺨을 쓸어내렸다. 지옥을 헤매다 겨우 지상에 올라온 사람처럼. 나보다 더 간절한 얼굴이었다.

"전 괜찮아요……."

그의 손에서 스르륵, 검이 빠져나갔다. 날 끌어안고 숨을 고르고, 낮은 목소리로 읊조렸다.

"정말 괜찮은 겁니까."

"네. 딱 좋은 타이밍에 오셨어요."

난 그에게서 살짝 떨어져서 웃는 얼굴을 보여 줬다. 그리고 콜린을 향해 고개를 돌렸다. 그는 도무지 믿을 수 없는 얼굴이었다.

"어떻게, 어떻게……."

"너처럼 비열한 놈이 그냥 포기할 리 없다고 생각했지."

그리고 난 내 포털의 문제를 인식하고 있었다. 그럼 당연히 대비책을 마련해야지. 난 손을 살짝 흔들었다. 방울이 딸랑— 맑은 소리를 내며 흔들린다. 이건 호출용 마도구였다.

어젯밤 콜린 백작을 만난 후에 난 바로 영지로 가서 가문 소유의 마도구를 빌려 왔다. 15분에 한 번씩 누르지 않으면 내가 정한 사람에게 비상시 보내기로 한 신호가 전해진다.

'정신을 잃어도 이거면 안심이라고.'

이동한 경로까지 추적할 수 있으니까.

나는 그가 테이블에 내려놓은 약봉지를 잡았다. 와인에 전부 집어넣은 건 아니었는지 꽤 많이 남아 있었다. 새 잔에 와인을 따르고 가루약을 털어 넣었다. 그리고 테이블에 아무렇게나 놓여 있는 더러운 펜으로 와인을 휘휘 저으면서 말했다.

"알베르."

"예, 영애."

"잡아요."

콜린 백작을 가리키자 알베르는 함께 데려온 기사를 향해 고개를 까딱 기울였다. 그와 기사들이 백작의 사지를 붙들었다. 나는 와인 잔을 쥐고 그의 턱을 단단히 붙잡았다.

"그렇게 이 약이 기분 좋으면 너나 많이 먹어."

약을 푼 와인을 입안에 쏟아 버렸다.

"껙, 꺼억, 킥!"

혀로 어떻게든 와인을 밀어내려 했으나 도미니크가 그의 목을
쥐고 억지로 식도 부근 근육을 움직이자 어쩔 수 없었다. 약이 섞인
와인이 속절없이 쿨렁, 쿨렁 그의 위장으로 들어갔다.

* * *

미친놈! 온몸을 비틀며 실금한 콜린 백작을 떠올린 나는 욕설을
뱉었다. 약은 생각보다 더 위험했다. 완전히 정신이 나가서 침을 질
질 흘렸으니까.

알베르가 데려온 마법사 말로는 고대에 사용된 아주아주 위험한
물건이라고 했다. 백치가 되는 경우도 있다고 했는데 콜린이 딱 그
짝이었다.

'그나저나.'

난 도미니크를 슬쩍 쳐다보았다.

"이제 그만 내려 주시면 안 될까요?"

"싫어."

그는 내가 엄청나게 충격받았다고 생각했는지 좀처럼 내 발로
걷지도 못하게 했다. 지금 가는 곳이 아카데미가 아니어서 망정이
지…….

"저보다 저하가 더 놀라신 것 같은데."

"두 번 다시 겪고 싶지 않습니다. 할 수만 있다면 당신 포털을 없애 버리고 싶어."

나는 도미니크의 얼굴을 잡고 픽 웃었다. 그가 얼굴을 일그러뜨렸다.

"왜 웃습니까."

"다들 제 포털을 가지고 싶어 하는데, 저하는 싫다시니까요."

"……."

"그런데 우리 어디 가는 거예요?"

한참 걸었는데도 온통 잡초가 무성한 숲뿐이었다.

"곧 도착합니다."

그러니까 그게 어딘데. 이제 슬슬 무섭다고요.

도미니크는 그 후로 십 분쯤 더 가서 날 내려 주었다. 엄청나게 큰 아름드리나무 기둥에 이글루처럼 동그란 공간이 있었다.

"와―! 이런 걸 어떻게 찾으셨어요?"

"어릴 때 이 근방에 잠시 있었습니다."

"아하, 소년병일 때?"

"네."

나는 냉큼 기둥 안에 들어갔다. 좁은 곳은 어째서 이렇게 안심이 되는 걸까. 어릴 때는 이런 아지트를 꿈꿨었다. 어린 도미니크도 그랬을까. 그런 생각을 하다가 응? 하고 고개를 기울였다.

"그런데 이 부근엔 전투가 없었잖아요?"

"도망쳤었죠, 이곳으로."

"저하가요? 여기는 프렌시프 령 근방인데……."

황제도 프렌시프 령엔 쉽게 접근할 수 없다고 자랑하던 할아버지가 떠올랐다. 그러자 도미니크는 희미하게 웃었다.

"그래서 그랬죠."

"네?"

"여기서 날 찾긴 쉽지 않을 테니까."

나는 벽에 딱 붙어 앉아서 옆자리를 두드렸다. 앉으라는 표정을 지으니 그가 픽 웃고 내 옆에 앉았다. 어깨와 어깨가 맞닿고, 서로의 숨결이 달콤하게 섞여들었다.

"더 해 주세요. 그래서? 도망쳐서 어떻게 됐어요?"

"열흘쯤 있다 돌아갔습니다."

"혼자서요?"

"예."

나는 고개를 옆으로 돌려 그의 얼굴을 빤히 쳐다봤다.

"누군가 찾으러 오길 바랐구나."

"……대체 그런 걸 어떻게 아는 거야."

그가 낮은 목소리로 중얼거렸다. 나는 빙그레 웃었다. 나도 그랬으니까. 아무도 찾으러 오지 않는 걸 알지만, 그래서 더더욱 꼭꼭 숨고 싶었다. 그러면 내가 몰랐던 '날 찾아 줄 사람'이 나타날까 봐.

"전장에서 힘들었구나."

"그렇진 않았습니다. 익숙한 일이라."

"그럼 왜 도망친 거예요?"

"글쎄요. 계속 찾게 되더군요."

그가 내 눈가를 가볍게 문질렀다.

"평소엔 겁먹은 고양이 같지만, 어느 땐 전장에서 굴러먹은 나보다 더 강인해서—"

"……."

"매 순간 가슴 뛰게 만드는 사람을."

심장이 쿵, 내려앉았다. 난 마른침을 꼴깍 삼킨 후 조그맣게 물었다.

"……그런 말은 어디서 배워 오는 거예요?"

"쓸 만했습니까?"

그가 짓궂게 웃으며 묻기에 눈을 가늘게 뜨고 흘겨보았다.

"엄청이요."

"하하."

낮은 웃음소리를 들을 때면 가슴에 찰랑찰랑 꽃물이 드는 것 같다. 그가 발그레해진 내 볼을 다정하게 매만지면서 물었다.

"키스, 해도 됩니까?"

"……내 입으로 말하면 심장이 터질 것 같다고요."

그가 내 목덜미를 가볍게 끌어당겼다. 입술과 입술이 뜨겁게 맞닿았다. 아주 오랫동안 엉겨들다 떨어진 후에 그는 손끝으로 내 입술을 살짝 문질렀다.

"키스는 아직 많이 배워야 할 것 같군요, 센 양."

아카데미에서만 불리는 이름을 장난스럽게 말해서 난 그를 새침하게 올려다보았다.

"가르쳐 주세요, 교수님."

도미니크의 눈동자가 일렁거렸다. 다정하던 표정이 순식간에 흉포해진 것 같다고 느낀 건 착각일까.

"네가 시작한 거야."

음, 아무래도 내 착각만은 아닌 것 같군.

깊이 닿을 적엔 언제나 정중하고 부드럽던 그가 이번엔 매우 달랐다. 달려들 듯 입을 맞추고 탐욕적으로 굴었다. 거칠고, 뜨겁고, 뱃속이 찌르르할 만큼 난폭한 입맞춤이었다. 그에게 스칠 때마다 등줄기가 오싹했다.

나는 나만 이렇게 떨리는 건가 싶어서 어쩐지 약이 올랐다. 그를 조금 깨물었다. 도미니크가 살짝 입술을 떼고 갈라진 목소리로 중얼거렸다.

"습득력이 빠른 학생이네."

—하고.

'난 몰라.'

연애, 엄청 재밌어.

*　　*　　*

아카데미에 돌아간 나는 잔뜩 혼날 생각에 어깨가 무거웠다.

'오늘 수업을 깡그리 제쳤으니 이제 난…… 으아아.'

쟝뤼크 교수님한테 죽었다! 무서워서 연구실에 들어가지도 못했다. 문 앞에서 우왕좌왕하는데 벌컥, 문이 열렸다.

"교, 교수님."

"문 앞에서 정신 사납게 뭐 하는 거야."

나는 얼어붙어서 어쩔 줄을 몰랐다. 쟝뤼크 교수가 그런 날 흘끔 내려다봤다.

"2차 시험은 교내 테스트로 대체 된다더군."

그건 아까 도미니크에게 들었다. 콜린이 날 납치할 틈을 만들려고 깽판을 친 덕에 일어난 일이었다.

"훈연법을 아나?"

"네? 아, 아니요."

"훈제 베이컨은 시험에 빠지지 않아."

"네?"

"가르쳐줄 테니까 들어와."

쟝뤼크가 문을 열어 놓고 먼저 안으로 들어갔다.

'그게 다야?'

나는 어리둥절한 표정을 지으며 그를 따라 들어갔다.

"안 혼내세요?"

"약은 먹었나."

"약…… 안 먹었는데요."

"놀랐을 것 아니냐."

콜린의 일을 들었구나. 다른 교수나 학생들은 못 들은 것 같았는데, 왜지?

"언제까지 서 있게 할 거야."

"가, 가요!"

나는 깜짝 놀라서 허둥지둥 그를 따라 들어갔다. 쟝뤼크는 내게 훈제 방법을 꼼꼼하게 알려 주었다. 시연까지 해 준 다음에 내게 해 보라고 했다.

"아무래도 코가 삐뚤어진 것 같군. 이게 어딜 봐서 베이컨이—!"

버럭 소리칠 거라고 생각해서 난 어깨와 목을 자라처럼 바짝 움 츠렸다. 그런데 그는 크흠! 헛기침을 하더니 작게 말했다.

"다시 해."

응? 저러다 목이 쉬지 않을까 싶을 정도로 매번 소리치던 그가 오늘은 어쩐지 좀 다정했다.

'걱정해 주는 건가.'

그렇게 생각하니까 기분이 좋아져서 헤헤 웃었다가 볼을 꾹 잡 혔다.

"아바요, 고후임!"


오늘로 이틀째 훈제를 맹훈련 중이었다. 쟝뤼크 교수님이 제대 로 하기 전까진 연구실에 들어오지도 말라고 해서 개방된 훈연실로 가야만 했다. 그는 그때 딱 하루 친절하더니 다음 날부터는 완전히 도깨비가 되었다.

## 9장

'사람이 바글바글하네.'

교수와 같이 온 그룹도 있었다. 쟝뤼크 말처럼 다들 테스트의 종목을 훈제라고 생각하는 모양이었다. 몇 시간째 연기 속에서 단백질이 서서히 응고되는 것을 지켜보았다.

'사실 훈제가 그렇게 어려운 건 아닌데.'

다른 학생들도 교수가 몇 번 설명하자 고개를 끄덕였다.

"쉽네요!"

그런데 우리 교수님은 아니래…….

그때 레아 교수의 그룹이 안으로 들어와서 내 옆에 자리를 잡았다. 그녀는 자기 학생들에게 간략하게 설명했다.

"보통은 시간이 없으니 그릴을 이용해서 간단하게 굽지. 바비큐

처…… 아소는 안 왔니?"

"수련은 혼자 하겠답니다."

"그 녀석……."

'아소가 레아 교수님 그룹에 들어갔구나.'

챵뤼크 교수는 나 말고 학생을 받아 주지 않아서, 2차 시험을 보려면 어쩔 수 없었나 보다. 레아 교수는 한숨을 푹 내쉬다가 나를 보았다.

"센."

"안녕하세요, 교수님."

"콜린 백작 일로 고생이 많았지?"

나는 그녀도 일을 아는 걸까 싶어서 눈을 동그랗게 떴다.

"시중이라니 가당치도 않지. 우리가 웨이트리스도 아닌데 말이야. 아니, 웨이트리스도 술 시중을 들지 않아."

아, 그 일 말이구나.

레아 교수와 교감은 콜린 백작이라면 학을 뗐다. 콜린 일은 그가 아카데미에서 마약을 하다가 양을 조절 못 해서 정신이 나간 것으로 처리되었다. 도미니크 말로는 가문 내에도 적이 많아서 보살펴 줄 사람이 없을 거라고 했다.

[객사할 겁니다.]

너무나 단정적인 말이길래 그가 객사시키려는 건가, 싶었다. 레아 교수는 내가 만든 베이컨을 보고 말했다.

"그건 네가 한 거니?"

"아, 네."

"맛봐도 될까?"

난 베이컨을 접시에 담아서 내밀었다. 조금 잘라 맛본 레아 교수
는 눈을 크게 떴다.

"어머! 원래 훈연법을 익히고 있었니?"

"아니요, 그저께 쟝뤼크 교수님께서 방법을 알려 주셨어요."

"괜찮은걸. 고급 레스토랑에 납품되는 베이컨과 비교해도 손색
이 없겠어."

눈이 동그래진 내가 물었다.

"정말이요?"

"그럼. 쟝뤼크 교수가 말해 주지 않았어?"

"아니요……."

"칭찬에 박하다니까."

그녀는 못마땅한 표정을 짓다가 날 흘깃 쳐다보았다.

"지금이라도 내 제자가 되지 않을래?"

"됐소! 내가 잘 가르치고 있으니."

어느새 쟝뤼크 교수가 들어와서 레아 교수를 노려보았다. 레아
교수는 입매를 우그러뜨리며 팔짱을 꼈다.

"내 제자가 될 수도 있었는데 비열하게 응시원을 돌려주지 않았
다죠?"

"이 녀석이 먼저 찾은 건 나요!"

"처음엔 거절했다면서요."

두 사람이 날 사이에 두고 싸워대서 어리둥절한 표정으로 그들
을 번갈아 보았다. 그렇게 언성을 높이는 중에 레아 교수 그룹 학생

중 한 명이 살짝 내게 손짓했다.

"셴, 훈연재는 뭘 썼어?"

"매스킷이야."

"음, 아카시아 나무의 일종이네. 생일상에 올리는 의미가 있겠다. 아카시아는 흉사를 막아 준다고 하니까."

"생일상?"

"베이컨은 칠면조 구이와 함께 생일상의 주요리잖아."

나는 그렇구나, 하며 고개를 끄덕이다가 우뚝 멈췄다. 생일?

'헉! 맞아, 아빠의 생일이 이번 달이잖아!'

황도에서 마릴린에게 들어 알고 있었다.

'어떡하지!'

선물을 준비하지 못했어! 난 울상을 짓다가 고개를 도리도리 저었다. 아니야, 지금이라도 준비하면 돼. 난 주변을 살짝 살피고 레아 그룹의 학생들에게 물었다.

"있잖아."

"응, 말해."

"너희는 아빠 생일에 어떤 선물을 드렸어?"

"작년엔 모자. 우리 아버진 탈모라 정수리가 텅텅 비었거든."

우리 아빠는 머리카락 풍성하던데. 모자는 제외해야겠다.

"그러면 올해는?"

"올해? 올해는…… 일주일 내내 남자친구와 데이트를 하느라 돈이 없었어. 칠면조 구이로 끝냈지 뭐."

"아……. 연인이 있구나."

"연인은 무슨. 그냥, 음, 친구 이상 애인 미만이지."

이 애도 나처럼 썸을 타고 있는 모양이었다.

'어? 그런데 그렇게 많이 만나도 되나.'

"그런 사이는 원래 석 달에 한 번쯤 봐야 하는 거 아니야?"

그러자 훈연실에 있던 학생들이 웃음을 터뜨렸다. 내 질문을 받아 주던 여자애가 깔깔 웃으며 날 끌어안았다.

"오구오구, 그걸 아직도 믿고 있었어요~"

나는 애들이 왜 웃나 싶어서 어리둥절했다. 그러자 여자애가 볼을 살짝 꼬집으며 말했다.

"애기네, 애기야."

"왜?"

"석 달에 한 번 만나고, 가족과 시간을 더 많이 보내야 하고, 뭐, 이런 건 어릴 때 아버지들이 딸 뺏기기 싫어서 하는 거짓말이잖아."

다른 애가 고개를 끄덕였다.

"아기는 요정이 데려다준다, 같은 거지."

뭐라고! 나는 화르륵 달아올라서 굳어졌다. 훈연실은 학생들이 웃는 소리와 레아, 쟝뤼크 교수가 꽥꽥대며 싸우는 소리로 시끄러웠다.


기숙사 방으로 돌아오자 통신석이 깜빡깜빡 점멸했다.

[세니아나.]

"네."

[잘 있었어?]

란슬롯이 다정한 목소리로 물자 옆에서 가웨인이 끼어들었다.

[내일 주말인데.]

오라는 뜻인 것 같았다. 나는 오후 수업에 필요한 것들을 챙기며 퉁명스레 말했다.

"안 가요."

[왜!]

[어째서?]

"데이트할 거라서요. 친구 이상 연인 미만의 사람과."

가웨인이 당황한 목소리로 말했다.

[누군데? 그리고 말했잖아. 가족과 더 많이 시간을 보내야……!]

"거짓말쟁이."

나는 홍, 하며 통신석을 종료했다. 꺼지기가 무섭게 다시 깜빡거렸지만, 난 베개 밑에 쑥 밀어 넣어버렸다.

'진짜 창피했다고.'

이제 애들 얼굴을 어떻게 보냔 말이야.

'오후 수업이 세 시니까, 음, 두 시간 정도 남았네.'

쟝뤼크 교수가 표시해 준 것들을 외우면서 밥을 먹으면 되겠다. 일단 노트와 새 에이프런을 쟝뤼크의 연구실에 놓고, 서랍에 잘 넣어둔 노트를 꺼냈다. 그리고 복도를 걷다가 도미니크를 보았다.

옆에 지나가는 학생들이 있어서 우리는 시선을 교환했다. 내가 가던 길을 되돌아가서 창고에 들어가 있자, 얼마 지나지 않아 도미니크가 들어왔다.

"저하!"

그가 팔을 펼쳐서, 나는 조금 머뭇거리다가 그에게 폭 안겼다. 내 행동에 그는 살짝 의아한 얼굴이었다.

"오늘은 왜 이렇게 순순히?"

항상 머뭇거리다가 포기했었잖아? 하는 표정이라 난 손을 꼬물거렸다.

"부패, 비리, 이런 거 좋아하신다면서요. 그래서 뇌물……."

"원하는 게 뭡니까?"

"이번 달 말 즈음에 나흘 정도 외박계를 써 주시면 안 될까요? 아빠 생일이라."

"나흘씩이나."

'아, 안 되나?'

걱정스러운 얼굴로 처다보자 그가 씩 웃었다.

"포옹으론 수지가 안 맞는데."

"네?"

그러고 쪽─ 입 맞췄다.

"이걸로 나흘."

"네……."

난 얼굴이 살짝 붉어진 채 말했다.

"아, 참! 왜 말씀하시지 않았어요? 썸 탈 때는 석 달에 한 번만 만나야 한다는 거 거짓말이잖아요."

"제가 비밀을 지켰다는 게 언젠가는 후작의 귀에 들어갈 테니까요."

"……?"

"그래야 점수가 쌓이지 않겠습니까. 생전 처음으로 잘 보이고 싶은 사람이거든요."

"아빠가 무섭긴 하죠."

처음엔 나도 질겁했다니까. 그렇게 생각하다가 그를 흘끔 쳐다 보았다.

"그래서 말인데요."

"주말에 시간 있으십니까?"

그가 먼저 데이트를 청해 왔다! 나는 냉큼 네, 라고 하려다가 그에게서 살짝 떨어졌다.

"없긴 한데, 한 번 만들어 볼게요."

—라고 하랬다. 애들이. 내가 이제 어리숙해 보이지 않으려고 공부를 해 왔다고. 도미니크는 쿡쿡 웃으며 고개를 끄덕였다.

"영광입니다."

"오후에 저 혼내러 오세요. 교장실로 가서 우리 어디 갈지 정해요."

"그러죠."

우리는 그렇게 몇 마디 더 나누다가 엄청 아쉽게 헤어졌다. 그가 먼저 나가고 나는 한 십 분쯤 지난 후에 창고 밖으로 빼꼼 고개를 내밀었다. 그러다 지나가던 사람과 눈이 마주쳐서 흠칫, 놀랐다. 다행히 알베르였다.

"……또 창고에 가신 겁니까."

도미니크와 내가 만날 때면 항상 창고에 있다는 걸 알아서 그는 한숨을 내쉬었다. 난 민망한 표정을 짓고, 창고를 살짝 빠져나왔다.

"비밀로 해 주세요."

"꼭 비밀이어야겠죠."

그가 날 빤히 응시했다. 손에 들린 서류를 검지로 툭, 툭 치던 그가 다시 입을 열었다.

"저는 저하의 수급이 성문에 걸리길 바라지 않습니다."

"마찬가지예요."

"영애께서 저하를 선택한다면 그렇게 될 겁니다."

"……"

"권좌를 욕망하는 자에겐 포기하기 힘든 보석이지 않습니까, 영애는."

그가 혼잣말하듯 아주 조그맣게 중얼거렸다.

"차라리…… 쪽이 더 안전할 만큼……."

―하고. 잠깐 가라앉은 시선으로 창밖을 보고는 입을 열었다.

"에스칼로테 나무는 겨울에 열매를 맺습니다. 겨울이 지나면 가지가 앙상해져서 도태당하죠. 그래서 날이 온화해지면 나무꾼에게 잘려 목재로 쓰입니다."

"……"

"저하가 그렇습니다."

그는 허리를 깊게 숙이고서 내게 말했다.

"용서하십시오. 두 분의 감정을 응원할 수 없습니다."

"제가 아니었더라도 저하의 계절은 언젠가 온화해지지 않았을까요?"

알베르가 고개를 들고 나를 쳐다봤다.

"좋은 부관이 있으니까."

"……"

"염려 고마워요. 저도 저하의 기둥이 잘려 나가지 않길 바라요."

빙그레 미소 짓자, 그는 허탈한 표정이었다.

"마음 단단히 먹고 드린 말씀인데, 영애껜 필요 없었나 보군요."

"아닌데."

"아니라고요?"

나는 주변을 둘러본 후에 속닥속닥 말했다.

"정치적인 일만 아니었더라면 제가 저하를 냉큼 받아 올 줄 알았거든요. 간섭할 사람이 없어서."

황제는 그렇게까지 아들 바보는 아닌 것 같았고.

알베르는 무슨 말이냐는 듯 미간을 좁혔다. 나는 씩 웃고, 그의 정강이를 살짝 찼다.

"그런데 여기 있었네."

"……이렇게 때리면 하나도 안 아픕니다."

"저하를 염려하는 사람이 있다는 게 기분 좋아서 힘은 좀 빼 봤어요."

"……."

"하지만 다음엔 이런 간섭 안 받을 거예요."

'나쁜 의미의 판타지 시월드를 내가 얼마나 많이 본 줄 알아?'

물론 드라마와 인터넷으로 보고 들은 게 있어서 나도 상 뒤집는 것 정도는 할 수 있었다.

"두 번째엔 확!"

"……확?"

"저하한테 일러 버릴 거예요."

그러자 부관이 헉, 숨을 들이켰다.


그 후에 난 점심을 먹기 위해 기숙사로 향했다. 그러는 중에 벤치에서 아는 얼굴을 발견했다.

'아소다.'

아카데미에서 아무도 모를 적에 가장 먼저 친절하게 대해 준 상대였다. 난 활짝 웃고, 그에게 손을 흔들었다. 그런데 ―

'응?'

표정이 좋지 않았다. 내가 그에게 다가가자 생기 없는 눈이 나를 향했다.

"괜찮아?"

"안 괜찮으면."

"어?"

"됐으니까 꺼져."

이렇게까지 날 선 반응이 나오리라곤 생각하지 못했다. 나는 얼굴을 굳히고 그를 쳐다봤다. 내가 쟝뤼크 교수의 지도를 받게 된 일 때문에 기분이 상한 걸까.

'하지만 그것뿐만이 아닌 것 같은데……'

오늘의 그는 정말로 이상했다. 루어에 걸린 물고기처럼 버둥거리는 것 같은 그런 느낌.

"몸이 안 좋아 보여서 묻는 거야."

방학 전보다 야위기까지 했다. 아소의 눈빛이 가라앉았다.

"네겐 반가운 일이 아닌가."

"그게 왜 나한테 반가운 일이야?"

"그럼 뭔데."

"걱정되는 일이지!"

나는 눈을 찌푸리고 아소를 쳐다봤다. 그의 동공이 잠시 흔들렸다.

"순진한 얼굴로 사람 흔들어 놓지 마."

무슨 뜻이냐고 물어보려 했는데 그는 머리가 지끈지끈한 듯 한 손으로 얼굴을 덮었다.

"의사에게 가자, 응?"

"네가 알 바 아니잖아."

"알 바야!"

"……네가 왜."

"학우니까 그렇지."

네가 날 이것저것 도와주기도 했고.

"……"

"아소."

"아니야."

"어?"

"내 이름은 그게 아니라고."

갑작스러운 말에 난 눈을 깜빡였다. 특이한 이름이라서 가명이겠거니, 생각하긴 했었다. 내가 가명을 썼듯 그도 사정이 있어서 이름을 숨기고 있는 거라고 여긴 것이다. 그의 시선 안엔 오롯이 나만 담겼다. 고운 선의 눈매 안, 푸르게 빛나는 눈동자 속에 내가 비추었다.

"조슈아."

"……어?"

"내 이름은 조슈아야."

아주아주 낮고, 심연처럼 깊은 목소리였다. 나는 그의 시선도, 교칙을 어기는 그도 당황스러웠다. 잠깐 머뭇거리던 난 그를 힐끔 쳐다봤다. 진명을 밝혔는데 나는 아닌 척 계속 가명을 되도 되는 걸까. 양심이 콕콕 찔렸다.

"나는…… 나도 사실은 이름이 다른데……."

"세니아나."

"……."

"세니아나 프렌시프."

자리에 못 박힌 듯 굳어졌다. 이 아카데미에서 도미니크 외에 다른 사람에게 내 진짜 이름을 들을 거라곤 생각한 적 없었다.

어떻게. 그가 어떻게.

떨리는 내 눈을 본 그는 표정 없이 말했다.

"그리고 내 성은 사비에르지."

"……!"

불현듯 떠올랐다. 별궁에서 들었던 사비에르의 이야기.

"쫓겨나듯 떠났다는 사비에르의 장남이 너야?"

"비슷한 처지였지, 너와."

"……."

그때 나와 점심을 함께 먹는 애들이 달려왔다.

"셴, 2차 시험 공지 들었어?"

"공지가 내려왔어?"

모두 잔뜩 흥분해 있었다. 남자애들을 환호성을 내질렀고, 여자애들도 기대감에 들떴다.

"2차 시험 심사자가 에이레네 사비에르래!"

"사비에르의 성녀 말이야!"

뭐라고? 난 아소, 아니, 조슈아를 쳐다봤다. 이미 알고 있던 내용인지 그는 침착했다.

"지금 마차 들어오고 있다니까 구경하러 가자!"

학생들이 소리치며 먼저 달려가기 시작했다. 조슈아도 천천히 몸을 일으켰다.

"학우니까 조언 하나 하지."

"……."

"조심해라."

"무엇을?"

"뭐든."

나를 내려다보던 그가 낮은 목소리로 이어 말했다.

"네가 교장과 관계가 있다면 더더욱 조심해야 할 거다."

난 눈을 가름하게 뜨고 떠나는 그의 뒷모습을 바라보았다. 귓전에 "크릉……." 하는 소리가 흘러들었다. 펜던트를 잡으니 포털의 마원에 희미한 열기가 감돌았다.


아카데미에 도착한 에이레네를 향해 학생들의 시선이 쏟아졌다. 그녀는 기대와 설렘으로 어쩔 줄 모르는 학생들에게 생긋 웃으며 눈인사했다. 과연 길라게온의 수선화라 불리는 자태였다.

"황도 제일의 미인이라더니……!"

누군가 소리치자 동조하는 말이 쏟아졌다. 에이레네는 교수들의 안내를 받으며 교장실로 향했다. 문 안에 들어가기 전 그녀가 교수들을 쳐다보았다.

"황자님과 단둘이 할 얘기가 있습니다."

교수들은 잠시 당황했지만, 이내 고개를 숙이고 흩어졌다. 에이레네가 문 앞을 지키고선 도미니크의 부관 알베르를 바라봤다. 알베르가 두어 번 노크한 뒤 문을 열어 주었다. 에이레네는 구름 위를 걷는 듯 가볍게 걸었다. 책상에 자리하고 있는 도미니크를 본 순간 그녀의 눈이 유하게 휘어졌다.

"황궁에서 갑작스러운 연락을 받아 놀라셨겠어요."

2차 시험 심사자로 예정된 사람은 그녀가 아니었다. 그가 황궁에서 이야기를 전달받은 건 고작 십여 분 전이었다.

"안다니 놀랍군요."

조롱 같은 말에 에이레네는 쓴웃음을 지었다. 그녀가 소파에 가볍게 앉으며 도미니크를 바라보았다. 그의 눈빛이 서늘했다.

"무엇을 노리는 겁니까."

"아시잖아요. 제가 바란 것은 늘 하나였죠."

"……."

"저하 한 사람."

군사들에게 포털을 열어 주기 위해 전장에 갔을 때 그를 보았다. 흑마 위에서 보란 듯이 화려한 투구를 쓰고 있었다. 지휘관은 나이니 노릴 테면 노려보라는 듯. 이상한 사람이라고 생각했다. 죽고 싶어 하는 미치광이인 건가 하고 생각했던 것이 떠오른다.

"그 전쟁에서 저를 구해 주셨잖아요."

포털이 열리지 않아 적군에게 고스란히 노출된 저를 홀로 구하러 왔었다.

"포털이 필요한 전쟁이었으니까."

"저는 저하의 진심을 알아요. 저하께서도 제 진심을 아시고 계시지요."

도미니크가 인상을 찌푸렸다. 전쟁 이후로 몇 달가량 광기 같은 집착을 보였다. 프렌시프에 포털을 찾으러 가게 된 것도 그러한 이유에서였다. 황후가 에이레네 사비에르의 마음을 조금씩 눈치채고 있었으니까.

*[그 시선은 내 아들에게 오롯이 향해야지. 그렇지 않은가?]*

프렌시프에 다녀온 후, 바로 황후와 사비에르 사이에 균열이 생긴 덕분에 다시 경계하진 않았지만. 어찌 되었든 에이레네의 마음은 그에게 조금도 달갑지 않았다.

"분명히 거절한 것으로 아는데."

"잔인하신 분. 제가 이 모습으로 다시 저하의 앞에 서기 위해 어떤 일을 했는지 모르실 테지요."

"가진 자리에 만족하시죠. 원해서 오른 자리가 아닙니까."

"저하……."

"돌아가십시오. 가능하면 내 아카데미에서 아주."

에이레네는 입술을 깨물고 눈물이 어린 눈 안에 탐하듯 그를 담았다.

"우리 도망쳐요."

"……하."

도미니크는 제가 나서기 위해 몸을 일으켰다.

"배웅은 않겠습니다."

그가 성큼성큼 걸어 문고리를 잡았을 때였다. 황급히 뛰어온 그
녀가 그의 허리를 끌어안았다.

"제발, 저하……."

포털을 여는 한 반점의 확산을 막을 수 없을 거다. 이제 와 무엇
을 욕망하겠는가. 처음부터 이랬어야 했다. 그가 간절하기 시작했
을 때부터 이랬어야 했던 거다.

*　　*　　*

사비에르 영애가 왔다는 말에 난 얼른 교장실을 찾아갔다. 교정
을 뛰면서 생각해 봤지만 아무래도 이상했다. 콜린 백작 일이 있고
며칠밖에 지나지 않았다. 로열 키친은 심사자를 잘못 선발했으니,
이번엔 도미니크에게 선택권을 넘겨야 마땅하다. 문 앞에 도착해서
알베르를 쳐다보았다. 그런데 표정이 이상했다.

"여, 영애."

"무슨 일이에요?"

그의 동공이 지진이라도 난 것처럼 흔들렸다. 그때, 문이 열리고
물기 어린 눈의 여성이 걸어 나왔다.

'아.'

한눈에 알 수 있었다. 펜던트에서 멀린의 작은 울음소리가 들려왔으니까.

저 사람이 에이레네 사비에르다. 조슈아와 쌍둥이라는 걸 도무지 믿을 수 없었다. 조슈아는 타오르듯 새빨간 적발을 가진 반면에, 에이레네는 백색에 가까운 아름다운 은발을 가지고 있었다. 눈동자의 색마저 달랐다. 조슈아는 청안, 에이레네는……

'뭐지?'

푸른 기가 돌긴 하지만, 저 색은 분명 잿빛이었다. 도미니크와 똑같은. 그녀는 나붓이 눈을 휘며 나를 바라봤다.

"프렌시프 양이로군요. 여기선 센 양, 이라고 불러야 할까요?"

"뒷조사를 하셨나요."

"제 아버님의 무례에 대신 사과드리지요."

그렇게 말한 에이레네는 문 안을 바라보았다.

"함께 식사는 해 주시리라 믿고 있겠습니다."

도미니크가 대답하기도 전에 고개를 숙이고 가 버렸다. 나는 문 안쪽으로 고개를 돌렸다. 날 본 도미니크의 얼굴이 굳어졌다.

'기분이 이상해.'

도미니크를 쳐다보던 눈, 나를 보던 표정. 뭔가 께름칙했다.

'식사는 뭐야?'

매우 의뭉스러운 말투였다. 마치 내가 들으라는 듯이.

윤세나였을 적엔 15년이 넘도록 타인과 마찰하며 살았다. 인간관계엔 몹시 약해도, 적의를 보는 눈만큼은 자부할 만큼 밝았다. 그를 보는 시선의 위치가 점점 아래로 내려갔다. 셔츠의 복부 부분이 우그러져 있었다. 누군가 끌어안은 것처럼.

"제가 잘 몰라서 그러는데요."

"예?"

"지금 오해할 타이밍 맞지요?"

소설이나 드라마에선 그러더라.

오해 후 자리 회피 – 오해가 깊어짐 – 흔들림 – 이별의 갈등

대충 이런 순서던데. 그런데 실제로 겪어 보니 첫 번째부터 무리였다. 회피하며 도망가기는커녕 지금 뭐 하고 있던 거냐고 목을 짤짤 흔들고 싶어졌다. 이건 내 별명이 '싸움만 안 걸면 순둥이'였기 때문일까. 싸움 모드가 될 것 같단 말이지.

"영애, 그게 아닙 –"

"일단 들어갈까요."

그러고 주변을 둘러보았다. '여기서 얘기할래?'라는 표정으로. 나는 도미니크를 끌고 가서 책상 의자에 앉히고 커튼을 쳤다. 그리고 팔짱을 낀 채 그를 쳐다보았다.

"사비에르 영애가 왜 찾아왔죠?"

"2차 시험의 심사자로 왔죠."

"명분 말고 진짜 이유요."

도미니크가 나를 빤히 쳐다보았다. 긴 눈이 한숨을 삼키듯 한 번 감겼다.

"제가 그녀를 거절했습니다."

이렇게 곧장 대답할 줄은 몰라서 난 눈이 동그래졌다.

"……사비에르 영애가 저하를 좋아하나요? 좋아한다고 한 거예요?"

"예."

"저와 만나는 중에 그녀를 홀렸어요?"

"홀렸…… 아닙니다."

그는 드물게 당황한 표정이었다.

"그럼 언제 만났는데?"

"글쎄요, 신경 쓰고 있지 않아서 잊어버렸습니다."

내 손을 쥔 그가 손바닥을 입술로 지그시 눌렀다.

"내 마음은 이미 주인이 있어서."

"……."

가늘게 한숨을 흘렸다. 나는 그를 좋아한다. 함께 있으면서 확실히 자각하게 되었다. 연인이길 바란다고 말하지 않는 건, 그도 나도 서로를 너무나 생각하고 있었기 때문이었다. 하지만 난 도미니크가 납득이 안 되는 거짓말을 한다면 즉시 만남을 종료할 생각이었다.

난 행복해질 의무가 있었다. 내 행복을 비는 할아버지와 아빠, 오빠들. 그리고 내게 모든 시간을 바친 선생님을 위해. 그가 거짓말을 한다면 나는 더 이상 그를 믿지 못할 거다. 신뢰 없는 만남은 아무리 좋아한다고 해도 불행할 테니까.

나는 그를 새초롬하게 노려보았다.

"그러니까 좀 덜 근사했으면 좋았잖아요."

이래서 미남 기피증이 생기는 건가 봐. 내가 탓하듯이 얘기하니까 그가 허리를 끌어당겼다. 난 그의 어깨를 잡고 놓으라며 웅얼거렸다.

"조금만."

"……."

그가 싱긋 웃으며 고개를 들었다. 입 맞춰 달라는 듯이. 난 해 줄까 하다가 그의 셔츠에 잡힌 주름을 보았다.

"이거, 뒤에서 끌어안은 거죠?"

"……."

그리고 그의 손을 떼어 내고 흥, 고개를 돌린 뒤 책상을 벗어났다.


에이레네 사비에르가 이르게 도착한 바람에 테스트가 당겨졌다. 당장 내일이라 훈연실은 만원이었다. 어떻게 할까, 고민하고 있는데 쟝뤼크가 어흠, 커흠, 헛기침을 하고 주변을 맴돌았다.

"……레아 교수의 방으로 갈 건가?"

저번에 훈연실에서 레아 교수가 한 말을 들은 모양이다. 혹시 자리가 없다면 그녀의 연구실로 와도 좋다고 했다. 내가 고개를 끄덕이자 그는 허공을 보며 말했다.

"뭐, 거기까지 갈 필요가 있나. 내 연구실도 있는데."

"베이컨을 제대로 못 만들면 오지 말라고 하셨잖아요."

"……."

그때 등 뒤에서 여러 명의 발소리가 들려왔다. 고개를 돌리자 교수들과 에이레네가 함께 있었다. 에이레네는 빙그레 웃으며 말했다.

"내 숙소에서 하는 건 어떤가요? 아카데미 내부에 있어서 그런지 조리 기구가 많던데요."

"……."

"거절하지 말아 줘요. 나 때문에 테스트가 빨라져서 곤란해하는 거잖아요."

그러더니 주변에서 대기 중인 학생들을 보고 상냥하게 말했다.

"물론 여러분들도."

학생들이며 교수들이 모두 그녀의 자애로움에 감탄했다. 학생들이 뛸 듯이 기뻐했고, 교수들도 흐뭇한 표정으로 에이레네를 보았다. 그녀의 시선이 내 옆, 쟝뤼크에게 향했다.

"이런 곳에서 뵙네요."

그러자 교수들이 물었다.

"자네 성녀님을 아는가?"

에이레네는 고개를 나긋이 끄덕였다.

"여기서는 본명을 쓰시나 보네요."

쟝뤼크는 굳은 얼굴로 그녀 주변의 교수들을 쳐다봤다.

"심사자는 학사 내 출입을 제한하잖소."

학사 내에선 교수들 및 학생들의 레시피를 보관하는데, 심사자로 왔던 자가 훔쳐 낸 일이 있었다. 아카데미에 심사하러 오는 사람들은 대형 레스토랑을 운영하거나, 본인이 요리사인 경우가 많았기 때문이다. 그 일로 심사자들은 시식을 할 때, 혹은 학교장과 대화할 일이 있을 때나 학사 내로 들어올 수 있었다.

한 교수가 껄껄 웃으며 말했다.

"성녀님이 설마 레시피를 훔치시겠습니까."

그러자 에이레네를 데리고 들어온 교수들이 맞장구를 쳤다.

"준비 과정도 심사의 일환으로 생각하시겠다 하셨지요."

"예, 역시 생각이 깊으시지요."

에이레네는 생긋 미소지으며 말했다.

"그럼 다 함께 이동하지요."

그러고 보란 듯이 포털을 열어서 우리를 이동시켰다.


순식간에 우리는 에이레네가 머무는 숙소에 도착했다.

'귀빈이 머물기엔 허름한데.'

왜 조리 기구가 있다고 했는지 알 것 같았다. 학사를 개축하기 이전에 조리실로 쓰인 곳인 듯했다. 마당 맞은편으로 거대한 건물이 보인다.

'저건……'

내 시선의 방향을 눈치챈 에이레네가 말했다.

"저하께서 머무시는 곳이지요. 아는 분과 가까이 있으면 마음이 편할 듯하여 일부러 부탁드렸답니다."

그리곤 교수들 사이에 끼어 있던 중년의 남자에게 시선을 돌렸다.

"배려에 감사드립니다, 행트 기울 행정 처장님."

행정 처장의 얼굴이 환하게 밝아졌다.

"제, 제 이름을 기억해 주신 겁니까?!"

"그럼요. 일 처리가 참 빠르다고 느끼고 있었어요."

"이, 이런 영광스러운 일이……!"

행정 처장은 얼굴이 무릎에 닿을 것처럼 허리를 굽혔다. 에이레네는 조리실을 내준 뒤 나를 불렀다.

"환복을 도와줄 수 있을까요?"

여기 있는 여자라곤 나뿐이라 미안하다고 하면서.

"영광이겠구나!"

교수들이 얼른 내 등을 밀며 껄껄 웃었다. 난 그녀를 따라 2층으로 올라갔다. 급하게 방으로 개조했는지 외관보다 더 낡아 보였다. 에이레네는 의자에 앉으며 맞은 편을 가리켰다.

"앉으세요."

"환복을 도와 달라고 하지 않았나요?"

"핑계였답니다."

테이블엔 차까지 준비되어 있었다. 내가 자리에 앉자 그녀는 찻잔을 들었다. 그러느라 드러난 손목 아래로 검은 반점이 얼핏 보였다.

"말이란 게 참 재미있죠. 시중을 들라고 하면 반감을 사지만, 도와달라고 하면 그쯤이야, 싶거든요."

콜린 백작과 자신을 비교한 말이었다. 내가 빤히 쳐다보자 그녀는 눈썹을 살짝 들어 올렸다.

"생각보다 더 사랑스러운 분이라 놀랐어요."

"⋯⋯."

"궁금했거든요. 조심성 많은 저하가 남들 보는 앞에서 이마에 입 맞췄다고 들어서."

"요지가 뭐지요?"

"제가 먼저였어요."

에이레네 사비에르는 테이블에 찻잔을 내려놓았다. 그러곤 내 눈을 똑바로 응시했다.

"염려가 되네요."

"……."

"저하의 눈빛이 묘해서요."

"묘하다고요?"

"본래 힘을 욕심내시는 분이 아닌데, 황궁 생활이 많이 고되었던 모양이에요."

도미니크가 날 보는 시선은 애정이나 설렘이 아닌 권좌에 대한 욕망이라는 의미인 것 같았다.

"만약 프렌시프 양이 그 시선에 흔들렸다면, 제가 대신 사과드리지요."

"……."

"그분을 이해하세요. 외롭고, 힘든 시간을 오래 보낸 분이시랍니다."

에이레네는 나를 다독이듯 말했다. 내 우위에 서서 어차피 그는 자신의 손을 잡을 거라고 확신하고 있었다. 나는 찻잔에 크림을 넣으며 말했다.

"흠, 미카엘 황자님께서 저를 그런 눈으로 보셨나요."

"영애, 제가 말씀드리는 저하는—"

"미카엘 황자님이셔야지요."

너, 4황자의 혼약자잖아. 그런 눈으로 보니 그제야 눈빛이 흔들렸다.

"만인이 행복하길 바랐으니까요. 아버지의 바람을 들어드리고 싶었고, 저는 그것으로 만족한다고 생각했어요."

에이레네는 내 손을 잡았다.

"영애가 날 도와주세요."

나는 도미니크와의 관계를 다른 사람에게 밝힐 수 없다. 그가 권력 싸움에 엮이게 될까 봐서. 하지만 그걸 차치하고서라도 우리의 일에 말려들 가족들이 염려된다. 하지만 ─

"그건 안 되겠어요."

"⋯⋯네?"

"저도 저하가 좋거든요."

내 마음이 약점이 되어 누군가에게 '도미니크에게 다가갈 수단'이 되는 건 싫다. 에이레네의 얼굴이 무참히 일그러졌다. 그녀는 차갑게 손을 뗐다.

"이런, 얼마간의 지혜는 있을 거라고 생각했는데."

에이레네가 머리카락을 정리하며 낮게 중얼거렸다. 그러다 다시 목격하게 되었다.

'뭐지.'

손목 아래의 점이 더 커진 것처럼 보인다. 마치 먹이에 몰려든 벌레 떼처럼. 내 시선을 느낀 에이레네가 소매를 끌어내리면서 말했다.

"아시나요?"

"네?"

"프렌시프 가의 차남이 황도에 있느라 못다 한 하계 훈련에 나섰다고 하더라고요."

순간 불길한 기운이 발끝에서부터 스멀스멀 기어 올라왔다. 나는 굳은 얼굴로 에이레네를 보았고, 그녀는 빙그레 미소지었다.

"영지 내 훈련이 아니라 꽤 먼 곳까지 가신 듯했어요."

"무슨 뜻이죠?"

"가령 이런 거예요."

에이레네가 쿠키가 든 티 푸드 그릇을 중앙으로 옮겨 왔다.

"훈련을 간 곳에 —"

그리고 찻잔을 들어 쿠키에 부어 버렸다.

"알 수 없는 포털이 열려서 홍수를 만난다면."

"……!"

병정 모양의 쿠키가 젖으며 엉망으로 녹아들었다.

"쿠키는 젖어도 먹을 수 있지만, 사람은 물에 빠지면 죽겠죠?"

난 에이레네가 나쁜 사람이라고 생각하지 않았었다. 왜냐면 그녀는 나와 도미니크의 관계를 모르고 있었으니까. 만약 우리가 목적지로 함께 걷는 관계라는 걸 안다고 해도, 우린 확실한 연인이 아니기에 그녀가 끼어들 여지는 있는 거다.

오늘의 대화는 그를 너무나 사랑해서 뭐라도 해 보려는 간절함으로 여기려 했다. 적어도 지금 이 순간까지는.

"우리 오빠, 지금 어디 있어."

"글쎄요. 프렌시프에서 더 잘 알지 않을까요?"

난 당장 통신석으로 프렌시프에 연결했다. 그런데 통신을 받는 건 할아버지도, 란슬롯도, 지금 찾는 가웨인도 아닌 집사장이었다.

[아가씨.]

"가웨인에게 무슨 일이 생겼어?"

[그걸 아가씨께서 어떻게……!]

에이레네는 입꼬리가 살풋 올라갔다. 그리고 내 통신석을 조작해 통신을 종료시켰다.

"프렌시프 양은 미카엘 황자님을 사랑하시지요?"

"……."

"그래서 오늘 밤 황제 폐하께 미카엘 황자님과 결혼하고 싶다고 말씀드리는 걸 테고요."

"……."

"황후 폐하와 카렌듈라 후작(황후의 부친) 앞에서 입 맞추신다니 정말 낭만적이에요."

"……."

"도미니크 저하께는 그리 매정하게 대하진 마세요. 적당히, 헛된 의심이 없도록 처신하셔야겠죠?"

그렇게 말하며 머리카락 끝을 매만졌다.

"저는 괜찮아요. 약혼자를 빼앗겼지만, 황후 폐하께서 제게 미안한 마음이 크실 테니 다시 황족으로 함께할 기회를 주실 테니까요."

그녀의 말을 모두 따라야 가웨인을 돌려보내 주겠다는 말이었다. 포털이 있어도 정확한 위치를 모르면 이동할 수 없다. 포털 마원을 처음 찾았을 때 외엔 늘 똑같았다. 에이레네가 내 손등을 가볍게 두드리며 말했다.

"그럼 오늘 일정이 복잡하실 텐데, 가 보시지요."

나는 도미니크를 좋아한다. 물론 가웨인도 마찬가지였다. 두 사람은 비교 대상이 아니다. 도미니크는 사랑하는 사람으로서, 가웨인은 가족으로서 마음 깊이 좋아하는 거니까.

에이레네의 말은 거짓이 아니었다. 무슨 까닭에서인지 그녀의 눈이 광기로 번들거리고 있었다. 내가 오늘 그녀의 말을 따르지 않는다면……

가웨인은 죽는다.

에이에네의 숙소를 나온 나는 서둘러 교정을 걸었다. 어서 기숙사로 돌아가 자초지종을 들을 생각이었다. 걷는 내내 선생님의 목소리가 떠올랐다.

*[전체를 먼저 보렴. 네 시야 밖에 있는 것이 분명 있을 테니까.]*

납품업자들과의 거래에 실패하고 우울해하는 내게 해 주신 말씀이었다. 생각하자. 선택지는 두 가지가 아닐지도 몰라.

'우리 군의 이동 경로를 알아야 해.'

에이레네의 포털로 이동하면서 느꼈다. 그녀의 포털은 왜인지 불안했다.

'장거리로 열지는 못했을 거야. 그 근방을 수색하면…….'

그러나 자꾸만 불안이 가슴을 짓눌렀다. 그녀가 내게 허락한 시간은 반나절뿐이다. 그동안 수색을 완료할 수 있을까? 이 도박에 걸린 건 가웨인의 목숨인데. 그때―

"셴."

나를 부르는 목소리에 걸음이 우뚝 멈추었다. 등을 돌린 나는 얼굴을 딱딱하게 굳혔다.

"아소."

조슈아가 보고 있었다.

"에이레네를 만나고 가는 길인가."

"그래."

"그 애는 지금 복용 중인 진통제 때문에 이성적인 판단이 불가능해. 어떤 일이 있었는지 모르겠지만, 만약 너와 마찰이 있었다면……그 애의 본심이 아닐 거다."

"뭐?"

"원래 그 애는 사려 깊고 다정해."

그 사려 깊고 다정한 아이가 지금 무슨 짓을 하고 있는지 너는 알까. 난 얼굴을 왈칵 구기고 짓씹듯이 말했다.

"넌 틀렸어."

"뭐?"

"에이레네 사비에르는 나쁜 계집애야."

"……너."

"그게 본심이든 아니든 상관없어. 진통제를 복용 중이라 제정신이 아니었다더라도 마찬가지야."

"……."

"에이레네 사비에르는 이미 그 일을 저질렀고, 나는 그 애가 본심도 아니고 제정신도 아니라 저지른 일에 목숨보다 소중한 게 위협당했어."

검 끝이 가족들에게 향하는 건 내 목에 칼날이 들어오는 것보다 더 두려운 일이었다. 이럴 때일수록 침착하라는 선생님의 말씀이 아니었다면 주저앉아 엉엉 울고 있을지도 모른다.

가웨인이 주말에 집에 오라고 했었다. 내가 보고 싶어서. 나는

토라졌었기 때문에 '거짓말쟁이!' 하고 소리친 후 통신도 받아 주지
않았다. 내가 그에게 한 마지막 말이 원망이었던 거다. 주말에 영지
에 갔더라면. 사소한 것에 토라지지 않았더라면.

'그럼 가웨인은 지금 성에 있을 텐데.'

나 때문에 에이레네로부터 위협당하고 있지도 않았을 테지. 짙은
자괴감과 후회, 불안이 목을 조였다. 나는 조슈아를 매섭게 노려봤다.

"너한테 분명히 얘기하지."

"……."

"나는 이제 수단과 방법을 가리지 않을 거야."

그렇게 말한 난 바로 등을 돌렸다.


\*      \*      \*


"흐……."

숨을 헐떡이던 에이레네는 급히 약병을 찾았다. 그리고 그 안에
있는 검은 물을 삼켰다. 그제야 손목 안의 반점이 조금씩 희미해져
갔다.

"욱……!"

비위가 상한다. 구역질이 나서 참을 수가 없었다. 검게 일렁이는
오물 같은 이 약은 삿된 자들의 일부였다.

'도미니크를 봐야 해.'

오직 그의 앞에서만 자신을 집어삼키려는 힘을 억누를 수 있었
다. 자신에겐 이제 그것 외엔 방법이 없다. 쌍월이 뜨던 밤, 가호를

빼앗긴 일로 점점 힘이 약해지고 있는 게 느껴졌다. 어떻게든 힘을 끌어내리려면 삿된 기운을 필요로 하고, 삿된 기운은 자신을 점점 사람이 아닌 다른 존재로 변이시키고 있었다.

에이레네는 손수건을 움켜쥐고, 세니아나가 앉아 있던 자리를 노려보았다.

'왜 하필.'

도미니크가 입 맞췄다던 사람이 세니아나 프렌시프만 아니었더라면 이토록 조급하진 않았을 거다.

'조율자는 내 것이야.'

힘은 네가 가지고 태어났지만, 조율자만은, 도미니크만은 제 것이다. 내일이면 일이 무사히 끝날 것이다. 황후에게 세니아나는 흡족한 며느리이니, 제가 떠나겠다고 해도 붙잡지 않을 터였다. 아니, 오히려 먼저 떠나라고 제안할 수도 있다. 사비에르와 프렌시프의 관계를 생각해서.

'이제 곧.'

그렇게 생각하며 창문 너머를 바라보았다. 도미니크 황자와 그의 부관이 맞은 편에 있는 건물 쪽으로 걷고 있었다. 에이레네가 얼른 방을 나서 그들에게로 다가갔다.

"저하."

도미니크는 서늘한 얼굴로 그녀를 쳐다보았다.

"내 말을 이해하지 못하는 건가."

아니면 이해하고 싶지 않은 건가, 라는 표정이었다. 그녀는 애달픈 눈빛으로 그를 바라보았다.

"온 마음을 내준 상대가 있기에 제게는 시선 한 줄기 내어 주실 수 없다셨지요."

"그런데."

"기다리겠습니다, 다음 차례를."

그리고 마음을 내줄 상대가 사라졌을 때, 자신을 봐 주면 된다. 도미니크가 기어이 미간을 좁혔다.

"다음 차례는 없습니다."

그러곤 그녀를 지나쳐 걸었다. 에이레네는 치맛자락을 꽉 쥐었다가 한숨을 삼켰다.

'저하, 확신하지 마세요.'

매몰차게 버려졌을 때 잡을 손이 필요하실 테니까요.

에이레네는 굳어진 표정을 수습하고, 다시 제 방으로 돌아갔다. 방 안에 가만히 앉아서 밤이 되기만을 기다렸다. 더디게만 느껴지는 시간이었다.

달이 가까워진 것만 같은 만월의 밤. 에이레네는 함께 온 시중인을 호출했다. 가서 세니아나가 기숙사에 있는지 알아보라 명하자, 그는 허리를 굽힌 후 떠났다. 삼십 분 후쯤, 돌아온 하인이 소식을 가져왔다.

"기숙사 방은 비어 있었습니다."

"그렇군요."

드디어 황궁으로 간 것인가. 그런 표정을 짓고 있는데 하인이 낮은 목소리로 이어 말했다.

"향신료 밭에 있는 듯했습니다."

"아직 교내에 있단 말이에요?"

"그렇다고 들었습니다."

에이레네는 입술을 꽉 깨물었다. 혈육보다 남자를 택하겠단 말인가. 어리석은 계집애.

"향신료 밭으로 안내해요."

"하지만 아가씨, 오늘 밤은 조슈아 도련님과 일정이 있으십니다만……."

"조슈아는 이해할 거예요."

그와 자신은 쌍둥이였다. 함께 태어나 그가 떠날 때까지 매일을 함께 했다. 부친인 사비에르 후작을 끔찍하게 혐오하는 그가 가문의 이름까지 버리지 못한 건, 오직 에이레네를 위해서였다.

그녀를 다정하고, 상냥하고, 벌레 한 마리 어찌하지 못하는, 지켜 줘야 할 사람으로 여겼으니까. 그런 그가 이런 사소한 일을 이해하지 못할 리 없다.

에이레네는 다시 시종에게 안내를 명했다. 향신료 밭에 이르자 그녀의 팔찌에 달린 포털 마원이 가늘게 진동했다. 에이레네가 인상을 쓰며 팔을 잡던 그때, 나무 그늘 안에서 누군가 걸어 나왔다.

"이제 왔군."

세니아나의 목소리가 들리자마자 만월을 가리고 있던 구름이 비껴가고 새하얀 달빛이 주변을 어슴푸레 비추었다. 에이레네는 하인에게 눈짓하여 그를 떠나보내고, 세니아나와 시선을 맞추었다.

"폐하께서 침소에 드시기 전에 황궁으로 가셔야 할 텐데요."

"굳이 그래야 할까요."

"오늘의 이야기는 농담이 아니었답니다. 허투루 넘기시면 아름다운 눈이 슬픔으로 젖어 들 거예요."

상냥하기 그지없는 목소리로 가웨인의 명줄을 들고 흔들었다. 세니아나가 얼굴을 찡그리며 고개를 갸웃 기울였다.

"사실 오후까지는 황궁으로 가야 할까 생각했지요."

"오후의 영애는 현명하셨군요."

"그런데 누군가를 만나고 생각이 달라졌어요."

에이레네가 미간을 좁혔다.

"무슨 말씀이신지."

"혹시 '눈에는 눈, 이에는 이'라는 말 아세요?"

"무슨―"

그때, 세니아나가 날카롭게 읊조렸다.

"끌고 와."

나무 밑에서 나온 건, 프렌시프의 문양이 새겨진 관복을 입은 기사들이었다. 아카데미에 기사를 끌어들였다고?

'급했군.'

하지만 제겐 포털이 있다. 도망치려면 얼마든지 도망칠 수 있었다. 오만하게 미소지으려던 그녀가 우뚝 굳어졌다. 포박당한 채 기사들의 손에 끌려 나온 사람을 보고.

"……!"

한 기사가 포박당한 사람의 목에 검을 겨누고 있었다. 에이레네는 다급히 세니아나를 노려봤다.

"당신……!"

세니아나가 손을 들자 검 끝이 금세라도 포박당한 자의 목을 파고들 것처럼 가까워졌다. 새하얗게 질린 에이레네는 비명을 지르듯 소리쳤다.

"조슈아!"

세니아나는 빙그레 미소지었다.

"나만 오빠가 있는 건 아니잖아?"

─라고 말하며. 에이레네는 완전히 표정이 무너져 있었다. 한참 숨을 고르다가 치맛자락을 꽉 말아 쥐곤 날 노려보았다.

"당신……!"

"오빠의 장례를 치러야 한다면, 그건 당신도 마찬가지예요."

"……."

"그러니까 말해. 가웨인, 지금 어디 있어!"

마디가 새빨개진 주먹이 바르르 떨렸다. 갈등으로 어찌할 바를 모르는 것이 눈에 선하다. 에이레네는 군은 조슈아의 얼굴을 쳐다보았지만, 이내 눈을 피했다. 조슈아의 눈동자가 잘게 흔들렸다.

"에이레네."

"……프렌시프 양은 절대로 널 죽이지 못할 거야."

"어떻게 된 거야."

"……"

"말해! 정말로 네가 인질을 잡은 거냐고!"

혈육의 간절한 목소리에도 에이레네는 입을 열지 않았다. 변명할 수 없을 것이다. 이미 그는 나무 그늘 안에서 우리가 나눈 이야기를 다 들었으니까. 나는 포털을 열어 기사들과 조슈아를 이동시켰다. 그 후에야 에이레네가 나를 서슬 퍼런 눈으로 쏘아보았다.

"후회할 짓을 하셨군요."

"글쎄요. 후회하는 게 나일까요, 영애일까요."

에이레네의 눈을 똑바로 쳐다본 나는 낮게 말했다.

"저도 시간을 드리지요. 답을 가져오세요. 물론 그땐 가웨인이 살아 있다는 증거도 함께여야겠지요."

입술을 짓씹은 그녀가 떠나고 난 눈을 꽉 감았다.

'됐어. 시간은 벌었어.'


나는 조슈아와 기사들이 있는 곳으로 이동했다. 기사들은 포박한 조슈아를 지키고 있었고, 내가 오자 몇 걸음 물러나 자리를 내주었다.

난 조슈아를 내려다보았다. 표정을 보지 않아도 그가 어떤 생각을 하는지 짐작이 갔다. 교정에서 에이레네에 관해 말하던 그의 목소리엔 애정과 믿음이 담겨 있었다. 여동생을 무척 사랑했던 거다. 이런 일을 벌이리라곤 상상조차 못 하고.

"생각 정리는 끝났니?"

내 물음에 그가 천천히 고개를 들었다.

"……내가 뭘 하면 되는 거야."

안도의 한숨이 터져 나올 뻔했다. 애초에 조슈아를 인질로 잡은 건 에이레네가 마음을 돌려먹길 바라서가 아니다. 조슈아를 버릴 거라는 것쯤은 예상하고 있었다.

혈육을 생각한다면 가웨인을 납치하는 위험한 일 따윈 하지 않았을 거다. 드러나면 가문이 풍비박산 날 일이 아닌가. 그녀에게 답변을 가져오라고 한 건 그저 시간을 벌기 위함이었다. 그리고 조슈 아가 그녀에게 실망하게 만들기 위해서.

'내가 가진 진짜 타개책은 조슈아니까.'

나는 굳어 있는 그에게 말했다.

"사비에르 암군(귀족들이 황궁에 보고 없이 비밀리에 기르고 있는 군사) 정 보를 줘. 현재 어디에 주둔하고 있고, 어디로 이동했는지까지 모두."

란슬롯의 조언이었다. 그는 에이레네 혼자서 일을 전부 꾸미진 않았을 거라고 했다.

[가웨인과 우리 군을 포털로 이동시켰다고 해도, 근방 지리에 훤한 그들이라면 쉽게 빠져나올 수 있을 거다.]

[전투로 발목을 붙잡았겠지.]

[용병은 못 썼을 거야. 프렌시프에 덤빌 간 큰 용병단도 없을뿐더 러 소문이 새어 나가면 끝장일 터.]

그러니까 그 애가 움직인 건 분명 암군이다.

'그렇다면 차라리 찾기 쉽지.'

조슈아가 눈살을 찌푸렸다.

"아버지가 암군을 움직였을 리 없어. 그들이 움직였다면 에이레 네의 독단이다. 정보는 남아 있지 않겠지."

"그래, 그러니까 후작에게 네 동생이 암군을 움직였다고 말해."

그럼 후작은 펄쩍 뛰고 조사할 수밖에 없다. 어디에 있는지, 왜 이동했는지까지 확인할 테니 그 정보를 내게 가져오면 된다. 말뜻 을 알아차린 조슈아가 날 빤히 보았다.

"내가 하지 않겠다면?"

"할 거야."

"뭐?"

나는 무릎을 굽혀 꿇어앉은 그와 시선을 맞추었다.

"넌 인사밖에 나누지 않았던 내가 프란츠 무리에게 괴롭힘 받고 있을 때 구해 줬지."

"……."

"프란츠가 내 레시피를 훔쳤을 때도 증언해 주겠다고 했어."

"……."

"쟝뤼크 교수님께 가르침 받고 싶다면 가문의 힘으로 억누를 수도 있었는데 그러지 않았고."

나는 생긋 미소지었다.

"넌 좋은 사람이야."

"……."

"네 동생이 나쁜 짓을 하고 있다는 걸 알면서도 침묵할 리 없어."

"너……."

"하지만 정 네가 가져오지 않겠다면 —"

목소리가 절로 낮아졌다. 그의 눈을 똑바로 응시한 난 천천히 이어 말했다.

"— 난 에이레네 사비에르를 가만두지 않을 거야."

"뭐라고?"

"신수로 그 애의 목덜미를 물어뜯든, 포털에 평생 가둬 버리든, 어떻게든지."

"……."

"그러니까 가져와. 네 동생 살리고 싶으면."

조슈아의 눈빛이 흔들렸다.

*　　　*　　　*

세니아나는 조슈아를 사비에르의 황도 저택으로 이동시켜주었다. 복도를 걷던 후작이 제 집무실 앞에 서 있는 아들을 보고 눈살을 찌푸렸다.

"네가 왜 여기 있는 것이냐."

"……."

"조슈아."

문고리를 쥔 조슈아의 손에 힘이 들어갔다.

[넌 좋은 사람이야.]

다정하던 목소리가 귓가에 맴돌았다. 황당한 녀석이었다. 이런 상황에서 믿는 게 자신의 양심이라니. 세니아나에게 납치당할 적에도 기가 찼다.

[내가 지금 너를 납치하고 싶은데 혹시 곱게 따라와 줄 의사가 있니?]

순진한 눈으로 종알거리다가 자신이 대답하지 않자 '그럼 실례할게.' 하고 말했다. 그러더니 어디에서 나온 건지 모를 사람들이 순식간에 저를 포박했다. 문고리에서 손을 놓고 부친을 바라보았다.

"……에이레네가 암군을 움직였습니다."

"뭐라고?"

후작의 표정이 대번에 굳어졌다.

"다짜고짜 찾아와서 그게 무슨 말도 안 되는⋯⋯!"

에이레네가 일언반구도 없이 그런 짓을 했을 리 없다.

"무슨 헛수작을 부리는 거야."

"확인해 보시면 아실 게 아닙니까."

조슈아의 단정적인 어조에 사비에르 후작은 얼굴을 굳혔다. 불안이 가슴을 스쳐 지나갔다. 그는 즉시 사비에르의 기사단장에게 명했다.

"파스칼(사비에르의 암군 군단장)의 위치를 확인해라."

"예."

암군의 존재는 수면 위로 노출되는 순간 가문에 큰 위협이 된다. 따라서 군단장이 매번 보고하고 움직이지 않아도 이동지를 확인할 수 있는 마석을 몸에 박아넣었다. 사비에르의 기사단장은 얼마 지나지 않아 이동 기록을 가지고 돌아왔다.

"각하."

"그래, 영지 내에 있는 것이지?"

"그게⋯⋯ 파스칼의 위치가 동부 산맥으로 잡힙니다. 게다가 근경으로 암군이 뿔뿔이 흩어져 있습니다."

"뭐라!"

암군이란 건 공공연한 비밀이었다. 누구나 기르고 있지만, 드러날 적엔 애써 쌓아온 황금 더미가 와르르 무너진다. 폭정 황제가 충신을 치우고 싶을 때, 가장 먼저 찾는 게 암군이니까. 그래서 암군은 비상시에, 가주나 가문 원로원의 승인이 있어야만 움직인다. 후작이 당혹스러운 표정으로 이마를 짚었다.

'원로원이다.'

만약 정말로 에이레네가 암군을 움직였다면 원로원과 은밀히 접촉한 것이다. 자신은 절대로 허락할 리 없으니까.

'원로원이 나를 버리고 에이레네를 택하려는 것인가.'

주먹을 움켜쥔 그가 원로원장을 만나기 위해 황급히 뛰쳐나갔다. 조슈아는 기사단장이 가져온 기록지를 잡았다.

'에이레네, 네가 정말로……'

머릿속에 떠오른 에이레네의 미소가 점점 일그러졌다.

*　　*　　*

조슈아에게 기록을 건네받은 난 당장에 영지로 향했다. 그리고 란슬롯, 군사들과 함께 암군의 위치가 잡히는 곳마다 이동했다. 란슬롯이 물었다.

"어때?"

가웨인은 아마 전투를 한 번으로 끝내지 않았을 것이다. 물리치고 나면 길을 찾기 위해 떠날 수 있을 테니. 수없이 전투를 치르게 해야만 움직이지 못하게 할 터. 다수의 암군을 계속 이동시키는 것보단 소수의 가웨인 부대를 암군의 주둔지로 이동시키는 게 쉽겠지.

'그러니까 가웨인 주변에 계속 포털을 열어 놨을 거야.'

에이레네의 포털이 열려 있다면 난 포털을 열 수 없다. 즉, 포털이 열리지 않는 곳에 가웨인이 있는 거다. 난 집중하고 문을 열었다.

'열린다.'

"여긴 아니에요."

우리는 계속 사비에르 암군의 신호가 잡히는 곳으로 이동했다.

"아……!"

일곱 번째 발신지에 도착한 후 난 펄쩍 뛰었다. 안 열려!

"여기에요!"

란슬롯과 기사들이 근처를 수색하기 위해 움직이려 할 때였다.

"크악―!"

거대한 파동과 함께 익숙한 비명이 들렸다.

'바커스의 목소리!'

우리는 얼른 소리의 진원지로 향했다.

"오빠!"

가웨인과 우리 군사들이 검은 제복의 사내들에게 둘러싸여 있었다. 우리 쪽 사람들은 겉보기에도 상태가 좋지 않았다. 란슬롯과 함께 온 기사들이 서둘러 전투에 뛰어들었다. 암군이 조금씩 물러나는 틈에 난 가웨인에게 향했다. 그 순간. 쾅―! 꿍음과 함께 하늘이 열리고 물방울이 하나둘 떨어지기 시작했다.

'짜다.'

바닷물이야. 설마―! 포털에서 쏟아진 물에 의해 순식간에 휩쓸려 버렸다. 사비에르의 암군까지도. 전투가 오르막길에서 벌어진 탓에 우리는 물살에 휩쓸려 떠내려갔다. 나는 황급히 아래를 내려다보았다.

'절벽!'

다들 나무를 붙잡으려 했지만 크게 다친 가웨인과 그의 부대는 오래 버티지 못했다.

'열려!'

하지만 오늘 내내 열 번도 넘게 문을 연 탓에 이전처럼 에이레네의 힘을 튕겨 낼 수 없었다. 난 눈앞에 있는 단단한 가지를 잡고 떠내려갈 것 같은 가웨인의 소매를 붙들었다.

"으윽一!"

성인 남자의 무게를 버틸 수 없었다. 나무뿌리가 점점 젖은 흙 밖으로 튀어나왔다. 가웨인이 소리쳤다.

"놔一! 너까지 휩쓸린다고!"

나는 펑펑 울면서 고개를 저었다.

"싫어! 안 놓을 거야. 죽어도 안 놓을 거야!"

"⋯⋯하여간 말 더럽게 안 듣지."

그가 희미하게 웃었다. 그리고一

"오빠!"

검으로 소매를 베어 냈다. 머릿속에 그와의 일이 필름처럼 스쳐 지나갔다. 벚꽃색 구두를 사 주었던 일. 나를 안고 '절대로 다치지 않게 하겠다' 맹세했던 일. 순간 눈앞이 하얗게 변했다.

'멀린!'

귓가에 그의 포효가 들렸던 것 같다. 천지가 진동하고, 희뿌연 빛이 사방을 감쌌다.

"헉一!"

온몸을 가로지르는 것 같은 격통이 느껴졌다. 쨍一! 하늘에서 날카로운 파열음이 들렸다. ……그게 내 기억의 끝이었다.


타닥, 탁. 나무가 타들어 가는 소리와 함께 나는 정신을 차렸다. 내가 끙끙, 뒤척이자 누군가 내 어깨를 붙들었다.

"세니아나!"

익숙한 목소리. 번쩍 눈을 뜨니 눈앞에 란슬롯과 가웨인이 보인다. 난 가웨인의 얼굴을 덥석 잡았다.

"……귀신인가."

"아직 제정신이 아닌 것 같은데."

그가 양손으로 내 볼을 잡고 흔들었다.

"아바―!"

아프다! 아파! 만세, 생시야! 난 펄쩍 뛰며 그를 끌어안았다. 자꾸만 눈물이 샘솟아서 평평 울자 그는 내 등을 토닥였다.

"나쁜 놈! 오빠는 나쁜 놈이에요!"

그렇게 소매를 잘라 버리는 게 어디 있어! 으허엉, 울면서 말하자 그가 킥킥거렸고, 란슬롯도 픽 실소를 흘렸다.


얼마나 울었는지 눈이 쓰리고 코가 얼얼했다. 퉁퉁 부은 날 보고 가웨인이 자꾸만 픽픽 웃어서 난 뾰로통해졌다. 란슬롯이 물었다.

"몸은?"

아직 정신이 없고 몸살처럼 욱신거리긴 해도 이쯤이면 괜찮다.

"괜찮아요. 그런데 어떻게 된 거예요?"

"네가 포털을 열었지. 순식간에 물이 사라졌어."

"사비에르의 암군은요?"

가웨인과 란슬롯의 눈빛이 가라앉았다. 무슨 일이 있었나 싶어 눈을 동그랗게 뜨자 가웨인이 말했다.

"죽었어."

"전부요?"

"그래. 어찌할 사이도 없이 가루가 되어 사라졌지. 애덤이 죽었던 것처럼."

"그건 고대 마법이라면서요. 토설할 때나 그렇게 되는 게 아닌가요?"

"아무래도 고대 마법을 다른 쪽으로 변형한 것 같다. 그들 몸에 나타난 문양까지 애덤 때와 같았어."

"……!"

"게다가……."

"네?"

그는 말을 하려다가 말고 고개를 저었다.

"그건 나중에 얘기하자."

의아해하는 내게 란슬롯이 말했다.

"포털, 열 수 있겠어?"

난 펜던트를 잡고 이동지를 생각했다. 잠잠하다.

'하긴, 오늘 내내 열었다 닫은 데다가 에이레네의 힘까지 튕겨 냈으니까.'

고개를 도리도리 저으며 어렵겠다고 하니 란슬롯이 기사들에게 지원을 요청하라고 명했다. 그제야 주변을 둘러볼 정신이 들었다.

'동굴이네.'

주변에 상처 입은 기사들이 엄청 많았다. 그래도 죽을 정도의 상처는 아닌지, 골골대긴 했지만 살아 있었다.

'하지만 저렇게 계속 있으면 위험할 텐데.'

뭐라도 먹여서 기력을 차리게 해야 한다.

"보급품은요?"

내가 묻자 란슬롯이 동굴 안쪽에 쌓아 둔 주머니들을 가리켰다.

"물에 젖어서 전부 상했어."

"으음……. 그럼 주변에 도움을 구할 곳이 없을까요?"

근처에 자생 부족이 있긴 하지만, 외부 접근을 몹시 싫어한다고 했다.

'도움은 어렵겠다.'

나는 끙차, 하고 일어나서 오빠들, 기사들과 함께 동굴을 나섰다.

'혹시 나무 열매 같은 걸 구할 수 있을지도 몰라.'

주변에 강이 있다고 했으니까 민물 생선도 잡을 수 있지 않을까. 그런데 걷다 말고 란슬롯이 나를 감쌌다. 가웨인까지 인상을 쓰고 검을 빼 들었다.

"몬스터다."

'몬스터라고?'

나는 란슬롯의 어깨 위로 고개를 빼꼼 들었다.

"어?!"

내가 버럭 소리치니 오빠들이 의아한 표정으로 날 봤다.

"저거 몬스터 아닌데. 낙지인데."

에이레네가 이동시킨 바닷물에 딸려온 모양이었다. 낙지가 젖은 땅으로 들어가려 다리를 꿈틀꿈틀 움직이고 있었다. 동부엔 바다가 없어서 해산물이 귀한 데다가, 오빠들은 항상 조리된 음식만 먹었으니 모를 만도 했다.

'엄청 크기도 하고.'

일반 낙지의 서너 배쯤 되어 보였다.

'낙지는 기력 회복에 좋지.'

나는 쪼그려 앉아 낙지를 보았고, 오빠들과 기사들은 기괴한 표정을 지었다.

"이거 먹을 수 있어요."

"이런 걸 먹는다고? 크라켄의 새끼가 아닌가?"

가웨인이 눈살을 찌푸리며 물어서 고개를 도리도리 저었다. 기사들은 당황한 표정이었다. 다들 "네가 잡아", "네놈이 해", "아가씨께서 가져가신다잖아" 하며 서로에게 잡기를 미뤘다. 난 란슬롯에게 검을 받아서 손수건으로 검날을 슥슥 닦았다. 그리고 낙지를 덥석 잡았다.

"헉……!"

"……!"

기사들이 엄청 놀란 표정이라서 난 고개를 갸웃했다. 낙지를 평평한 돌에 올려둔 뒤 다리를 탕! 내리쳤다. 잘린 다리가 꿈틀꿈틀 움직이자 다들 소리 없이 경악했다.

'초장이나 참기름이 있으면 좋겠다.'

하지만 없으니까. 낙지를 맛보려다가 슬쩍 가웨인을 쳐다보았다.

*[하여간 말 더럽게 안 듣지.]*

그렇게 말하며 희미하게 웃던 얼굴이 떠올랐다. 고맙고 미안했다. 난 첫 시식의 기회를 양보하기로 했다. 수줍은 표정으로 꿈틀거리는 낙지 다리를 잡고 그에게 내밀었다.

"드세요."

"……내가?"

"네."

"……."

왜인지 그가 마른침을 삼켰다. 가웨인은 잠깐 침묵했다. 표정이 엄청 이상해서 어리둥절해 하다가 "아!" 하고 고개를 끄덕였다.

"무서워서 그러는구나."

몬스터의 새끼처럼 보이면 무섭고, 징그러워서 먹지 못할 거다. 나만 해도 어릴 땐 닭발을 못 먹었다. 내가 괜찮다는 듯 고개를 끄덕이자 가웨인이 휙! 낙지 다리를 잡았다.

"안 먹어도 되는……!"

"이딴 거 하나도 안 무서…… 윽."

낙지를 씹던 가웨인은 빨판이 입천장에 붙는지 내내 인상을 찌푸렸다.

'가웨인한테 이런 건 주면 안 되겠다…….'

란슬롯은 괜찮을까 싶어 그를 쳐다보니 아주아주 환하게 웃으며 말했다.

"배고프지 않아서."

나는 걱정스러운 표정으로 동굴 밖을 보았다. 우리가 동굴로 돌아왔을 즈음부터 비가 내리기 시작하더니 멈출 기미가 안 보였다.

'동굴에도 빗물이 들어왔어.'

조금만 더 있으면 발목까지 물이 찰 것 같았다. 통신석으로 지원군과 이야기를 나눈 란슬롯이 말했다.

"폭우 때문에 산과 이어진 다리가 끊어졌다더군."

가웨인은 인상을 찌푸렸다.

"다리는 하나가 아닐 것 아니야."

"사비에르의 암군이 통로 하나만 남기고 죄다 끊어 놓은 것 같다."

"빌어먹을."

부상자들의 상태는 점점 더 안 좋아지고 있었다. 부상이 큰 사람도 있는데 동굴에 고인 빗물 때문에 누워 쉬지 못했다. 하루 내내 먹은 게 없기도 했다.

낙지를 구워서라도 기사들의 배를 채우게 할까 싶었지만, 동굴에 들고 오니 기사들이 순식간에 검을 빼 들었다. 다른 사람들처럼 몬스터의 새끼인 줄 알고. 억지로 먹이면 그 검으로 스스로의 가슴을 찌를 것 같은 예감에 포기하고 말았다.

"크윽……."

바커스가 복부를 잡고 신음했다. 그러고 보니 처음 이곳에 왔을 때 그는 랜스에 막 복부를 맞은 상태였다. 결국, 가웨인이 결단을 내렸다.

"근처 부족에 도움을 요청하지."

"하지만 외부 접근을 몹시 꺼린다지 않았나요?"

"이대로 다 죽게 할 순 없으니까."

우리는 동굴을 나와서 한참을 걸었다. 산 중턱에 이르자 마을이 보였다. 부족장 보좌라는 노년의 사내가 난색을 표했다.

"여기는 11대 프렌시프 후작이 불가침령을 내린ー!"

"침략이 아니다. 우리에겐 머물 곳과 식량이 필요할 뿐."

"하지만ー!"

란슬롯의 말에 사내가 소리쳤다. 그러자 란슬롯이 빙그레 웃으며 덧붙였다.

"그리고 지금의 프렌시프 후작은 11대가 아니지."

환히 미소짓고 있는데 등줄기가 오싹했다. 노년의 사내 또한 그런지 마른침을 꼴깍 삼키더니 미간을 좁혔다.

"잠자리와 식재료만 내드릴 수 있습니다. 폭우가 쏟아져 시중을 들 만한 여력이 없어요."

란슬롯이 고개를 끄덕였고, 깡마른 여자와 그녀의 다리에 붙은 작은 소녀가 우리를 안내해 줬다. 오두막 안에 들어오고 얼마 안 되어 돼지 반 마리와 몇 가지 채소가 전달되었다. 내가 바로 팔을 걷어붙이자 기사들이 나섰다.

"저희가 하겠습니다."

"왜? 요리사는 나인데."

"귀한 손을 저희 같은 놈들 때문에 쓰실 필요 없습니다."

"하지만 나보다 더 요리에 익숙한 사람 있어?"

"그건……."

"괜찮아. 우리 오빠 더 다치지 않게 해 줬잖아. 보답이라고 생각해."

내 요리를 가만히 앉아 받아먹는 게 미안한 것 같아서 변명했다. 그러자 젖은 로브를 벗던 가웨인이 움찔, 하고 나를 쳐다봤다. 입꼬리가 계속 실룩거려서 난 왜 저러나 싶었다. 기사들에게 재료만 부엌으로 옮겨 달라고 부탁했다. 그리고 찬장에서 양념거리와 향신료를 확인한 뒤에 손을 씻었다.

'돼지 사골을 하자.'

윤세나였을 적엔 여름이 되기 전에 늘 잔뜩 만들어 놨었다. 소는 너무 비싸서 쉽게 못 샀기 때문에 돼지 사골을 썼다. 기사들은 식칼을 잡고 뼈를 쾅! 쾅! 잘라 내는 날 당황스러운 눈으로 쳐다봤다.

"왜?"

"아, 아닙니다."

'......?'

난 돼지를 보고 속으로 쟝뤼크를 떠올렸다.

'교수님, 감사합니다!'

그가 통돼지 손질하는 법까지 익히게 한 덕에 기괴하거나 무섭다는 생각 없이 능숙하게 움직일 수 있었다. 뼈를 샥샥 발라내 사골거리와 살코기를 따로따로 담았다.

바쁘게 움직이고 있는데 자꾸만 기사들과 오빠들이 주방을 기웃거렸다. 가웨인이 크흠, 헛기침을 하고 들어오더니 주변을 어슬렁어슬렁 맴돌았다.

"그, 뭐, 도와줄까."

"하실 수 있으세요?"

"자르고 굽는 것쯤이야."

그 자르고 굽는 게 어려운 건데. 하지만 기사들의 수는 족히 30명, 나 혼자서 만들려면 시간이 너무 오래 걸릴 것 같았다.

'사골은 내일이나 다 고을 테니 당장 먹을 것도 해야 하고.'

난 고개를 끄덕이고 그에게 프라이팬을 쥐어 주었다.

"안심을 잘라서 구워 주시면 돼요."

"쉽네."

그가 자신만만해서 안심구이는 그에게 전부 맡기기로 했다. 그러고 다시 뼈를 손질하는데 옷이 너무 불편했다. 다 젖어서 쿰쿰한 냄새가 나기도 하고.

'내가 입을 만한 게 없을까.'

"잠깐만요"

나는 나가서 오두막 주변을 맴돌았다. 그러다 우리를 안내해 준 여자와 소녀를 발견했다. 날 보자마자 여자가 깜짝 놀라서 소녀를 가렸다.

"무, 무슨 일이십니까."

"아…… 옷을 좀 빌릴 수 없을까 해서……. 미안, 놀라게 하려던 건 아니야."

"귀족 나리께서 입으실 만한 옷은 없습니다."

"그냥 편한 옷이면 돼."

조심스럽게 내 눈치를 보던 여자는 내가 시무룩한 표정을 짓자 어쩔 수 없다는 듯 말했다.

"……따라오시죠."

여자는 내게 옷을 내주었다. 조금 크긴 하지만, 치맛단이 발목까지밖에 안 와서 움직이기 편했다. 난 보답으로 내 드레스에 있던 토파즈를 떼서 건넸다. 그러자 소녀가 묘한 표정을 지으며 토파즈를 들여다보았다. 그리고 —

"으앗!"

나는 깜짝 놀라 소리쳤다. 소녀가 토파즈를 와작 깨문 것이다. 그러곤 인상을 찌푸리며 테이블에 휙 내던졌다.

"뭐야, 먹을 수도 없는 거잖아."

"족장님!"

여자는 당황하여 말했다.

'족장이라고?'

많이 쳐줘 봐야 열 살밖에 안 되어 보이는데. 소녀가 팔짱을 끼고 조그맣게 투덜거렸다.

"자기들은 소중한 식량을 가져가 놓고 먹지도 못하는 걸 주잖아."

"그런 말씀 하시면 안 됩니다."

소녀가 후다닥 뛰쳐나갔다. 여자도 당황해서 내게 급히 허리를 숙이고 따라 나갔다.

'사랑스러운 족장이네.'

나는 그렇게 생각하고 다시 부엌으로 되돌아갔는데……. 매캐한 냄새. 바닥에 내동댕이쳐진 프라이팬들. 새카맣게 타서 쏟아져 있는 고기. 난 멍하니 가웨인을 보았다. 그러자 시선을 눈치챈 그가 고개를 돌렸다.

"왔냐."

"이게 뭐예요?"

"프라이팬이 이상해."

"그래서 지금 냄비에 굽고 있는 거라고요?"

아까운 프라이팬, 돼지고기! 내가 저 돼지를 얼마나 열심히 손질했는데. 나는 인상을 쓰다가 가웨인이 들고 있는 걸 보고 고개를 갸웃 기울였다.

"그건 뭐예요?"

"내 검."

"부엌에 왜 검을 가져오셨어요?"

"고기가 안 잘리기에."

"지금 이걸 사람을 찔렀던 검으로 자르는······."

기가 막혀서 말도 안 나왔다.

'내가 란슬롯의 검을 쓴 건 사람 피가 안 묻어서고!'

게다가 성에서 나올 때 막 받은 새 검이었다. 급한데 식칼도 없었고. 나는 가웨인을 매섭게 쏘아보았다. 그러자 함께 '검'으로 고기를 자르던 기사들과 당사자인 가웨인이 움찔했다.

"이 여름에 사람 피가 덕지덕지 묻은 검으로 고기를 자르셨다고요?"

"무, 물로 닦았는데."

"소독도 아니고 그냥 물?"

"어차피 자른 고기는 구우니까······."

"남은 건요. 저걸 다 먹진 못할 거 아니에요."

표정과 목소리가 절로 싸늘해지자 기사들이 그를 손가락질했다.

"저희는 그러지 말라고 했는데, 주군이 듣지 않으셨습니다!"

가웨인이 눈을 부라리며 기사들을 노려봤다.

"이 새끼들이……. 성에 가면 뒈질—"

"오빠."

"……."

"여기 정리하세요."

"……그래."

벽에 기대 있던 란슬롯이 고개를 숙이고 가늘게 떨었다.


난 한숨을 내쉬고 다시 요리를 시작했다. 사골은 피를 빼기 위해 물에 담가 놨고, 안심은…….

'내 안심! 다 버렸잖아!'

옆에서 눌어붙은 프라이팬을 닦고 있는 가웨인을 쏘아보았다. 그러자 그가 갑자기 이상한 소리를 내며 배를 잡았다. 깜짝 놀라서 얼른 그에게 달려갔다.

"아프세요? 어디, 어디?"

"으……."

"그런데 다친 곳은 옆구리 아니었나요?"

왜 배꼽 쪽을 잡고 있는 거지요? 걱정스러운 얼굴로 보자 그가 눈을 데루룩, 굴리곤 말했다.

"이쪽도 다쳤어."

"가서 쉬세요."

"됐어."

"얼른요. 사실 그냥 가는 게 절 도와주시는 건데……."

'설거지한다고 그릇도 깨 먹었잖아.'

그는 한참 침묵하더니 프라이팬을 놓았다. 가웨인을 멀리 쫓아 보내고 난 잘라놓은 등심을 잡았다.

'도와주려고 하는 건 고맙지만.'

진짜로 성가셨다. 왜 티브이 속 부모들이 아이가 도와준다고 하면 '가만히 있는 게 돕는 거야' 하고 말하는지 알겠다.

'정말 대단한 분들이셔.'

난 부모들에게 깊이 공감하며 마음속으로 손뼉을 쳤다. 그리고 등심을 칼등으로 퍽퍽 두드려 폈다. 두드린 고기에 후추와 소금으로 간한 뒤에 등심을 찾는데 란슬롯이 말했다.

"이건 내가 할게."

"하지만……."

가웨인에게 당한 난 불신의 눈으로 란슬롯을 쳐다봤다.

"두드리는 것만 하는 거니까."

"그럼……."

칼과 고기를 건네고 란슬롯이 하는 양을 지켜보았다.

'우와.'

평범한 사람만큼은 한다! 성에서 란슬롯이 데려왔던 기사들도 돕기 시작했는데, 그들도 아주 평범했다.

'역시 란슬롯 직속 엘리트 부대!'

나는 엄청 감동해서 눈을 반짝이며 란슬롯과 그의 기사들을 보았다. 그러니까 문밖에 있던 가웨인과 그의 기사들이 그들을 노려봤다.

"우리도 저런 거 했으면 잘했을 텐데."

"곱상하게 생긴 것들이 하는 짓도……."

"간교한 새끼들."

왜 저렇게 사이가 나쁘담. 성에서도 가웨인의 기사들과 란슬롯의 기사들은 은근히 서로를 견제했다. 특히 내가 바커스에게 보쌈을 줬다는 걸 들었을 때, 란슬롯의 기사들은 환히 웃으며 그들을 욕했다.

'사이좋게 지내면 좋을 텐데.'

그렇게 생각하고 부엌에 있는 재료들을 챙겨 왔다. 그래도 밀가루나 계란은 있어서 다행이다. 빵가루는 없지만 대신에 굳어서 딱딱해진 식빵을 쓰기로 했다.

'아예 아무것도 없는 게 아니라 다행이야.'

그래도 미안하니까 부족에겐 성에 돌아가서 다른 식료품을 전달해야지.

내가 만든 건 포크커틀릿이다. 예전 윤세나일 적 쓰던 말로는 돈가스였다. 안심을 가웨인이 몽땅 망쳐 놔서 구이로 먹일 수는 없을 것 같았기 때문에 등심을 활용하기로 한 것이다. 부족들이 준 야채 중 토마토가 있어서 돈가스 소스도 만들 수 있었다. 오두막에 둘러앉아 오빠들과 기사들이 완성된 요리를 먹길 기다렸다.

"오오오—!"

"고기를 튀기면 이런 맛이 나는군."

"이건 데미글라스 소스일까요? 달짝지근한 게 아주 맛있습니다."

"데미글라스는 아닌 것 같은데."

"나는 서부에서 한 번 먹어 봤지. 포, 포크? 포크 어쩌구 하던데."

"우리가 지금 쓰는 포크? 그것도 이렇게 맛있습니까?"

"아니, 비교 불가다."

"씹는 느낌도 바삭바삭한 게 아주 좋아."

"크으, 이런 고급 요리를 우리가 먹게 되다니!"

오빠들도 놀란 얼굴이었다. 가웨인이 눈을 크게 뜨더니 물었다.

"이게 돼지로 만든 거라고?"

난 고개를 끄덕이고 헤헤 웃었다. 내가 맛봤을 때도 아주 맛있었다. 샹뤼크에게 허구한 날 혼나기만 했다고 생각했는데, 실력이 꽤 좋아진 모양이었다.

'내일은 남은 돈가스로 반찬을 하고, 사골국을 먹이면 되겠다.'

하지만 둘뿐이라면 느끼하겠지? 식사 후에 양파 장아찌와 피클이라도 만들어 둬야겠다.

'익힐 시간이 없으니까 칼집을……'

그렇게 생각하다가 눈이 스르륵 감겼다. 이것저것 피곤한 일이 많아서 도무지 잠을 물리칠 수 없었다. 꾸벅꾸벅 졸자 란슬롯이 빙그레 웃으며 날 안아 들었다.

'아냐, 자면 안 돼. 난 장아찌와 피클을 만들어야 해.'

피클……. 장아찌……. 그런 생각을 하며 잠이 들었다.


"―그러니까 네놈이 훔쳐 먹으려던 거 아니야!"

"아니라니까 난 막 부엌에 들어갔던 거라고!"

나는 부스스 일어나 눈을 비볐다.

'아직 해도 뜨지 않았는데 뭐지.'

방 밖에서 고함이 오가고 있었다. 덮고 있던 담요를 내려놓고 문을 나서니 기사들이 헉, 하고 날 쳐다봤다.

"무슨 일이야?"

"저는 한 조각 먹었습니다!"

"저, 저도 막 부엌에 들어갔던 겁니다! 그러니까…… 물을! 물을 찾으려고!"

갑자기 변명을 해서 고개를 갸웃 기울였다.

"응?"

"돈가스를 전부 훔쳐 먹은 건 절대로 제가 아닙니다."

그들이 믿어 달라는 듯한 결연한 눈으로 날 봤다. 무슨 소린가 싶어 주방에 가자 남겨 둔 돈가스가 전부 사라졌다.

"누가 다 먹었지?"

기사들이 마른침을 꼴깍 삼켰다. 그 사이 소란을 듣고 다른 기사들과 오빠들이 부엌 쪽에 다가왔다. 부족민들까지 문틈으로 얼굴을 빼꼼 내밀었다.

"무슨 일이야?"

가웨인이 물어서 나는 어리둥절한 표정을 지었다.

"남겨 놓은 돈가스가 사라졌어요."

그는 어처구니없다는 표정으로 기사들을 쳐다보았다.

"이 새끼들이."

"훔쳐 먹으려고 했던 건 맞지만 훔치진 않았습니다!"

"개소리."

가웨인이 기사의 장딴지를 퍽 걷어찼다. 나는 부족민들 틈에 보이는 소녀를 쳐다보았다. 나와 눈이 마주친 소녀가 흠칫 놀라 부족민의 등 뒤로 숨었다. 난 음식을 하다가 만들어 놓은 달고나를 들고 소녀에게 다가갔다.

"안녕."

"……나, 나 아니다!"

난 킥킥 웃으며 소녀의 입가에 묻어 있는 돈가스 부스러기를 떼어 주었다.

"그래, 아니야."

"……."

"이거 먹을래?"

소녀는 움찔움찔하다가 조심스럽게 달고나를 받았다. 살짝 핥아 보고는 눈이 커다래졌다.

'귀여워!'

열심히 달고나를 먹는 소녀를 지켜보았다. 그리고 고개를 들었는데.

'응?'

왜 부족민들 입가가 기름으로 번들거릴까. 그때, 황급히 뛰어온 부족장 보좌라던 남자가 소녀를 끌어안았다.

"족장님!"

"소만……."

"외지인과 어울리면 안 된다고 몇 번을 말씀드려야겠습니까!"

그렇게 소리치고는 소녀를 번쩍 들고 부족민들을 노려보았다.

"너희들도!"

부족민들이 당황해서 하나둘 흩어지기 시작했다.

'왜?'

왜 저렇게 외지인을 경계하는 거지? 그러다 문득 의아해졌다.

'11대 프렌시프 후작은 왜 불가침령을 내렸을까.'

무슨 신세라도 진 건가. 하지만 그랬다면 영지로 내려와서 살게 하는 게 더 낫지 않나? 일단 여긴 동부고 프렌시프 령과 그렇게 멀지 않은데.

그러고 보니까 이 마을에 오면서도 이상했다. 인공적으로 만들어진 게 분명해 보이는 길이 드문드문 끊겨 있었다. 그래서 삼십 분도 안 되는 거리를 뱅뱅 돌아서 가야 했다. 이건 불가침 조약을 맺은 게 아니라 마치……

'고립시켜 놓은 것 같잖아.'

부모가 위험한 물건을 아이 손에 닿지 않도록 숨겨 놓은 것처럼.

'어?'

나는 족장 소녀를 보고 눈을 크게 떴다. 부족장 보좌에게 안겨 있느라 조금 밀려 올라간 치마 아래로 얼핏 문신이 보였다. 애덤이 죽기 직전 그의 몸에 나타난 것과 같은 문양이었다.

아무래도 이상하다. 사골의 밑준비를 하는 내내 고민했지만, 답은 나오지 않았다. 11대 후작은 왜 불가침령을 내렸는가.

'게다가 그 아이 몸에 왜 애덤에게 떠올랐던 문양과 같은 문신이 있는 거야.'

그렇게 생각하며 나는 피를 뺀 사골을 한 번 우르르 끓인 후, 물을 버렸다.

'그 아이에게 물어보고 싶은데. 쉽게 대답해 주지 않겠지?'

먹을 걸로 꼬셔 볼까……. 나는 두 시간쯤 곤 사골을 기사에게 부탁했다.

"불이 거기서 더 세지거나, 약해지지만 않게 지켜보면 돼."

그리고 주방에 있던 감자를 납작하게 잘라서 튀긴 뒤 기름을 빼내기 위해 망 위에 올려놨다. 그 후에 감자칩의 반엔 소금과 후추를 뿌리고, 남은 반은 버터와 꿀을 넣어 볶았다. 그러자 기사가 물었다.

"그건 뭡니까?"

"감자칩. 족장이라는 아이에게 주려고 하는데 새벽이라 자고 있겠지?"

"우물가에서 놀고 있는 것을 보았습니다."

"이 새벽에?"

"예."

"으음, 그럼 지금 주고 와야겠다. 사골 잘 부탁해."

바구니에 잘 담아서 우물가로 가자 정말로 소녀가 우물가 근처에서 무언가를 열심히 찾고 있었다.

"뭐 해?"

"헉!"

소스라치게 놀란 소녀는 얼른 우물 뒤로 숨었다.

"미안, 놀랐어?"

"외, 외지인과 얘기하면 안 돼."

"간식만 두고 갈게."

"……간식?"

소녀는 살그머니 얼굴을 내밀고 킁킁, 냄새를 맡았다.

'옳지!'

일부러 버터를 잔뜩 넣어서 냄새에 혹하도록 만들었다고.

우물쭈물 눈치를 보던 소녀가 살금살금 걸어 나와서 바구니를 휙 빼앗아갔다. 그리곤 다시 우물가 뒤로 포르르 뛰어가 와작와작 감자칩을 먹었다.

"나 옆에 앉아도 돼?"

내가 조심스럽게 물으니 한참 침묵한 뒤에 대답했다.

"으응."

난 소녀의 옆에 살짝 앉았다.

"이름이 뭐야?"

"슈라."

"그렇구나. 뭘 찾고 있었어?"

"……네 잎 클로버."

"네 잎 클로버는 왜?"

"쥬크니 아저씨 관에 넣어 줄 거야."

"돌아가셨어?"

"이제 죽을 거니까. 어둠에 좀먹히면 죽여야 한다고 어머니가 말씀하셨어."

뭐라고? 나는 깜짝 놀라서 소녀를 붙들었다.

"어둠에 좀먹히다니?"

내 말에 소녀가 주변을 살폈다. 아무도 없다는 걸 확인하고 날 힐끔힐끔 쳐다보더니 감자칩 바구니를 꼭 끌어안는다.

"다른 사람한테 말하면 안 돼~? 있잖아, 우리는 나쁜 일을 당해서 화가 나면 어둠에 좀먹혀."

"나쁜 일?"

"아탈란의 자식들은 거짓말쟁이라서 우리를 속이고 나쁜 짓을 했어. 그래서 우리는 자식의 자식, 그 자식까지 끔찍한 저주를 안고 살―"

그때였다.

"크아아악!"

끔찍한 비명이 들리자마자 부족민들이 튀어나왔다. 슈라는 감자칩 바구니를 내동댕이치고, 벌떡 일어나 달려갔다. 울타리 대신 밧줄이 쳐진 막사 앞까지 달려가자 부족장 보좌라는 남자가 슈라를 끌어안았다.

"안 됩니다!"

"아저씨! 쥬크니 아저씨!"

"제발, 족장님……!"

"싫어, 아저씨!"

내가 다가가니 부족민들의 얼굴이 굳어지고, 동시에 막사에서 어떤 물체가 기어 나왔다.

"세니아나!"

"아가씨!"

오빠들과 프렌시프의 기사들이 내 앞을 막아섰다. 나는 란슬롯에게 안겨진 채 막사 밖으로 흘러나온 물체를 쳐다보았다. 저것이 무엇인지 난 알고 있다. 아직 반쯤은 인간이지만, 그렇지만, 저건……!

'삿된 자.'

그건 오직 나를 향해서만 기어왔다. 조금씩 다가올 때마다 남은 피부에 균열이 생기고, 소름 끼치는 파열음이 들려왔다. 물체가 밧줄에 가로막혔다. 그러자 소녀의 몸, 아니, 애덤의 몸에 있던 문양이 밧줄에 나타났다.

펑—! 이미 오물이나 다름없던 몸이 뚝, 뚝, 무너졌다. 기사들이 검을 빼 들었을 찰나, 나에게 옷을 주었던 여자가 밧줄을 디디며 뛰어올랐다. 그리고 순식간에 삿된 자의 머리 위로 검을 꽂아 넣었다. 배를 감싼 채 새파래진 얼굴로 검을 들고 있던 바커스가 소리쳤다.

"당신들의 동료가 아니오?!"

"그래서 바하의 위대한 전사로 죽게 해 주었잖소."

"뭐?"

바커스는 주변을 둘러보았다. 부족민들이 모두 가슴에 손을 올린 채 고개를 숙이고 있었다. 마치 묵념하듯이.

"미친, 이런 미친……!"

슈라가 빽 소리쳤다.

"오레레를 욕하지 마! 오레레는 쥬크니 아저씨가 이지를 잃고 모두를 죽이기 전에 우리를 지켜 준 거야!"

"지켜 주다니……."

"완전히 어둠에 먹히면 우리 힘으로는 없애지 못하니까!"

"족장님!"

한순간에 아수라장이 된 마을 안에서 난 생각했다. 이제야 앞뒤가 맞는다. 어째서 11대 후작이 이들을 감금하듯 산속에 숨겨 놨는지.

*     *     *

나와 오빠들은 새벽같이 떠나기로 결정했다. 힘이 어느 정도 돌아와서 포털을 열 수 있었고, 이곳은 더 이상 안전하지 않았다. 부족민들도 우리가 더는 이곳에서 머물지 않길 바라는 눈치였다. 난 오레레의 등 뒤에 붙어 있는 슈라에게 말했다.

"너희 부족, 상단과는 거래하지?"

옷이라든가 주방의 물품, 생필품 같은 것이 있는 걸 보면 아주 가끔 상단이 이곳을 찾는 것 같았다. 슈라는 조그맣게 고개를 끄덕였다. 나는 슈라가 집어던졌던 토파즈와 란슬롯에게 미리 받아 놓은 다이아몬드를 건넸다.

"상단과 거래할 때 내면 될 거야."

슈라는 꾸물꾸물하더니 조심스럽게 물었다.

"약초가 아니어도 받아 줘?"

"약초를 주는 것보다 더 많은 걸 살 수 있어."

"그, 그럼 소나 과자도?"

"응!"

슈라는 조심스럽게 토파즈와 다이아몬드를 받았다.

"다음엔 여기 오지 마, 언니. 위험하니까……."

나는 스스로가 위험하다고 말하는 슈라가 안쓰러워서 얼굴을 조심스럽게 쓰다듬었다.

"잘 지내."

"응."


난 기사들과 오빠들을 영지로 옮겨 주고, 아카데미 기숙사로 이동했다. 그리고 얼른 기숙사 방을 나섰다.

'테스트!'

2차 시험을 대신하는 테스트는 어제였다. 세니아나의 성적은 밑바닥이라 졸업 시험에서 좋은 성적을 내지 못하면 로열 키친에 들어갈 수 없다.

'보충 시험이라도 봐야 해.'

점수는 본 테스트의 반밖에 들어가지 못할 테지만, 그것조차 내겐 너무나 소중했다. 학생들은 삼삼오오 모여 종알종알 이야기를 나누고 있었다.

"미쳐, 정말!"

점심을 함께 먹던 아이들이 벌컥 성을 냈다. 나는 뛰어가다 말고 그들에게 물었다.

"무슨 일이야?"

"셴! 어제 어디 갔었어?"

"어……, 그게…… 몸이 안 좋아서."

"흐음, 너한테는 잘된 일일지도 모르겠다. 어제 시험 취소되었잖아."

"왜?!"

"교수들이 어제 모두 징계를 받아서."

"징계?"

"어제 새벽에 교장이 갑자기 교수들 숙소를 뒤졌대. 반입 금지 물품을 살핀다고."

어제 새벽이라면 내가 도미니크에게 영지로 가야겠다고 말한 후다. 이유를 묻는 그에게 대답도 않고, 급히 떠났다. 나는 눈을 깜빡이며 물었다.

"반입 금지 물품?"

"술 말이야. 원칙상은 금지인데 보통은 눈감아 주거든."

"맞아! 근데 갑자기 교장이 그 일로 징계를 내렸다는 거야! 아무튼 그래서 테스트가 미뤄졌……."

다른 학생이 내게 이야기해 주던 아이의 옆구리를 푹 찔렀다. 도미니크의 부관인 알베르가 우리 쪽을 보고 있었다.

"수업 종이 울렸습니다. 다들 지도 교수에게 가시죠."

"하지만 교수님들은 징계를 받고 계시는데요?"

"이제 풀릴 테니까요."

"예?"

알베르가 나를 빤히 쳐다보며 말해서 난 고개를 갸웃했다. 아이들이 어리둥절한 얼굴로 교수들에게 향하고, 알베르는 내게 다가왔다.

"이번에 써야 할 보고서가 총 몇 장인지 영애는 모르실 겁니다."

"제가 말도 없이 아카데미를 떠나서요?"

"그것도 있지만요. 가시죠, 저하께서 기다리십니다."

"아, 나중에요. 지금은 볼 사람이 있어서."

나는 그렇게 말하고 얼른 에이레네의 숙소로 향했다. 에이레네는 하얗게 질린 얼굴로 한 손을 덜덜 떨고 있었다. 무언가 억지로 참아내는 듯한 얼굴이었다. 방 안엔 약병으로 보이는 것들이 무수히 굴러다니고 있었다.

"……약 올리려는 건가요?"

"……."

"가족을 지켰다고 자랑이라도 하려는 거예요?"

날카로운 목소리에 나는 빙그레 웃었다.

"그것도 있고 돌려줄 것도 있고."

"무슨……!"

짝! 난 에이레네의 뺨을 내리쳤다. 그녀는 비틀거리며 붉어진 뺨을 감쌌다.

"이게 무슨 짓……!"

"이건 우리 오빠 일."

짝! 에이레네의 반대쪽 뺨을 내리쳤다. 비틀거린 그녀가 기어이 바닥에 넘어져 버렸다.

"이건 내 일."

"천박하게……!"

"너, 나를 납치하려는 사람들과 한패지."

"……!"

"아탈란 교."

애덤의 몸에 나타난 문장, 소녀의 몸에 있는 문신, 에이레네가 보낸 암군들에게 있던 문양. 모두가 나를 납치하려는 세력과 관련이 있었던 거다.

아탈란 교는 대륙 전쟁에서 길라게온과 맞섰던 종교 세력이다. 선생님이 선두에 서서 지켰던 종교 말이다. 그들이 슈라의 부족을 실험체로 써서 삿된 자를 만들려고 했던 거다.

*[신의 딸은 삿된 존재의 천적인 동시에 조립자…… 성스러운 힘이 그릇된 방향으로 발동하면…… 삿된 존재는 인력으로 다스릴 수 없는 강대한 어둠이 되어……]*

'인력으로 다스릴 수 없는 강대한 어둠'을 만들려고 했던 거다. 위험이 있어야 종교를 믿는 사람이 늘어날 테니까. 어둠을 소환해서 종교를 더 부흥시키려고 했던 거다.

'대륙 전쟁에서 패배한 이후로는 더 간절해졌겠지.'

그래서 나와 선생님을 납치하는 무리수까지 썼던 거고. 나는 숨을 몰아쉬며 바닥을 노려보는 에이레네를 말없이 응시했다.

\*     \*     \*

집사 마일로가 종종걸음으로 아서의 집무실에 들어왔다.

"아가씨께선 아카데미로 돌아가셨답니다."

"에이레네 사비에르는?"

"아직 아카데미에 있습니다."

아서는 테이블을 툭, 툭, 두드렸다. 가웨인이 무사하고, 세니아
나도 다친 곳 없이 잘 돌아갔다지만 딸의 곁에 아직 불안 요소가 숨
쉬고 있었다. 마일로가 조심스럽게 물었다.

"어찌하실 겁니까?"

"더는 내 딸 곁에 붙어 있을 수 없도록 목을 조여 줘야겠지."

"예?"

"사비에르와 거래하는 상단의 목록을 가져와라."

아서의 눈빛이 가라앉았다.


사비에르 후작은 벌벌 떨리는 손으로 이마를 짚었다. 벌써 열두
군데 째. 열두 곳의 거래처에서 거래 종료를 알리는 서한이 도착하
고 있었다.

"주인님!"

사비에르의 집사가 양피지 꾸러미를 가지고 뛰어 들어왔다. 후
작의 얼굴이 딱딱하게 굳어졌다.

"설마 그것도냐."

"남부의 상단은 전멸입니다. 북부에서도 족족……!"

"빌어먹을!"

모두 사비에르의 가장 큰 거래 품목인 전력석의 거래처였다. 일주
일 전만 해도 물량을 조금만 더 공급해 달라며 애걸복걸하던 인간
들이 어째서 갑자기! 정보부의 행정관이 다급히 방으로 들어왔다.

"보그입니다!"

"뭐라?"

"프렌시프에서 영지 내에만 돌리던 보그를 제국 전역에 풀었습니다! 우리와의 거래를 중단하면 당분간 반값에 공급하겠노라 프렌시프 후작이 직접 약조했답니다."

사비에르 후작이 의자에 주저앉았다.

'에이레네 이 정신 나간 계집애가 가문을 풍비박산 냈구나!'

그렇지 않아도 프렌시프의 전염병 배상금과 에이레네가 포털을 열 수 없었을 당시 타 가문에 낸 배상금으로 가문의 기둥이 몇 개나 날아갔다. 그때, 집사와 행정관의 뒤를 이어 사비에르의 황도 기사단장이 다급히 들어왔다.

"피하셔야겠습니다."

"그건 또 무슨 소리냐!"

"황제 폐하께서 프렌시프의 황도 내 군사 훈련을 허가하셨습니다. 황도 군이 저택 근처에 집결하고 있습니다."

"말도 안 돼! 황도 내 군사 훈련이라니! 그런 전례는 전무후무…… 황제도 보그를 받아 처먹었구나!"

사비에르 후작이 쾅! 테이블을 내리쳤다. 기사단장이 새파래진 얼굴로 말했다.

"훈련을 핑계로 군사를 모아 무슨 짓을 할지 모릅니다."

"설마 폐하의 허가도 없이 나를 죽일까!"

"자식이 죽을 뻔하지 않았습니까. 무슨 짓을 할지 예상할 수 없지요."

"빌어먹을!"

이 와중에 에이레네와는 연락조차 되지 않는다. 몇 번이고 통신을 보냈지만, 번번이 받지 않았다. 기사단장이 마른침을 삼키며 입을 열었다.

"마차를 대기시켜 놨습니다. 가시죠."

사비에르 후작은 거무죽죽한 안색으로 그들을 따라나섰다. 마차에 오른 후작이 손톱을 물어뜯으며 신경질적으로 고개를 흔들었다. 에이레네가 암군을 풀었다는 것을 알고 원로원장을 찾았을 때, 원로원장은 반쯤 정신이 나가 있었다. 다른 원로원은 에이레네를 만나러 간 후로 연락이 되지 않는다고 했다.

'대체 무슨 짓을……!'

원로원은 개인적으로는 걸림돌이지만, 공적으로는 든든한 자문 기관이자 타 귀족들과의 인맥 기반이었다. 그런 자들을 처리하는 게 어떤 위험을 불러올지 모른다는 말인가!

'영지로 돌아가 아탈란의 대사제와 이야기를 나누어야 한다.'

대륙 전쟁 이후 그들의 손이 곳곳에 뻗쳐 있었다. 그들이라면 이번 일을 다시……! 그때 마차가 덜컹! 움직였다. 무슨 일인가 싶어 창밖을 바라보던 후작이 눈을 크게 떴다.

"어, 어르신……!"

납작한 바위에 걸터앉아 있던 나베리우스가 턱짓하자 마차를 둘러쌌던 검은 예복의 기사들이 사비에르 후작을 끌어냈다.

"이, 이것 놔라! 놔!"

후작이 비명을 질러댔다. 어떻게 마차의 이동 경로를 알았단 말인가.

'기사단장과 집사가 산길을 통해 은밀히 움직이겠다고…… 설마!'

사비에르의 기사단장, 집사, 그리고 행정관이 나베리우스 앞에 허리를 굽혔다. 나베리우스는 프렌시프의 기사 칼립스에게 눈짓을 보냈다. 칼립스가 사비에르의 무리에게 절그럭거리는 주머니를 건넸다. 사비에르 후작이 새파래진 얼굴로 소리쳤다.

　"이, 이, 이 개자식들……!"

　나베리우스는 검집을 짚은 채로 천천히 일어났다.

　"어, 어르신……."

　그의 검집에서 스릉, 소름 끼치는 마찰음과 함께 새파란 검날이 드러났다. 목 앞에 검을 겨눈 나베리우스가 실금하는 사비에르 후작을 가만히 쳐다보았다.

　"내가 몹시 언짢구나."

　"사, 살려, 살려 주십……!"

　"가뜩이나 연약한 아이에게 그리 힘을 쓰게 하다니 말이야."

　사비에르 후작이 벌벌 떨며 손을 비볐다.

　"따, 딸을 엄히 벌하겠습니다. 어르신, 이번 일은 저도 정말로 모르는……!"

　"귀한 곳에서 귀한 음식만 먹이고, 귀한 옷만 입히려 하였는데."

　"……."

　"허름한 곳에서 직접 음식을 만들고, 낡아 빠진 옷을 입었다니 이 늙은이 마음이 얼마나 아팠겠는가."

　"여, 영애에겐 제가 사죄를……! 귀한 집과 음식, 옷을 제가…… 컥!"

　순식간에 그의 목에 검이 박혔다. 컥! 단말마와 함께 바르르 떨며 실금한 후작을 나베리우스는 서늘한 시선으로 바라보았다.

"끄, 끄억……."

벌레처럼 꿈틀거리는 그를 보고 나베리우스가 검을 집어던졌다.

"로열 키친에 전해라."

"말씀하십시오."

"사비에르의 딸을 아카데미로 보낸 놈들의 얼굴을 내가 봐야겠다고."

그놈들 눈알을 쑥 빼내 손녀의 놀잇감으로 줄 예정이었다.


나베리우스가 떠나고 사비에르의 기사단장이 후작의 시체를 수습했다.

"어찌할까요?"

"어르신께서 자살로 마무리 지으라 말씀하셨다. 아카데미에 먼저 부고를 보내라."

"그렇군요. 자식들이 그곳에 있으니……."

"그래야 제 아비 죽은 줄 알고 사비에르의 딸이 아카데미를 떠날 게 아닌가."

사비에르의 기사단장은 황당한 눈으로 나베리우스가 앉았던 자리를 쳐다보았다.

'설마 그것 때문에 죽이신 건 아니겠지.'

아무리 그래도 손녀 곁에서 에이레네 사비에르를 떼어 놓는 수단으로 금좌 11석이었던 자를 죽인 것은 아닐 것이다.

─라고 믿고 싶었다.

　　　　*　　　*　　　*

　말을 잇지 못하는 에이레네를 두고서 방을 떠났다.

　'일단은 테스트부터.'

　아탈란은 내가 로열 키친에 들어가길 바라지 않는다. 그 안에 숨겨진 것을 찾아내야만 완전한 안전을 손에 넣을 수 있다.

　내가 학사에 도착했을 땐, 테스트장에 학생들이 모인 상태였다. 시간이 꽤 지난 터라 테스트 준비가 끝난 모양이다. 교수들은 거무죽죽한 얼굴로 지도하는 학생들에게 마지막 조언을 하는 중이었다. 난 테스트장 앞에서 삐딱하게 서 있는 쟝뤼크를 보고 어색하게 웃었다.

　"교, 교수님."

　"말도 없이 출석하지 않은 이유는 내일 묻지."

　난 죽었다……. 그가 쯧, 혀를 차고는 낮은 목소리로 말했다.

　"주어진 재료를 모두 써서 두 접시 이상의 요리를 만드는 것이 테스트 과제다. 고기는 따로 조리하지 말고 베이컨을 만들어라."

　"네, 훈제는 열심히 익혔어요."

　그가 오만하게 턱을 치켜들었다.

　"내 제자는 어째야 한다고 했지?"

　"무조건 일등!"

　쟝뤼크가 조리모를 건네고 문 앞에서 비켜 주었다. 시험을 볼 생각에 심장이 쿵쿵 뛴다.

　'배운 대로만.'

　열심히 했으니까 괜찮아. 난 숨을 크게 들이켜고 내 이름이 붙은 조리대로 향했다.

이윽고 시험 시작. 학생들을 조리대에 놓인 천을 걷었다. 쟝뤼크의 예상대로 딱 베이컨을 하기 좋은 고기가 있다. 그리고 각종 야채와 해산물, 밀가루, 향신료…… 한눈에 담기 힘들 만큼 많은 재료가 있었다. 다른 조리대에서 앓는 소리가 들려왔다.

"다섯 시간 동안 어떻게 이걸 다 하라는 거야!"

시계가 움직이기 시작하자 다들 초조한 기색이었다.

'침착하자.'

식당이 한창 바쁠 땐 혼자서도 한 번에 많은 요리를 만들었다. 나는 머릿속으로 해야 할 일을 하나둘 정리했다.

'일단 베이컨부터.'

쟝뤼크가 맛보게 했던 온갖 양념들을 떠올리고 이 중 가장 적절한 소금과 향신료를 골랐다.


교수들은 조리대를 지나며 하나같이 인상을 찌푸렸다.

"이번에도 로열 키친에 입관시키긴 글렀군."

"어째 다들 하나같이……."

"가르치면 뭘 합니까. 제대로 하는 놈이 없는데."

레아 교수는 빈 아소의 조리대를 보고 한숨을 삼켰다.

'이 녀석이 정말.'

재주가 아깝고, 제 밑에서도 이제 슬슬 로열 키친 입관자가 나왔으면 하는 마음에 손을 내밀었다. 그런데 대체 어디에 정신이 쏙 빠졌는지 모르겠다. 이전엔 싹수는 없었어도, 성실은 하더니 이젠 매일같이 성녀의 숙소만 드나든다고 했다.

'망할.'

셴을 제자로 데려왔어야 했는데. 올해 들어 갑자기 할 마음이 생겼는지 뾸뾸거리는 셴이 귀여워 보였다. 배움에 목말랐던 것처럼 가르치면 가르치는 대로 흡수하고, 본래 과제보다 더한 것을 만들어 냈다.

'일이 년 더 가르쳐서 로열 키친의 권외 시험을 치르게 하려고 했는데.'

그녀가 쟝뤼크를 노려보았다. 엉망으로 반죽한 생면을 보고 인상을 쓰던 쟝뤼크가 뻔뻔한 표정으로 레아를 돌아보았다.

"왜요. 뭐요."

"……재수 없는 놈팡이."

속삭이듯 중얼거린 말을 어떻게 들었는지 쟝뤼크는 대번에 미간을 좁혔다.

"방금 뭐라고 했소?"

"이제 귀까지 먹으셨나."

기욤 교수가 쯧, 혀를 차며 그들 사이에 끼어들었다.

"어허, 신성한 시험장에서 무슨 짓들이오! 꼭 실력 없는 교수들이 입씨름을 하지."

그러고는 은근히 깎아내리는 시선으로 쟝뤼크와 레아를 쳐다보았다. 쟝뤼크는 기욤의 지도를 받는 학생을 흘깃 쳐다보았다. 학생은 야채마다 토치를 쓰고 있었다.

"아주 잘 가르치셨구려. 가뜩이나 부족한 시간을 무척이나 잘 활용하는군."

"아니, 우리 헨델이 어때서! 시험만 보면 다섯 손가락 안에서 밀려난 적이 없는데!"

기욤은 인재를 제자로 들이는 것도 교수의 능력이라며 코웃음을 쳤다. 쟝뤼크가 거만하게 세니아나가 만든 파스타 면을 눈짓했다. 그러자 기욤이 인상을 찌푸렸다.

"뭘, 우리 헨델과 비슷한 실력…… 저거 카펠리니(Capellini: 엔젤헤어라고도 불리는 가는 파스타 면)를 하는 거요?"

레아가 고개를 끄덕였다.

"그렇지. 급하게 만든 베이컨을 단품으로 내는 것보다는 요리의 재료로 쓰는 쪽이 현명하지."

게다가 있는 채소는 모두 쓸 생각을 않고, 육수에 활용하고 있었다. 쟝뤼크는 커흠, 헛기침을 하며 말했다.

"원, 저 녀석도……. 저런 건 가르친 적이 없는데 시험만 보면 그저 두각을 나타내니."

기욤 교수의 얼굴이 왈칵 찌푸려졌다. 레아 교수도 쟝뤼크를 매섭게 노려봤다. 아무리 생각해도 제가 직접 응시원을 빼앗아 와야 했다. 그럼 저런 재수 없는 놈이 뻗대는 꼴은 보지 않았을 텐데……!

시험이 끝나고 난 끙끙거리며 다리를 주물렀다. 다섯 시간 동안 쉴 틈 없이 움직였더니 다리 근육이 찢어질 것 같았다. 다른 학생들도 나와 비슷한 모양인지 죽을 것 같은 얼굴로 팔을 주무르고 있었다.

"성적표는 언제 나오지……."

"내일 오전에 붙는다던데."

"망했네, 나는 망했어! 채소는 하나도 못 썼다고!"

교수들에게 혹평을 받은 학생들은 울먹이고 있었고, 괜찮은 평가를 받은 학생들은 잔뜩 기대 중이었다. 그리고 나는…….

'혹평일까, 호평일까.'

쟝뤼크는 내 요리를 먹으며 고개를 끄덕였지만, 다른 교수들이 얼굴을 왈칵 일그러뜨리며 그를 노려보고 있었다. 혹평 쪽에 가까운 것 같아서 나는 시무룩해졌다.

'아냐, 그래도 시험은 봤잖아.'

못 본 것보다야 낫지. 테스트는 봤으니까 이제 에이레네만 몰아내면 되겠다.

'그 일은 할아버지가 해결하시겠다고 했어도…….'

어쩐지 불안했다. 가웨인을 찾기 위해 영지에 갔을 때 사정을 설명했는데 당장 황도로 옮겨 달라며 성화였다. 벌컥 화를 내니 무서워서 이동시키긴 했지만, 할아버지가 나서기 전에 내가 처리하는 게 마음이 편할 것 같았다.

나는 일단 땀에 젖은 조리복을 갈아입으려고 기숙사로 향했다. 서둘러 가기 위해 인적 드문 지름길로 들어갔다.

"영애."

나는 얼굴을 굳히고 등을 돌렸다. 에이레네가 창백한 얼굴로 나를 쳐다보고 있었다.

"따라와요."

"싫은데요."

"……제가 지금 영애를 참아 주고 있어요."

"그건 나도 마찬가지라."

그녀가 이동시킨 바닷물에 휩쓸려 죽을 뻔한 가웨인을 떠올리면 여전히 울컥 화가 치민다. 마음 같아선 목이라도 물어뜯고 싶었다. 에이레네가 조소를 흘렸다.

"당신은 내가 끝이라고 생각하겠죠."

"······."

"천만에."

그녀가 나를 향해 한 발 내디뎠을 때였다. 우리 쪽으로 사비에르의 기사가 뛰어왔다.

"당장 황도로 귀환하셔야겠습니다."

그녀의 얼굴이 일그러졌다.

"무슨 일이에요."

"주인님께서······."

그가 마른침을 삼키고 굳은 얼굴로 에이레네를 보았다.

"자진하셨답니다."

"······뭐라고?"

에이레네의 동공이 바짝 수축되었다.

"말도 안 돼! 아버지가 갑자기 그러실 리 없잖아!"

"황도 기사단장이 시체를 수습했고, 주인님께서 집사에게 유언을 남기셨답니다."

그녀가 벌벌 떨리는 머리를 쓸어올렸다.

"그럴 리가······!"

기사의 뒤로 조슈아가 달려와 그녀의 손을 잡았다.

"가자."

"조슈아…… 아버지가……."

"놀란 건 알지만 일단은 황도에……!"

"친척들에게서 가문을 지켜야 해! 원로원! 원로원에…… 아, 원로 원은 내가……."

조슈아의 얼굴이 대번에 굳어졌다.

"아버지가 돌아가셨다고! 그게 중요해?!"

"아, 아아……!"

그녀는 사고를 할 수 없는 상태였다. 돌이켜 생각해 보니 이상했 다. 에이레네는 성녀에 걸맞게 자애롭고, 유한 성품을 가졌다는 말 이 각지에서 들려왔다.

지금껏 오만하고, 잔인한 품성을 숨겨 왔다고 해도 이상하다. 그 렇게 교활한 사람이 단번에 무너지는 건 앞뒤가 맞지 않는다. 순간 예전에 들었던 조슈아의 말이 생각났다.

*[그 애는 지금 복용 중인 진통제 때문에 이성적인 판단이 불가능해.]*

'저 애가 먹는다던 약 때문이구나!'

키에엑! 진원지를 알 수 없는 비명이 들리고 쿵! 조슈아가 나무 기둥에 처박혔다. 나무가 술렁이고, 푸드덕! 새의 날갯짓 소리가 적 막을 지웠다.

비틀거리며 일어난 그는 흘러내리기 시작한 에이레네의 얼굴을 보고 말을 잇지 못했다. 그녀의 손목 안 반점이 점점 커지더니 손에 서부터 목 끝까지 온몸이 새카매졌다.

나는 그것을 보고 슈라의 마을에서 삿된 자가 되었던 남자를 떠올렸다. 그와 몹시 비슷한 모습이다.

'에이레네도 그들과 마찬가지로 아탈란의 실험체였던 거야.'

나는 마원을 손에 쥐고 주춤, 뒷걸음질 쳤다.

'멀린.'

귓가에 작은 목 울림이 들려왔다. 그때 에이레네가 어깨를 파르르 떨며 팔을 감쌌다.

"싫어……, 안 돼."

"에이레네!"

조슈아가 그녀의 이름을 외치며 달려가는 것과 동시에 누군가 나를 끌어당겼다.

"저하!"

나를 품에 안은 도미니크가 서늘한 얼굴로 에이레네를 노려보았다. 검은 오물 덩어리 같은 것이 나와 도미니크를 향해 날아왔다. 그는 내 허리를 잡고 신속히 몸을 틀었다. 쾅! 오물에 맞은 나무 기둥이 갈라지며 염산이라도 닿은 것처럼 녹아내렸다.

"흑, 흐윽, 흑."

소름 끼치는 울음소리가 화살처럼 귀 안을 가로지르는 것만 같았다. 눈이 새카매진 에이레네는 검은 눈물을 흘렸다. 목 위로 반점이 핏줄처럼 도드라져 올라오기 시작했다.

"거짓…… 말…… 실험은…… 성공했다고…… 아탈란!"

궤에엑! 지네 다리 같은 것이 나를 향해 날아들기 무섭게 도미니크가 검으로 그것들을 베어 냈다. 하지만 그 하나로 모든 다리를 막아 낼 순 없었다.

"멀린!"

내가 소리치자 마원에서 새하얀 빛이 뿜어져 나왔다. 크르릉! 거대한 사자가 에이레네를, 아니, 삿된 자를 향해 포효했다. 멀린이 순식간에 뛰어들어 앞발로 그녀의 몸을 찍어 눌렀다. 검은 핏줄이 멀린의 발을 향해 몰려들다 주춤, 물러났다.

쾅! 쾅! 빛과 어둠이 마주칠 때마다 날카로운 파열음이 천지를 진동시켰다. 늘어진 촉수가 벌레처럼 꿈틀거렸다. 그러나 완전한 삿된 자가 되지 않은 에이레네의 힘으로는 멀린을 벗어날 수 없었다. 멀린이 삿된 자의 목덜미를 거칠게 물어뜯자ㅡ

"끼아아아악ㅡ!"

끔찍한 비명이었다. 검은 오물이 잡초를 물들이기 시작했다. 순간, 에이레네와 시선이 마주쳤다.

"셴!"

조슈아가 나를 부르는 소리와 함께 쉬익ㅡ! 빠져나온 촉수가 나를 향했다.

"아……!"

눈을 꽉 감고 고개를 숙였다. 그런데 격통이 느껴지지 않았다. 살그머니 눈을 뜨자 어느새 다시 도미니크의 품 안에 있었다. 희미하게 웃는 도미니크를 올려다보았다.

"저하……."

"괜찮아."

다정한 목소리. 상냥한 눈빛. 그리고 촉수에 꿰뚫려 검게 물들어가는 어깨. 그의 등 뒤로 가냘픈 목소리가 들렸다.

"조율자는 내 것······. 조율자······ 도미니크······."

도미니크의 어깨를 꿰뚫은 부분부터 점점 촉수가 굳어지기 시작하더니 종국엔 그녀의 다리, 몸통, 팔이 모두 돌덩이처럼 변했다. 그리고 멀린의 포효와 함께 가루가 되어 사라졌다. 도미니크의 눈꺼풀이 천천히 내려가기 시작했다. 나는 덜덜 떨리는 손으로 그를 끌어안았다.

"저하."

"······."

"저하······!"

뒤늦게 알베르가 달려와 그를 부축했다. 귓전에서 들리는 이 소리가 언제나와 같은 이명인지, 심장이 내려앉는 소리인지 나는 도무지······ 도무지 알 수 없었다.

*  *  *

도미니크는 어두운 길을 걸었다. 악의와 모멸, 스승님의 질책이 등 뒤로 모질게 달라 붙었다. 유년이 꼭 지금과 같았다. 사람을 죽이는 것이 끔찍했던 시절 말이다.

[죽이지 않으면 죽습니다.]

[이 노병(老兵)이 죽어도 저하께선 시체를 방패 삼아 적군을 죽이셔야 합니다.]

'알고 있어, 빌어먹을 늙은이.'

결국은 그리했다. 죽은 스승의 시체를 방패 삼아 전장에서 승리했다. 승리의 보상은 자신을 키운 스승의 시체조차 묻어 줄 수 없는 허무였다.

*[나는 다 알아. 친구가 있는 걸 보면 이건 꿈이지?]*

검은 머리의 깡마른 여자애가 움찔움찔 눈치를 보며 뒷걸음질 쳤다. 아주 어릴 적 자주 꾼 꿈에서 나온 여자애였다. 저보다 더 깡마르고, 저보다 더 털을 바짝 곤두세우고 주변을 경계했다. 그런 주제에 그의 팔에서 흐르는 피를 보고 걱정을 숨기지 못했다.

*[아파······?]*

'몰라.'

*[거짓말. 아파 보이는데······.]*

'글쎄.'

상처를 고통스럽다고 느꼈던 적이 아주 오랜 옛날의 일이라 잘 모르겠다.

*[우리 선생님이 그랬는데······ 아프면 아프다고 해도 된다고······.]*

제 스승님은 아프다고 호소하면 검집으로 머리를 후려쳤다. 도미니크는 우물쭈물하며 포르르 다가오는 아이의 머리를 쓰다듬었다. 이 녀석을 찾아 헤매던 시절이 있었다. 아이와 꼭 닮은 미소를 짓는 여자를 찾기 전까진 그러했었다.

"저하······."

꿈속으로 스며든 목소리에 도미니크는 빙그레 미소지었다. 가야겠다. 그녀가 걱정하기 전에.


눈을 뜬 도미니크는 침대 끄트머리에 기대 잠들어 있는 세니아나를 보고 픽 실소를 흘렸다. 얼굴이 눈물 자국으로 온통 엉망이었다.

"이미 걱정시켰나 보군."

"맞습니다."

문가에 서 있던 알베르가 옅은 한숨을 내쉬었다.

"그걸 못 피하십니까. 전장에서 구른 세월이 아깝군요."

밉살맞은 말에 도미니크는 대꾸 없이 몸을 일으켰다. 세니아나를 조심스럽게 침대에 눕히고서야 알베르를 돌아보았다.

"에이레네 사비에르는?"

"혈육이 자살로 종결짓자고 하더군요."

"개소리. 괴물로 변해 신수의 손에 죽었다는 것을 제국 전역에 퍼뜨려라."

알베르는 기가 찬 헛웃음을 흘렸다. 속이 빤하다. 에이레네가 세니아나와 동일 선상에서 언급되는 게 싫은 것이다.

"몸은 어떠십니까."

도미니크는 셔츠 안을 살폈다. 검게 물들었던 부근이 어느새 문양에 뒤덮여 사라졌다.

"늘 마찬가지지."

전장에서 부상당했을 적에도 이러한 문신이 생기고, 금세 회복했다. 그때는 신관 어미로부터 물려받은 정화 능력이 회복에 영향을 미친다고 생각했었다. 하지만 —

'조율자.'

에이레네 사비에르는 분명 자신을 조율자라 불렀다.

"알베르. 조율자라는 것을 조사해 둬라."

"이미 정보 길드에 접촉했습니다. 치료는 더 받지 않으셔도 되겠습니까."

"그래."

"영애가 걱정을 덜겠군요."

도미니크는 끙끙거리는 세니아나의 머리를 다정한 손길로 쓰다듬으며 입꼬리를 슬쩍 올렸다.

"당분간 일정을 취소해라."

"몸은 괜찮으시다지 않았습니까."

"엄살을 피울 예정이니까."

알베르는 뻔뻔한 표정의 도미니크를 보고 실소를 흘렸다. 제 주군이 언제 저렇게 교활해지셨는가.

'흠.'

그것도 며칠 못 가겠지만.

그는 손에 들린 3차 시험 심사자의 신상 명세를 보고 야비하게 웃었다. 프렌시프의 어르신이 얼마나 로열 키친을 발칵 뒤집었는지, 몇 시간 만에 3차 시험 심사자가 결정되었다. 도미니크보다 더 교활한 남자로.


나는 울먹이며 도미니크를 쳐다보았다.

"아파요? 많이 아파요?"

"걱정할 정도는 아닙니다."

"하지만 어깨가 꿰뚫렸는데……."

나 때문에 다친 도미니크를 두고 잠들어 버리다니. 멀린을 불러

냈더니 몸이 말이 아니었다. 어쩔 수 없이 쓰러지듯 눈을 붙인 거라곤 하지만, 정말로 미안했다. 도미니크는 침대 헤드에 기대 내게 손을 뻗었다.

"화는 다 풀린 겁니까?"

"화? 아, 에이레네가 저하를 안았지요……."

"등에 부딪친 거죠. 삿된 자가."

"끌어안은 거잖아요."

"접촉 사고 같은 겁니다."

"아무튼! 그게 중요한 게 아니라 몸이……!"

나는 알베르를 보고 왜 의사를 얼른 데려오지 않느냐고 닦달했다. 그러자 알베르는 도미니크를 쏘아보다가 어색하게 웃었다.

"영애가 잠드셨을 때 왔다 간 것으로 하지요."

"네?"

"진료하고 돌아갔습니다."

나는 다시 도미니크를 보았다.

"의사는 괜찮다고 하나요?"

"당분간 요양해야 하지만요."

"그렇구나……. 제가 도와 드릴게요!"

"괜찮습니까?"

도미니크가 고개를 모로 꼬고 묻기에 나는 냉큼 고개를 끄덕였다.

"테스트도 끝났고, 이제 에이레네도 없으니까 3차 시험 심사자가 올 때까지는 한가해요!"

"그럼 부탁할까요."

"네, 네."

나는 도미니크를 얼른 눕히고, 알베르가 가져온 사과를 샥샥 깎아서 접시에 잘 놓았다.

"입맛 없어도 드세요. 그래야 얼른 나을 거예요."

"아."

그가 입을 벌렸다.

"……제가 먹여 드려요?"

"요양을 도와준다고 하지 않았습니까?"

"……."

사과를 먹여 주는 것쯤은 어려운 게 아니지만. 나는 알베르를 흘 깃 쳐다보았다. 그는 도미니크를 어처구니없다는 표정으로 보다가 고개를 절레절레 흔들었다. 그러곤 허리를 깊게 숙였다.

"저는 이만."

왠지 쫓아낸 것 같은 기분이라 민망해하고 있는데 도미니크가 다시 말했다.

"어서요."

"어리광쟁이 같아요."

"안 됩니까?"

"환자는 괜찮아요."

도미니크에게 사과를 물려주자 그가 내 손까지 살짝 깨물었다. 눈을 크게 뜨니 픽 웃고는 내 눈을 문질렀다.

"눈이 부었습니다."

"그야 걱정했으니까."

순식간에 거리를 좁힌 그가 내 눈에 쪽, 입 맞췄다. 나는 얼굴이 발그레해져서 슬쩍 물러났다.

"그, 시, 식사…… 제대로 된 식사를 하셔야죠. 제가 만들어 올게요."

내가 일어서려고 하니까 도미니크가 제 어깨를 쥐었다. 난 화들짝 놀라서 얼른 다시 앉아 그를 올려다보았다.

"역시 아픈 거지요! 의사가 돌팔이인가 봐!"

"옆에 있어 주시면 좋겠습니다."

"네!"

"사과도 계속 먹여 주고."

"네!"

"가끔 입도 맞추고."

"……네?"

내가 눈을 동그랗게 뜨자 그가 나를 쳐다보며 윽, 하고 신음을 뱉었다.

"알겠어요!"

그가 내 쪽을 향해 살짝 얼굴을 기울여서 나는 우물쭈물하다가 눈을 꽉 감고 쪽, 입 맞췄다. 도미니크가 입꼬리를 씩 올렸다.


나는 어리둥절한 표정으로 터덜터덜 걸었다.

'이게 진짜 요양을 돕는 건가?'

내가 한 거라곤 사과를 먹여 주고, 함께 책을 읽고, 종알종알 떠들다가 그가 얼굴을 내밀면 눈이나 볼, 코에 입 맞추는 것뿐이었다. 의아해하면서 걷는데 기숙사 앞에 익숙한 인영이 보였다.

'조슈아.'

핏기없는 얼굴과 깊게 가라앉은 눈동자를 보고 난 잠시 침묵했다. 그러자 조슈아가 먼저 다가왔다.

"줄 것도 있고, 부탁할 것도 있어서."

"뭔데?"

조슈아는 내게 무언가를 내밀었다. 에이레네의 팔찌에 달려 있던 포털 마원이었다.

"이걸 왜?"

"언젠가 네가 쓸 일이 있을지도 모르니까."

내가 머뭇거리니 그가 직접 내 손 안에 마원을 올려 주었다. 에이레네의 마원이 닿자마자 작은 동물이 기지개 켜는 듯한 소리가 들렸다. 흠칫 놀라서 마원을 보다가 다시 조슈아에게 시선을 돌렸다.

"부탁은 뭔데?"

"날 황도로 보내 줘. 아버지와 동생의 장례는 치러야 하니까."

"……."

"염치없는 부탁이라는 건 알아. 보답할 거다. 사비에르 후작이 되어서."

"원하지 않잖아. 다른 곳으로 보내 줄 수도 있어. 길라게온이 아닌……!"

"남겨진 것들에겐 죄가 없으니 지키러 가야 해."

"하지만……."

"멍청이."

그는 쓰게 웃었다.

"누가 누굴 걱정해."

"어?"

그가 어떤 책으로 내 이마를 툭 쳤다.

"시험, 잘 봐라."

책을 펼친 난 눈을 동그랗게 떴다. 이건 조슈아의 레시피 수첩이었다. 요리사에겐 천금과 같은 재산이라 난 당황해서 그를 쳐다보았다.

"아소."

"조슈아지."

"못 받아. 이건 네게 소중한 거잖아."

"더 소중해질까 봐 도망치는 거다."

그가 나를 빤히 바라보며 또 한 번 낮은 목소리로 중얼거렸다.

"소중해질까 봐."

나는 쉽사리 대꾸할 수 없었다. 그가 얼마나 큰 정열을 요리에 품었는지 알고 있기 때문이었다. 조슈아는 고개를 떨군 내게 손을 뻗으려다가 다시 주먹을 말아 쥐었다.

나는 조슈아를 황도로 이동시켜 주었다. 떠나는 그를 보는 내내 마음이 좋지 않았다. 한숨을 내쉬고 기숙사로 돌아왔다. 자꾸만 우울해질 것 같아서 다른 생각을 하기로 했다.

'아빠의 생일 선물.'

란슬롯, 가웨인과 함께 논의하려고 프렌시프 영지로 통신을 연결했다.

[예, 아가씨.]

집사장이 받기에 나는 고개를 갸웃하고 물었다.

"오빠들은?"

[잠시 영지를 떠나셨습니다.]

"무슨 일 있어?"

[큰일은 아닙니다.]

"할아버지도 황도에 계시는데 괜찮을까……."

통신석에서 마담 버지니아가 고함을 지르는 소리가 들려왔다. 어르신이 안 계신다고 일을 이따위로 하는 거냐는 둥, 그런 꼴은 내가 못 본다는 둥.

[ㅡ이런 상황이라.]

"으음, 든든하네."

[그렇죠. 그런데 무슨 일이십니까?]

"아니야. 오빠들에게 직접 얘기할게."

[예.]

통신을 종료하고 나는 턱을 괴었다.

'생신이 열흘도 안 남았는데 어쩌지.'

그런 생각을 하며 베개에 푹 기댔다. 그런데 꾸앙ㅡ! 자꾸만 에이레네의 마원에서 시끄러운 소리가 들렸다. 그러자 멀린의 마원이 위협하듯 크르릉거려서 깜짝 놀랐다. 에이레네의 마원은 기죽은 듯 금세 조용해졌다.

'뭐야, 무서워.'

나는 마원들에 살짝 손수건을 덮어 책상 위에 놓고 씻으러 갔다.

방 안에 있는 작은 욕실에서 씻을까 했는데, 오늘은 따뜻한 물에 들어가고 싶어서 공용 욕실에 갔다. 스위트피가 옷을 벗다가 나를 보며 아는 체를 해 왔다.

"센! 안녕?"

"안녕!"

"들어갈 거야?"

"응."

"그럼 같이 가자."

다른 애들도 나와 함께 씻자며 다가왔다. 나는 애들과 함께 서로 등에 거품칠을 해 줬다. 그리고 따뜻한 물 안에 들어가 헤롱헤롱한 목소리로 고맙다고 말했다. 여자애들이 무슨 소리냐는 듯 나를 쳐다봤다.

"함께 목욕해 줘서……."

"센은 별 걸 다 고마워한다니까~! 왜? 또 뭐 하고 싶은데? 다 해 줄게!"

"정말로?"

스위트피가 껄껄 웃으며 고개를 끄덕였다.

"뭐든."

"그, 그러면 같이 요구르트 마셔 줄래?"

"요구르트?"

"음, 요거트!"

"그게 뭐 어렵다고. 두 잔도 마셔 주지."

애들은 천사인가 봐……. 나는 상냥하고, 친절하고, 다정한 학우들에게 엄청 감동했다.


다음 날 아침, 난 오전 수업 전에 도미니크를 간병하기 위해 그의 숙소로 갔다. 어제 스위트피를 비롯한 여자애들과 함께 만든 요거트를 그에게 건네고 종알종알 떠들었다.

"—그래서요, 어제 목욕은 정말로 좋았어요."

도미니크는 발그레해진 내 뺨을 보고 픽 웃었다. 그러곤 다크서클이 무릎까지 내려온 것만 같은 알베르에게 말했다.

"공용 욕실을 개축해라."

"……여기서 제게 더 일을 시키시겠다고요?"

"당장."

도미니크의 말에 알베르는 소리 없이 절규했다.

"저하, 부관은 소중하게 여기셔야 하잖아요."

저러다가 과로사하면 어쩌려고. 내가 짐짓 엄한 목소리로 말하자 알베르의 얼굴이 단숨에 밝아졌다.

"맞습니다. 누가 게으름을 피우셔서 아카데미 일도 다 제 몫이 되었습니다, 영애."

"으음, 하지만 이번엔 저하가 아프시니까 어쩔 수 없지요."

"그건 다 사기……!"

픽! 알베르의 옆으로 포크가 박혔다. 나는 깜짝 놀랐고, 도미니크는 "이런." 하며 손목을 털었다.

"아직 몸이 다 낫지 않아서 조절이 어렵군요."

"네?"

"얼굴에 꽂아 버리려고 했는데."

그런 무서운 소리를!

"왜 그렇게 거칠게 애정 표현을 하세요……."

나는 질린 목소리로 말했다. 알베르가 새하얗게 질려서 웅얼거렸다.

"그게 아니라 협박……."

뭐라고 막 웅얼거렸는데 제대로 들리지 않았다. 무슨 말인지 물어볼까 했지만, 알베르가 내 뒤에 도미니크를 보더니 허겁지겁 문을 나섰다.

"저, 저는 그만 ─ !"

"……?"

다시 도미니크를 돌아보자 그는 다정하게 웃었다.

"산책하러 갈까요?"

"하지만 사람들이 보면 안 되잖아요."

"근방 숲에 출입을 통제해 놨습니다."

"그래도……."

그가 다시 자신의 어깨를 잡는 모습에 나는 펄쩍 뛰며 가자고 말했다. 도미니크가 픽 웃고 내게 손을 내밀었다. 난 혹시라도 숲에 가는 걸 누가 볼까 봐 포털로 이동했다. 이제 가을이라 바람이 선선한 데다, 숲이 조금씩 붉게 물들고 있어서 산책하기 딱 좋았다.

"나오길 잘했다."

내가 그렇게 중얼거리니 도미니크는 빙그레 미소지었다.

"손잡을 영광을 주시겠습니까, 레이디."

"그런 거 안 어울린다니까요?"

"로맨틱한 쪽이 취향이라기에."

"정말……."

나는 새초롬하게 그를 보고 덥석 손을 잡았다. 우리는 한가로이 걸었다. 도미니크의 손은 따뜻하고, 풍경은 예뻐서 자꾸만 가슴이 콩닥콩닥 설렜다.

"저하."

"예."

"있잖아요……."

내가 시무룩한 목소리로 말하자 도미니크는 걸음을 멈추고 나를 쳐다봤다.

"무슨 일인가요?"

"조슈아요. 아, 아소인데 원래 아카데미 학생."

"압니다."

"후작이 되어야 해서 요리는 하지 않기로 했나 봐요."

"그렇습니까."

"제가 저하와 이어지면 저도 요리를 할 수 없게 되겠지요? 황자의 아내니까."

"그럼 황자의 권리를 포기하죠."

난 눈을 동그랗게 뜨고 그를 보았다.

"그래도 돼요?"

"예."

"하지만 그러면 공작님이 되시는 게 아닌가요? 올리비에 공작처럼."

나는 '저렇게 쉽게 포기할 수 있는 건가, 황족의 권리라는 게…….' 생각하며 그가 놓지 않은 손을 조금 더 꽉 잡았다.

"작위가 있다고 대외 활동을 무조건 해야 하는 건 아니니까."

"그럼요?"

"저는 살림을 하겠습니다."

나는 킥킥 웃으며 그를 쳐다봤다. 가정주부가 된 도미니크는 상상하기 어려웠다.

"빨래는 할 줄 아세요?"

"배우겠습니다."

"설거지는?"

"그릇을 물에 씻어 내는 건 종기사 시절에 해 봤습니다."

"잘하셨어요?"

"두 번은 시키지 않더군요."

"음, 제가 돈을 많이 벌어야겠네요. 사용인들이 필요하겠어요."

그렇게 말하니 그는 어깨를 으쓱했다.

"돈을 많이 가지고 청혼할 테니 됐습니다."

그가 나를 살짝 끌어안았다. 나는 따뜻한 품에 얼굴을 비비며 그의 등을 꼭 껴안았다. 이런 실없는 이야기를 이 남자와 오래오래 함께하고 싶었다.

\* \* \*

도미니크는 말간 눈으로 자신을 보는 세니아나를 내려다보았다.

그녀와 나눈 모든 이야기는 농담이 아니었다. 원하는 건 뭐든지 해 주고 싶다. 가정주부가 아니라 황제가 되어 달라 한다면 황위를 찬탈하리라. 언제부터였을까. 이 사람의 바람에 인생을 걸고 싶어진 건.

도미니크는 그녀의 뺨을 가볍게 감싸고 천천히 그녀에게 다가갔다. 세니아나의 눈꺼풀이 조금씩 내려갔을 때였다. 목에 걸린 그의 통신석이 깜빡깜빡 점멸했다. 도미니크가 받지 않자 그녀가 고개를 번쩍 들었다.

"안 받으세요?"

"됐습니다."

"하지만 급한 일일 수도 있잖아요."

미카엘이 반역을 일으켰다는 말 외엔 이 상황에서 더 급한 일은 없다. 도미니크는 소리 없이 혀를 차고 통신석을 조작했다.

[저하.]

"용건."

[3차 시험 심사자가 도착했습니다.]

킬킬거리는 야비한 웃음소리가 통신석에서 흘러나왔다.

[3차 시험 심사자로 오신 프렌시프 경이 영애를 뵙길 청하십니다.]

뭐? 도미니크가 미간을 좁히기 무섭게 세니아나는 번쩍 고개를 들었다.

"오빠는 어디 있어요?"

[교장실에 계십니다.]

세니아나는 환히 웃고 포털을 열었다. 도미니크와 함께 단숨에 교장실로 이동했다. 란슬롯이 빙그레 웃으며 소파에서 몸을 일으켰다.

"오빠!"

그가 팔을 벌리자 세니아나는 냉큼 달려갔다.

"잘 있었어?"

"네."

"사비에르의 성녀가 괴물이 되었다던데."

"다치진 않았어요. 하지만 저 대신 저하가……."

세니아나가 우울한 표정으로 도미니크를 바라보았다. 란슬롯이 화사하게 웃으며 도미니크에게 고개를 살짝 숙였다.

"프렌시프의 보물을 구해 주셨으니 마땅히 감사 인사를 드려야겠죠. 돈으로 보상하겠습니다."

"돈은 차고 넘쳐서. 다른 것으로 받죠."

"보그를 보내겠습니다."

"그 또한 마음에 차는 선물은 아닙니다, 형님."

"과분한 호칭 거두십시오."

"전혀. 존경하고 있다 말씀드리지 않았습니까."

"그 존경은 다른 분께 넘기죠. 르마르 영식이라던가."

도미니크가 고백을 거절했던 영애의 가문이었다.

"르마르? 어디서 들어본 것 같은데……."

세니아나가 침음을 흘리던 차에 문이 벌컥 열리더니 가웨인이 들어왔다.

"마차로 기숙사를 부숴 먹었다."

알베르의 얼굴이 새하얘졌다. 한 치만 벗어나면 과로사가 눈앞에 있는데 뭘 부쉈다고? 가웨인이 소파에 앉아 다리를 꼬고는 태연하게 오른손을 들어 올렸다.

"아주 송구하다."

그러자 란슬롯이 곤란한 얼굴로 중얼거렸다.

"이런. 다시 지어야겠군요."

"내 실수니 돈은 이쪽에서 내지."

"업자들도 저희 쪽에서 부르겠습니다."

알베르는 허허 웃으며 사직해야겠다고 생각했다.

*　　*　　*

황후는 초조한 기색을 숨기지 못하고 머리를 거칠게 쓸어올렸다. 사비에르 후작은 자진했고, 에이레네 또한 괴물이 되어 명을 달리했다는 소식이 제국 전역을 뒤덮었다.

'내 아들의 혼약자가 괴물이 되었다고⋯⋯!'

그때 황후궁의 시녀장이 방 안으로 뛰어 들어왔다.

"폐하!"

황후가 다급히 시녀장을 붙들었다.

"거짓이지? 그렇지? 에이레네가 그리 죽을 리 없다!"

마지막으로 보았던 그 애는 언제나와 같았다.

  [저를 동부 아카데미로 보내 주세요. 폐하께서 원하시는 바를 제
  손으로 이뤄드리겠습니다.]

차분하고 자신만만한 어조. 품격 있는 태도와 우아한 눈빛. 어디에서도 흉물스러운 기색을 찾아볼 수 없었다. 시녀장이 새파래진

얼굴로 속삭였다.

"도미니크 황자가 괴물이 된 사비에르 양을 처리하였답니다."

"말도 안 돼! 도미니크의 계략인 것이다! 거짓이야!"

"아발론에 사비에르의 장자가 들어 괴물이 된 것을 직접 목격하였다 증언하였습니다."

"사비에르의 장자?"

"조슈아 사비에르입니다. 마침 동부 아카데미에 있던 모양입니다. 로열 키친에서 재학생 명단을 확인했는데 사실이었습니다."

"정신 빠진 놈! 제 오라비가 시체에 먹물을 뿌리는구나!"

쾅! 테이블을 내리친 황후가 이를 악물었다.

\*　　　\*　　　\*

중앙탑(금좌 11석의 회의가 이뤄지는 길라게온 권력의 중추).

아서는 나른한 표정으로 중얼거렸다.

"그래서."

아서와 언쟁을 벌이던 라가세 백작이 흠칫하여 인상을 찌푸렸다.

"프, 프렌시프 영애와 엮이면 매번 당황스러운 일이 생기지 않소. 콜린 백작도……!"

"약쟁이가 약을 하다 실성한 것이 내 딸과 무슨 상관이지."

"동부에 가기 전까진 멀쩡하던 인사요!"

"샤르파크 후작의 생각도 그런가."

아서는 금좌 11석 중 유일하게 콜린 백작과 친분이 있는 샤르파크 후작을 쳐다보았다. 그가 양손을 들어 올리며 난색했다.

"나는 그 얘기에서 빼 주시오."

그러자 오만하게 다리를 꼬고 있던 나베리우스가 눈썹을 까딱 들었다.

"여기서 공을 빼면 어찌해. 그 약이 누구 손에서 나왔겠는가."

샤르파크 후작의 이면이 어둠의 세계를 주름잡는 마약왕이라는 건 금좌 11석 사이엔 공공연한 비밀이었다.

'빌어먹을.'

콜린 백작이 약의 공급량을 늘려달라 애걸할 때부터 찜찜하더라니. 실성한 콜린이 약에 중독되어 객사한 일로 황제가 마약 유통을 본격적으로 단속하기 시작했다.

'이 시점에서 프렌시프와 척을 지면……'

아서와 나베리우스가 마음에 안 들긴 하다만, 지금은 달리 도리가 없었다. 샤르파크 후작은 관자놀이를 주무르며 신경질적인 어조로 말했다.

"콜린 백작이 생전에 약물을 대량으로 사들였다는 이야기를 들은 것도 같군. 스스로 사들였으니 영애와 연관 지을 일이 아니지."

그제야 아서가 시선을 돌리고 라가세 백작을 쳐다보았다.

"더 할 말은?"

"하면 사비에르 영애의 일은 어떻게 설명할 거요! 길라게온의 수선화라 불리던 이가 어찌 타지에서 괴물이 되어 죽는단 말이오!"

"그건 사비에르 후작의 시체에 대고 묻든가 하시지."

"하지만 동부 아카데미에서 난데없이 일어난……!"

백작이 소리치자 아서가 가라앉은 눈빛으로 회의장을 둘러보았다.

"그러니까."

"……."

"나도 에이레네 사비에르가 왜 하필 괴물이 되기 직전에 내 딸이 있는 동부 아카데미로 내려간 건지 몹시 궁금해."

그러자 이때까지 침묵하던 르마르 공작이 마른침을 삼켰다. 로열 키친을 들쑤셔서 에이레네를 심사자로 보낸 건 그였다.

'젠장, 황후의 청을 들어주는 것이 아니었는데.'

줄을 잘못 잡았다. 이번 일에 엮이면 가문의 기둥이 몇 개가 날아갈지 모른다. 그가 헛기침하며 말했다.

"라가세 백작은 왜 그리 프렌시프 영애를 물고 늘어지는 거요."

"내가 무슨……!"

"프렌시프 양은 우연히 동부 아카데미에 있었을 뿐이지 않소. 사비에르의 성녀가 사실은 괴물이었다, 한마디로 정리하면 될 일을 왜 이리 어렵게 만든단 말이오."

"아니, 이 사람이……!"

"이미 조슈아 사비에르가 직접 목격하였다고 증언하지 않았소. 혈육이 확인했다는데 여기서 더 물고 늘어질 까닭이 없네."

두 사람의 설전을 지켜보던 나베리우스는 입꼬리를 느른히 끌어당겼다. 조슈아 사비에르는 말이 통하는 녀석이었다.

[네 혈육이 벌인 일이니 네가 수습해야겠지. 내 칼에 부자의 피가 차례로 묻는 건 서로에게 유쾌한 일이 아닐 거다.]

[협박하지 않으셔도 압니다. 이미 퍼진 소문이라면 모두에게 득이

되는 쪽으로 움직이겠습니다.]

나베리우스가 탁자를 내리쳤다.

"내 손녀를 모욕하고 싶다면 장갑부터 던지게."

아서가 목을 주무르며 가볍게 덧붙였다.

"결투에 걸리는 건 명예가 아닌 명줄이라는 것을 명심하고."

아서와 나베리우스의 협공에 다른 금좌들은 별다른 소득을 얻지 못하고 입을 다물어야 했다.


회의가 파하고 프렌시프 부자가 돌아간 뒤. 라가세 백작이 회의 장에 마지막까지 남은 남자를 보고 흠칫, 어깨를 좁혔다.

"고, 공······."

남자의 시선이 라가세 백작을 향해 돌아가자 그는 황급히 무릎을 꿇었다.

"소, 송구합니다. 다음 일은 절대로 그르치지 않도록 잘 단속하 겠습니다."

"그래야 할 것이다. 그 목, 온전히 붙여 놓고 싶다면."

남자가 가라앉은 눈으로 창밖을 바라보았다.

"아타르의 사신으로 줄리아 리올이 오는 것은 확실하겠지?"

"물론입니다."

"확실히 마음을 얻어야 한다. 그 늙은이가 황제와 들러붙으면 골 치 아파질 테니."

"예, 옛! 이미 늙은이가 쥔 것을 무슨 수를 써서라도 손에 넣겠습 니다."

라가세 백작이 깊이 허리를 숙였다.

\* \* \*

나는 기가 막힌 얼굴로 부서진 기숙사 외벽을 바라보았다.

'정말로 부쉈잖아.'

학생들은 꺅꺅거리며 양 볼을 감쌌다.

"교장이 황자라 좋기는 하네. 프렌시프 경들이 다 오시고!"

"란슬롯 님은 정말 소문처럼…… 아아."

여자애들은 란슬롯을 말하며 앓는 소리를 뱉었고, 남자애들은 가웨인을 부르짖었다.

"크―! 내 눈으로 동부 최고의 기사를 보다니."

"생각했던 것처럼 끝내주지는 않던데. 얄쌍한 게."

"그게 다 실전으로 다져진 근육이라는 거 아니냐!"

아이들이 떠드는 소리에 나는 어리둥절했다.

'사실은 그렇게 멋지지 않은데.'

가웨인만 해도 마부 없이 혼자 마차를 몰다가 이 사달을 내지 않았는가.

"테스트 성적 붙었다!"

그때 누군가 소리쳤다. 학생들이 우르르 뛰어갔고, 나도 허둥지둥 게시판으로 향했다. 난 기도하듯 양손을 맞잡고 눈을 감았다.

'제발.'

10등 안에만 들면 돼! 그렇게만 되면 로열 키친 입관이 꿈만은 아니었다. 살짝 실눈을 떴다.

[수석, 셴]

'선생님!'

나는 양손으로 입을 틀어막고 소리 없이 비명을 질렀다.

'교수들의 반응이 좋지 않아서 걱정했는데 정말 다행이야.'

싱글벙글해서 성적 명단을 바라보고 있는데 주변에서 헉, 숨을 들이켜는 소리가 들려왔다. 란슬롯과 가웨인이 교수들과 함께 걸어오고 있었다. 란슬롯이 빙그레 웃으며 중얼거렸다.

"시험 결과인가 봅니다."

"그렇습니다."

"수석이 셴, 이라. 귀여운 이름이군요."

아니, 저 오빠가!

나는 혹시라도 내가 오빠들의 동생이라는 걸 들킬까 봐 겁이 나서 꼴깍 마른침을 삼켰다. 레아 교수가 빙그레 웃으며 말했다.

"이름만큼 귀여운 학생이지요. 습득력이 빠르고, 성실해서 가르치는 보람이 있습니다."

가웨인이 작게 감탄하며 고개를 끄덕였다.

"영리하고, 착하고, 성실하고, 사랑스럽고, 뭘 해도 귀엽다니 어떤 사람인지 보고 싶군."

"그렇게까지 말씀드리진 않았습니다만……."

"그러니까 보자고. 어떤 사람인지."

나를 발견한 교감이 흐뭇하게 웃으며 손짓했다.

"셴."

"……네, 교수님."

"이리 오렴."

학생들이 부러운 듯 나를 주목해서 정말로 쥐구멍에 숨고 싶어졌다. 란슬롯은 교수들에게서 시간을 빼앗고 싶지 않다며 나와 따로 걷고 싶다고 했다.

"하지만 괜찮으시겠습니까?"

"심사자보다 학생들을 우선하시죠."

"세상에나."

교감과 교수들은 감동한 얼굴이었고, 나는 그의 뻔뻔함에 한숨을 삼켰다. 교수들이 떠나고 우리 남매는 함께 교내를 걸었다. 사람들이 없는 곳에 이르러서 오빠들을 쳐다보았다.

"정말로 3차 시험을 오빠들이 심사하시는 거예요?"

"그런데?"

가웨인이 뻔뻔한 표정으로 말했다.

"그건 부정행위잖아요."

"좋은 성적을 주겠다고 한 적 없는데?"

"가족이 심사하는 것부터 문제라고요. 제가 졸업하고 나면 다들 신분을 알 테니 여기저기서 말이 나올걸요?"

학부모 상담 때 내 신분을 안 교수들이 깡그리 쫓겨나서 망정이지 아니었더라면 벌써 소문이 났을 거다. 란슬롯은 빙그레 웃으며 말했다.

"그 문제라면 걱정하지 마."

"네?"

"말이 안 나오게 할 방법이야 많으니까."

여느 때처럼 환하게 웃고 있는데 어쩐지 오싹하게 느껴졌다. 내가 고개를 갸웃하고 있으니 가웨인이 씩 웃었다.

"내일은 주말이니 쉬겠군."

"그렇긴 한데……."

"나가자."

"우리끼리요?"

"그래."

"안 돼요."

나는 그들에게서 조금 떨어져 미간을 좁혔다.

'누가 보면 어떻게 해.'

가웨인이 눈썹을 까딱 들어 올렸다.

"그럼 어쩔 수 없군."

"네?"

"셴 양은 이번 시험 꼴찌인 걸로."

"비겁해!"

내가 울상을 지으며 란슬롯을 쳐다보자 그가 어깨를 으쓱했다.

"그건 안 되지."

역시 란슬롯! 활짝 웃으려고 했는데 그의 말이 이어졌다.

"꼴찌는 눈에 띄니 하위권 정도로 해야 —"

"안 돼요!"

내가 울상을 지으니 가웨인이 허리를 굽혀 나와 시선을 맞추고 빙글빙글 웃었다.

"가 주면 제대로 심사해 줄 수도 있고."

"치사해요……."

란슬롯이 쿡쿡 웃고는 내 머리를 쓰다듬었다.

"아버지 생신 선물도 살 겸."

"아, 아빠 선물이요?"

"사람들 눈을 피할 수 있는 방법이 있으니까 걱정하지 마."

어쩐지 불안했지만, 아빠의 선물은 사야 했다. 난 조그맣게 고개를 끄덕였다.


다음날, 나는 오빠들과 함께 이동했다. 그곳은 아카데미 근처에서 가장 큰 잡화상이었는데, 판타지 게임에 나올 것 같은 커다란 2층 오두막이었다.

'그런데 왜 아무도 없을까?'

내가 어리둥절한 눈으로 란슬롯을 보니 그는 잘됐다며 나를 끌고 상점 안으로 들어갔다.

"생신 선물은 뭐로 할 거야?"

"으음, 그걸 잘 모르겠어요. 다른 애들은 모자 같은 것을 줬다는데 아빠는 머리카락도 많고……."

게다가 지금은 초가을이라 모자를 쓰기엔 덥다. 아무래도 다가오는 겨울에 쓸 수 있는 물건을 사는 게 좋을 것 같았다. 난 오빠들과 함께 가게 안을 구경했다. 물건이 이것저것 많아서 보는 재미가 있었다.

'아, 예쁘다.'

유리로 된 모조 꽃 장식품이 눈에 들어왔다. 화병 안에 작약이 들어있는 형태인데, 작약 꽃송이 안에 조그만 요정 모양 인형이 있었다. 꽃잎을 톡 건드리니 금세 꽃이 오그라져 요정을 숨겨 버렸다.

"수줍은 시계랍니다."

점원이 싹싹한 얼굴로 내게 다가와 알려 주었다.

"이게 시계라고?"

점원이 화병을 들고 밑에 있는 다이얼을 조작했다. 그러자 다시 꽃송이가 만개하며 요정이 수줍은 얼굴로 나타났다.

[주, 주인님, 일어나셔야 하는데⋯⋯.]

─ 하고 웅얼거리며.

귀여워!

"레이디와 잘 어울리지요?"

내가 눈을 반짝이니까 점원이 후후 웃으며 말했다.

"얼마야?"

"마법사가 제작한 상품이라 가격이 제법 나간답니다. 만이천 피니지요."

난 헉, 숨을 들이켰다. 한화로 치면⋯⋯.

'천삼백만 원?!'

얼른 고개를 젓고 수줍은 시계를 내려놓았다.

"다른 걸 볼래."

그러자 가웨인이 다시 시계를 집고 점원에게 말했다.

"계산."

"안 돼요! 싫어요! 안 받을 거예요!"

내가 단호히 고개를 젓자 가웨인은 고개를 삐딱하게 기울였다.

"형, 아무래도 센 양은 꼴찌가 하고 싶은 모양이야."

"그래? 유감인데."

나는 당황해서 뻔뻔한 표정의 란슬롯과 가웨인을 번갈아 보았다.

"이런 게 어딨어요!"

"꼴찌?"

가웨인이 오만하게 웃으며 점원이 가져온 영수증에 인장을 찍었다. 이런 일이 한 번만 있는 것도 아니었다. 내가 뭔가를 볼 때마다 "꼴찌?" 하면서 자꾸만 계산하려고 해서 심장이 쪼그라들 것 같았다. 얼른 나가자고 애걸하자 란슬롯이 물었다.

"더 안 보고?"

"안 볼래요. 못 보겠어요……."

그는 낮게 웃고 내 볼을 살짝 두드렸다.

"장난은 그만할까?"

"제발."

"여기 있을 테니 천천히 보고 와."

"……정말이에요?"

"그래."

내가 미심쩍은 눈으로 가웨인을 돌아보자 그가 어깨를 으쓱였다.

"뭐, 오늘은 그만하지."

그제야 난 마음을 놓고 아빠의 생일 선물을 고를 수 있었다. 이

층으로 올라가서 끙끙 고심하며 상품을 둘러보았다. 그런 날 보고 점원이 상냥한 어투로 물었다.

"찾는 물건이 있으신가요?"

"아빠 생신 선물을 사려고 하는데……."

"요새는 수제품을 많이들 하더군요. 곧 겨울이니 이런 것으로 직접 만들어 보시는 건 어떨까요?"

점원이 가져온 것을 보고 난 눈을 동그랗게 떴다.

"연금술사 시온의 솜씨랍니다. 보온 마법이 깃들어서 아주 따뜻하고 포근하지요."

"괜찮다―! 색은 어떤 게 있어?"

"이쪽으로."

점원이 보여 주는 물건을 보던 나는 선물 중 하나를 이것으로 결정하기로 했다. 점원에게 계산을 부탁하고, 따라 내려가려다가 쇼케이스에 보이는 물건을 보고 눈을 깜빡였다.

"저 만년필, 볼 수 있어?"

"아버님 생신 선물로는 다소 디자인이 가벼운 편인데요."

"아니, 다른 사람에게 선물할 거라서."

검고, 늘씬한 만년필이 그의 손에 꼭 어울릴 것 같았다. 펜촉과 하단부에 있는 가는 링이 진짜 금이라서 우아하고, 고급스러웠다.

"캡에 보석을 박을 수 있는데, 어떤 것으로 하시겠어요?"

"으음……."

"아가씨의 머리칼과 같은 에메랄드라면 선물 받는 분께서 기뻐하실 거예요."

"그, 그럴까?"

"그럼요."

나는 발그레한 얼굴로 고개를 살짝 끄덕였다.

"저기……. 만년필은 다른 사람들 모르게 살짝 줬으면 좋겠는데……."

"그리하겠습니다."

점원은 정말로 가게를 벗어나기 이전에 내 주머니에 살짝 만년필 상자를 넣어 주었다.

'저하가 좋아하실까.'

아카데미로 돌아가는 내내 나는 가슴이 콩닥콩닥 설렜다.

*　　*　　*

세니아나가 가져올 것이 있다며 학사 내로 향하고 가웨인은 통신을 연결했다.

"상점 근처에 통행 금지령을 해제해라."

[예.]

짧게 명한 그가 다시 통신석을 주머니 안에 넣었다. 그리고 학생들이 임시로 머물고 있는 아카데미 근처 호텔과 연락을 취하는 중인 란슬롯을 쳐다보았다.

"세니아나의 방은 어디로 결정했어?"

"로열 스위트룸."

"저만 스위트룸에서 지내는 걸 알면 또 벌벌 떨 테니 핑계를 만들어 줘야 할 텐데?"

란슬롯은 서늘하게 웃었다.

"당연한 말을."

그제야 가웨인이 고개를 끄덕이며 세니아나가 사라진 방향을 쳐다보았다.

"받을 땐 모르는 척해야겠군."

가웨인은 아카데미로 돌아올 때의 세니아나를 떠올렸다. 눈이 마주칠 때마다 주머니를 쥐고 흠칫, 어깨를 좁혔다. 뭔가 몰래 산 게 분명하다. 부친의 생신 선물을 감추진 않았을 테니, 그 선물의 주인은 따로 있을 것이다.

'나지.'

란슬롯은 픽 웃는 동생을 보고 입꼬리를 끌어당겼다.

"네 것이 아닐 수도."

"아니면 줄 사람이 누가 있다고."

"나라든가?"

"헛소리. 그건 내 거야."

"착각은 자유지."

두 사람의 시선이 허공에서 부딪쳤다.

*　　*　　*

쟝뤼크는 연구실을 찾아온 도미니크와 알베르를 보고 인상을 찌푸렸다. 알베르가 굳은 얼굴로 말했다.

"아타르 사신단의 환영 연회에서 솜씨를 보여 주십시오."

"로열 키친의 셰프들은 장식입니까. 제가 아니어도 될 텐데요."

다시 로열 키친과 얽힐 마음 따윈 개미 눈곱만큼도 없었다. 정쟁의 소용돌이 한복판에서 재주를 썩히는 건 이때껏 겪은 날들만으로 충분했다. 알베르는 한숨을 삼켰다.

'하여간 저 고집.'

마도 국가 아타르. 과거엔 길라게온과의 전쟁에서 패전하여 왕세자를 볼모로 보내기도 하였으나, 마법사 동맹의 주추가 되며 세를 불렸다. 십여 년 만에 어떤 나라도 함부로 건드릴 수 없는 강대국이 된 아타르에선 길라게온에 먼저 손을 내밀었다.

'과거의 치욕은 화합을 위한 가시밭길이었다 여기며, 친교의 의미로 왕세자와 재상 줄리아 리올이 직접 길라게온에 방문하겠다'라는 정중한 친서를 보내온 것이다. 길라게온에서도 흡족한 일이라 황제는 이번 아타르 사신단 접대에 만전을 기하고 있었다.

알베르가 다급히 말했다.

"아타르 왕세자가 직접 쟝뤼크 님의 요리를 맛보고 싶다 청해 왔습니다."

"로열 키친은 장식입니까."

왕세자가 볼모 시절 들었던 음식을 요청하는 건 모든 것을 잊겠다는 의미였다. 게다가 아타르엔 그때의 치욕에 이를 가는 호전적인 사람들이 있었다. 고작 요리더라도 원하는 것을 내주지 않는다면, 제국이 여전히 아타르를 무시한다며 꼬투리를 잡아 동맹을 재고해야 한다고 외칠 것이다.

알베르의 표정이 난감해졌다.

"이리 계속 거절하신다면 서로에게 곤란한 일이 생기지 않겠습니까."

"협박입니까."

쟝뤼크가 눈을 부릅뜨며 알베르를 노려보았다.

"그런 것이 아니라ㅡ"

도미니크는 태연하게 의자에 앉으며 입을 열었다.

"스승의 레시피 수첩이 줄리아 리올 손에 있더군요."

쟝뤼크의 표정이 대번에 굳어졌다.

"그게 왜……!"

"리올 재상이 제자에게 수첩을 돌려주고 싶으니 따로 자리를 마련해 달라 청하였습니다."

"……."

"거절하신다면 수첩도 돌려받지 못하시겠죠."

쟝뤼크가 이를 악물었다. 스승은 뛰어난 요리사였다. 그가 생전에 남긴 레시피는 1,200종. 쟝뤼크는 그의 모든 것을 이어받지 못했다. 스승은 말년에 치매를 앓았다. 치매 환자가 가장 먼저 잊는 것이 바로 요리법이었다. 속절없이 스러지는 기억에 레시피의 행방을 제자에게 전해 주지 못했다.

*[내 분명히 그 사람과 만나러 가며 그것을…… 그것을 어디에……;*
*너에게 전해 주어야 하는데…… 내 모든 것을 전수해야 하는데……]*

아쉬움에 눈조차 제대로 감지 못한 스승이 떠오르자 쟝뤼크의 얼굴이 어두워졌다.

"아타르 왕세자가 볼모 시절에 위안을 얻은 건 제 요리가 아닙니다."

도미니크는 대수롭지 않은 얼굴로 고개를 끄덕였다.

"압니다. 왕세자 볼모 시기와 경이 로열 키친에 있던 시기가 다르니."

도미니크는 낮은 목소리로 이어 말했다.

"줄리아 리올을 위해서일 겁니다."

리올 재상은 그의 장모였다. 젊을 적 외교대신이었던 그녀는 볼모로 간 어린 원자(왕의 장자)를 위해 길라게온을 자주 오갔다. 그러며 쌉싸름한 소문의 주인공이 되었다. 적국 요리사와 사랑에 빠졌다는 이야기였다.

"스승의 레시피 수첩을 돌려받으셔야지 않겠습니까."

"……."

쟝뤼크가 쳇, 혀를 찼다.

*　　*　　*

쟝뤼크의 연구실에 들어간 나는 고개를 갸웃 기울였다.

'으응?'

쟝뤼크는 굳은 얼굴로 조리실에 우뚝 서 있었다.

"교수님."

"……무슨 일이냐."

"교재를 가지러 왔어요. 그런데 이건 뭐예요?"

그의 앞에 금방 만든 것 같은 요리가 몇 가지나 있었다. 하나 같이 육류를 메인으로 한 요리였다. 나도 모르게 침을 꼴깍 삼키자 그가 픽 웃으며 식기를 건넸다.

"맛보겠느냐?"

"정말이요?!"

쟝뤼크는 내게 여러 가지를 가르쳤지만, 요리를 시연해 주는 일은 거의 없었다.

'교수님의 요리를 잔뜩 맛볼 수 있다니!'

나는 활짝 웃으며 두툼한 스테이크를 썰었다. 5센티는 될 만큼 두꺼운 고기가 엄청나게 부드럽게 썰렸다. 특제 피쉬 소스에 콕 찍어 입에 집어넣자마자 탄성이 흘러나왔다.

"진─짜 맛있어요!"

"육질은?"

"부드러워요."

"소스는 어때."

"훌륭하지요."

그는 라즈베리 소스를 내밀었다.

"이것과 비교하면 어느 쪽이 더 잘 어울리지?"

난 고기를 라즈베리 소스에 찍어서 먹어 보았다.

"아무래도 라즈베리 소스 쪽이……."

"그렇군. 다른 것도 맛봐라."

나는 스푼으로 테린(육류와 채소, 양념 등을 단지에 담아 굳힌 요리)을 살짝 떴다.

'젤라틴으로 굳혀서 모양을 잡았네.'

육류층, 채소층이 롤케이크처럼 나뉘어 각각 다른 색으로 반짝였다. 너무 예쁘다.

'맛은……'

나는 으으음—! 하고 감탄하며 발그레해진 뺨을 양손으로 감쌌다.

"고기 군내가 하나도 안 나요."

"그렇겠지. 내가 했는데. 식감은 어떻지?"

"탱글탱글한데 입안에서 삭— 놓아서 목으로 넘어가요. 푸딩처럼."

"흐음……"

이렇게 훌륭한 요리를 하고도 그의 표정은 어두웠다. 나는 눈을 깜빡이며 그를 올려다보았다.

"만드시려던 요리가 이게 아니었나요?"

"그래."

"그럼 어떤 요리를……?"

그가 짜증스러운 얼굴로 관자놀이를 주물렀다.

"모른다."

"네?"

"한 번도 맛본 적 없는 요리지. 맛본 사람의 기억을 바탕으로 재현해야 한다."

"굳이 그 요리여야 하나요? 교수님의 요리도 훌륭한데요."

"내 스승의 요리를 다시 먹고 싶다는 사람이 있어."

"레시피는 전혀 모르세요?"

샹뤼크가 고개를 끄덕였다. 그것참 까다롭다. 레시피는 조금도 모르는 데다가 맛본 적도 없는 요리를 재현해야 한다니. 나는 조리대 앞에 서서 그가 만든 음식을 빤히 보았다.

"어떤 맛이었다고 하던가요?"

"식감이 특이했다고 했지. 고기로 만들고, 어류로 만든 소스가 들어가며, 채소와 함께 먹으니 개운하다더군."

"으음, 교수님도 잘 모르는 요리라면 남부 음식일 수도 있겠어요."

샹뤼크는 동부, 서부 음식이 특기니까. 남부 지방 음식이라면 내가 도움이 될 수도 있을 것 같았다. 남부의 음식은 아시아권 음식과 비슷했다. 샹뤼크는 미간을 좁힌 채 고개를 끄덕였다.

"그래, 스승님은 남부 출신이셨지."

"식감은 정확히 어땠지요?"

"탱글거리고 쫄깃했다더군."

"그럼 쌀가루를 썼을 수도 있겠네요."

떡처럼. 함께 고민하던 우리는 동시에 서로를 쳐다보았다.

"라이스 페이퍼!"

"라이스 페이퍼."

샹뤼크가 재료실에서 라이스 페이퍼와 야채, 오리고기를 가져왔다. 나는 재료를 보고 작게 감탄하며 고개를 끄덕였다.

"그렇군요. 스프링롤(월남쌈)이라면 피쉬 소스가 어울리지요."

"쫄깃하고, 채소와 함께 먹기도 하지."

샹뤼크는 그 자리에서 뚝딱 월남쌈을 만들었다. 난 그의 특제 피쉬 소스를 찍어 월남쌈을 맛보고 입을 막았다.

"이것도 너무너무 맛있어요. 소스가 산뜻하고 전혀 비리지 않아서 누구나 잘 먹을 거예요."

"그래."

쟝뤼크는 만족스러운 얼굴이었다.

"나는 당분간 자리를 비워야 하니 그동안 과제를 내주마."

"앗, 저도 아빠 생신이라서 황도에 다녀와야 해요."

쟝뤼크는 묘한 얼굴로 나를 쳐다보았다.

"쉬지 않고 이동해도 몇 달은 걸릴 텐데? 나야 황궁에서 마법 마차를 내준다지만 넌……."

나는 당황해서 눈을 도르륵 굴렸다.

"그, 마, 말실수였어요. 황도가 아니라 동부예요."

"흠……."

"그러는 교수님께선 왜 황궁에 가세요?"

쟝뤼크도 눈을 데구르르 굴리고 떠듬떠듬 말했다.

"황궁이 아니야."

"하지만 황궁 마차라고 하셨잖아요?"

"그, 그럴 일이 있어!"

갑자기 버럭 소리쳐서 난 어리둥절해졌다. 놀란 내가 시무룩해지자 그는 어물쩍 말을 돌렸다.

"아무튼 넌 먼저 3차 시험을 준비하고 있어라. 모르는 게 있으면 연락하고."

그러더니 내게 통신석 코드를 알려 주었다.

"연락해도 돼요?"

"하루에 한 번씩만 해."

"그렇게 많이는 안 해도 되는데……."

조그맣게 중얼거리는데 그가 나를 홱 쳐다보았다.

"레아 교수에게 물어보지 말고 내게 하란 말이야."

"……그럴게요."

샹뤼크는 커흠, 헛기침하며 내가 조리대에 올려둔 교재를 들려주었다. 나는 그에게 인사하고 연구실을 나섰다. 기숙사 대신 쓰고 있는 호텔로 갈까 하다가 걸음을 돌려 교장실로 향했다. 주말이라 교장실 앞에 오가는 사람이 없었다. 난 살짝 문을 두드렸다.

"저하."

내 목소리를 들은 도미니크는 직접 나와 문을 열어 주었다. 난 얼른 교장실 안으로 들어가서 문을 꼭꼭 닫았다.

"몸 괜찮으세요?"

"그럭저럭."

"아프실 땐 무리하시면 안 되는데……."

"무리까지는 아닙니다. 차를 내오라고 하지요."

"아니에요. 금방 가 봐야 해서."

"무슨 일 있습니까?"

나는 고개를 끄덕였다.

"곧 아빠 생신이라서 황도에 갈 준비를 해야 하거든요. 외출 허가해 주시겠다고 했던 거 안 잊으셨죠?"

"사흘."

"나흘인데."

"사흘로 하죠."

내가 그를 새초롬히 노려보며 소파에 앉자 그는 다정하게 내 뺨을 매만졌다.

"눈에 가시가 돋을 것 같으니까요."

"사람 눈엔 가시가 돋지 않아요."

"그런 게 아니라……."

나는 그의 얼굴을 덥석 잡았다.

"저 없는 동안 꾸준히 치료받으셔야 해요?"

"그러죠."

"보고 싶을 거예요."

"……."

도미니크의 눈이 일렁거렸다. 그가 내 머리카락을 가볍게 쥐고, 가볍게 입 맞췄다.

"다시."

"보고 싶을 거예요."

"한 번 더."

"엄—청 보고 싶을 거예요."

다정한 눈을 빤히 보던 나는 우물쭈물하다가 주머니에서 상자를 꺼냈다.

"이거, 저하께……."

도미니크가 상자를 푸는 것을 보던 나는 얼굴이 붉어져서 딴청을 부렸다.

"아빠 생신 선물을 사다가…… 그냥 보이길래……."

만년필을 지그시 바라보던 도미니크가 얼굴이 붉어진 나에게로 시선을 돌렸다.

"정말이지."

"……꺄악!"

그는 나를 번쩍 들어 무릎 위에 앉히고는 내 약지를 매만졌다. 아주아주 조심스럽고, 달콤하게. 도미니크의 얼굴이 조금씩 가까워졌다. 나는 화르륵 달아올라서 고개를 조금 숙였다.

"소중히 간직하겠습니다, 영애."

나지막이 말하는 그의 얼굴이 무척 진지했다. 나는 화르륵 달아올라서 고개를 조금 숙였다.

"불순 이성 교제는 학칙에 어긋나는데……."

내 말에 그가 웃음을 터뜨렸다.

"고작 이 정도로 불순하다고 하진 않을 텐데요."

그가 무언가를 바라듯 애달픈 얼굴로 나를 쳐다보았다.

"그런 얼굴은 치사해요."

"어떤 얼굴일까요."

"귀여운 얼굴."

"……제게 귀엽다고 하는 건 영애뿐일 겁니다."

"싫으세요?"

"그것마저 좋으니 당황스럽군요."

나는 빙그레 웃으며 그의 목을 끌어안고 코끝에 살짝 입 맞췄다. 그는 소리 없이 웃고는 내 턱 끝부터 조심스럽게 입 맞추며 올라왔다.

입꼬리에 달콤한 숨결이 스치고 지나가자 나도 모르게 그의 어깨를 잡은 손에 힘이 들어갔다. 곧 입술이 겹쳐졌다. 따뜻하고, 부드럽고, 다정하게 몇 번이고 입술을 부딪치다가 천천히 더 깊게.

나는 어제의 입맞춤을 떠올리고 끙끙거렸다. 반들거리는 입술을 손끝으로 닦아 주며 '떨어지면 늘 아쉬우니.' 하고 중얼거리던 그는 정말이지…….

'야해.'

얼굴이 화르륵 달아올랐다. 입술을 매만지고 있는데 등 뒤에서 익숙한 목소리가 들려왔다.

"세니아나."

나는 흠칫 놀라서 란슬롯을 쳐다보았다.

"네, 넷!"

가웨인은 새빨개진 나를 보고 눈이 가늘어졌다.

"무슨 생각을 그렇게 해?"

"아니에요!"

"하는 것 같은데."

"이, 이제 황도로 출발하는 거지요?"

나는 누가 볼지도 모르니 얼른 출발하자며 오빠들을 마차로 떠밀었다. 마차째로 황도로 이동하자 미리 란슬롯에게 연락받은 사용인들이 우리를 반겼다. 황도 저택의 집사 마일로가 빙그레 웃으며 말했다.

"말씀대로 오늘의 방문은 비밀에 부쳤습니다."

"아빠는 저택에 계셔?"

"사신단 접대 때문에 황궁에 계십니다."

그때, 마릴린이 곤란한 얼굴로 다가왔다.

"황궁에서 연락이 왔습니다. 아가씨께서 오셨다면 황궁에 꼭 초대하고 싶다고 하세요."

"황궁 결계가 이동을 잡아냈구나."

나는 으음, 신음했다.

"왜 갑자기 오라고 하시는 걸까."

란슬롯이 낮은 목소리로 중얼거렸다.

"아타르 사신단과의 오찬이 오늘이지."

"사신단 접대에 제가 가야 하나요?"

가웨인이 쳇, 혀를 차며 말했다.

"자랑하려는 거겠지."

아아, '우리 성녀 있다ㅡ!' 하고?

"음, 그럼 가 보지요."

"됐어, 황궁 사정 따위 네가 알 게 뭐야."

"하지만 황제 폐하께 빚을 지게 하면 더 큰 것을 받을 수 있잖아요?"

"그런 걸 그렇게 순진한 얼굴로……."

가웨인이 어이없다는 듯 중얼거렸다.

"엉큼한 계략이 있는 얼굴인데요?"

"그 엉큼한 계략이 뭔데?"

"로열 키친에 들어가면 황궁에 입관한 거니까 그 핑계로 제 포털을 이용하려고 들 수도 있잖아요."

이번에 빚을 지게 해서 딱 요리만 할 거라고 쾅쾅 못 박아 놓을 생각이었다. 가웨인의 눈이 살짝 커졌다.

"이럴 땐 영리하단 말이야."

가웨인은 란슬롯을 쳐다봤다.

"혼자 보내도 되겠어?"

"조부님과 아버님이 함께 계실 테니까."

"흠."

나는 오빠들과 사용인들에게 인사하고 황궁으로 출발했다. 기다리고 있던 시종이 나를 오찬 중인 대식당으로 안내했다. 그런데—

'왜 이렇게 시끄럽지?'

"전하!"

아타르의 사신으로 보이는 여자가 쓰러진 남자를 끌어안고 소리치고 있었다. 황제는 진노하여 소리쳤다.

"요리사를 포박해라!"

기사들이 테이블 끝에 서 있던 요리사에게 달려갔고, 그 순간 나와 요리사의 눈이 마주쳤다.

'쟝뤼크 교수님!'

〈다음 화에 계속〉